MICHAEL DISSIEUX

DIE SAAT DER BESTIE

Horror-Thriller

Verlagsprogramm (Auszug):

Horror / Phantastik:

Graues Land
Graues Land - Die Schreie der Toten
Kaltgeschminkt
172,3
BRAINFUCK
Katzendämmerung
Gläsern

Thriller / Mystery:

Der Narr
Das Nazaret-Projekt
Töte John Bender!

Drama / Schicksal:

Der Tod kann mich nicht mehr überraschen

Anthologie:

STYX - Fluss der Toten
TERRA PRETA - Schwarze Erde
DIABOLOS

INHALT

Nirgendwo
11

David
23

Sam
67

Bill
117

Frank
163

Lilly
213

Maria
243

»Diejenigen, welche die Erde erben,
werden die letzten ihrer Art sein.«

»Choose your last words, this is the last time,
cause you and I, we were born to die«
Lana Del Rey

Nirgendwo

Als sie den Mann tötet, weiß sie endgültig, dass die Welt sich verändert hat …

Manchmal scheint das Land unendlich zu sein. Am Horizont verschmilzt der Himmel in einer dünnen Linie mit den Schatten von dem, was von der Welt noch übrig geblieben ist, nur selten durchbrochen von den gezackten Kämmen dunkler Berge oder dem feinen Glitzern eines weit entfernten Gewässers. Am Morgen steigt Nebel aus den Senken der Felder und lässt bleiche Gespenster über das Land tanzen, als würde die Welt in ihren letzten Atemzügen liegen. Dann riecht die Luft nach feuchter Erde, die in den Nächten von Regen getränkt wird, und lässt Erinnerungen an die alte Zeit wie glanzlose Träume erscheinen.

In der Nacht allerdings kehrt der Gestank zurück. Der saure Geruch nach Aas, Unrat und verfaulten Gräsern lässt die Luft dick werden, als würde sich etwas Finsteres durch die Dunkelheit bewegen. Regen zwingt die Ausscheidungen der Erde auf den Boden zurück, wo sie sich in ein alles verderbendes, verschlungenes Leichentuch verwandeln und die Welt ersticken.

Für Samantha riecht das Land immer gleich. Es macht keinen Unterschied mehr, ob die Welt am Morgen erwacht oder sich am Abend zum Sterben niederlegt. Sie kann den Tod immer riechen, selbst in den Wirren ihrer Träume.

Wenn sie mit einem Schrei auf den Lippen aus den Abgründen ihrer Alpträume auftaucht, spürt sie kalten Schweiß auf der Stirn und schmeckt Blut auf ihren Lippen, wo sie sich während des Schlafes selbst gebissen hat. Dann liegt für einige widerliche Sekunden der träge Gestank ihrer Träume von aufgedunsenen Körpern und Leichengas in der Nachtluft und sie kann den Geschmack von fauligen Pilzen in ihrem Mund spüren, als würde etwas Totes aus ihrer Kehle nach oben steigen.

Manchmal hat Samantha Angst davor, den Verstand zu verlieren – an anderen Tagen wiederum sehnt sie sich danach. Ihre Welt ist aus den Fugen geraten.

Wie lange sie bereits unterwegs ist, weiß sie nicht mehr. Irgendwann hat sie aufgehört, die Tage zu zählen.

Als der Winter ging und die Nächte ihre beißende Kälte verloren hatten, war sie aufgebrochen.

In dem Haus zu sitzen und zu warten, dass sich alles zum Guten wenden würde, hatte keinen Sinn mehr gemacht. Mike würde nicht zurückkommen, ebenso wenig die anderen, die ihr Leben geprägt hatten. Sie war alleine zurückgeblieben, auch wenn sich jede Faser ihres Verstandes sträubte, dies zu akzeptieren. Die Stille, die sich über die Welt gelegt hatte, folterte sie und drängte sie in die dunkelsten Winkel ihres Hauses zurück. Manchmal schrie sie, bis ihre Sicht von Tränen getrübt war; einfach nur, um ein Geräusch zu hören.

Sie warf Teller gegen die Wände und hämmerte mit den Fäusten gegen Türen und Fenster, bis sie bluteten.

Ihr Spiegelbild versuchte, sie zu beruhigen, doch das bleiche, erschöpfte Gesicht, das ihr entgegenstarrte, verwandelte sich schnell in eine hilflose Maske aus Zorn, Furcht und Trauer und begann, sie in seiner Entkräftung erneut anzuschreien.

Alles war besser als dieses erstickende Schweigen. Ihre Schreie hallten durch die Straßen der Stadt und gaukelten ihr vor, dass ihr *irgendjemand* in *irgendeinem* Haus antwortete.

Dann wurde es wieder still und Sam rannte in die dunklen Ecken des Hauses zurück, setzte sich gegen die Wand gelehnt auf den Boden, zog die Knie eng an den Körper und umfasste sie mit ihren Armen. So saß sie oft stundenlang in der Dunkelheit, während die Kälte langsam in ihre Glieder kroch und an ihren Knochen zu nagen begann.

In den Nächten träumte sie oft davon, in einem ruhigen See zu ertrinken. Sie stand im Wasser, roch Algen und Seegras und konnte sehen, wie sich die Wellen kräuselten und immer größere Ringe um sie herum bildeten. Ein bleicher Mond, der auf Wolken saß, die so grau wie Asche waren, tauchte das Land in ein bleiches Glühen, bis Sam unter der Wasseroberfläche versank und die Nacht hinter einem verschwommenen Vorhang verschwand. Ihre Haare trieben noch kurze Zeit wie Spinnweben an der Oberfläche, dann wurden auch sie unter Wasser gezogen. Sam konnte das Rauschen des Blutes in ihren Ohren hören und tanzende Bläschen vor ihren Augen aufsteigen sehen. Ihre Glieder wurden schwer und steif vor Kälte. Sie verwandelte sich in etwas, das sie nicht mehr kontrollieren konnte, so lange, bis ein heiserer Schrei sie aus dem Schlaf riss und schwitzend und zitternd in ihrem düsteren Zimmer zurückließ.

Irgendwann, als die Tage wärmer wurden und morgendliche Sonnenstrahlen einen Hauch von Normalität in ihr Leben zurückbrachten, war Sam gegangen.

Auf ihrem Rücken trug sie eine alte Tasche, gefüllt mit den wenigen Vorräten ihrer kleinen Speisekammer. In der Hand hielt sie ein Gewehr, das sie im Haus eines Nachbarn gefunden hatte. Ob sie in der Lage war, es zu benutzen, wusste sie nicht; und sie wollte es auch nie herausfinden. Doch das Gewehr erinnerte sie an eine Zeit, in der sie, zusammen mit Mike, oft zu Gast in diesem Haus gewesen war, und John, ihr Nachbar, das Gewehr eines Tages, während einer hitzigen Diskussion über Einbrüche und Überfälle, aus dem Schrank geholt und es mit vor Stolz geschwellter Brust seinen Freunden gezeigt hatte. John war ein Mann um die Vierzig gewesen, der es in seinem Leben zu nichts brachte. Er hatte einen miesen Job, keine Frau und außer Samantha und Mike keine Freunde. Das Gewehr verlieh ihm die Macht, die er in seinem Leben gerne gehabt hätte.

John war irre, wie Mike mehr als einmal mit einem süffisanten Lächeln anmerkte. Doch Sam mochte ihn, und jetzt trug sie Johns Gewehr bei sich und hoffte auf das gleiche Machtgefühl, in welchem er sich wie ein kleines Ferkel so gerne gesuhlt hatte, aber es wollte sich nicht einstellen.

Unzählige Wochen war es her, dass Samantha, ohne einen Blick zurückzuwerfen, durch die Straßen ihrer Stadt ging, die letzten Häuser hinter sich zurückließ und hinaus auf die Felder und Äcker lief, die sich um die Stadt schmiegten und in besseren Tagen für den Wohlstand der Menschen gesorgt hatten.

Sie warf auch keinen letzten Blick den Hügel hinauf, wo sich seit ihrer Kindheit ein alter Wohnwagenpark befand und die Ärmsten und Aussteiger gelebt hatten. In der Stadt hatte man sie nur die ›Parkleute‹ genannt und dabei abfällig die Augenbrauen gehoben oder die Nase gerümpft. Als Sam ein Kind war, lebte ihre beste Freundin im Wohnwagenpark. Sie war ein ›Parkmädchen‹, wie sie sich selbst bezeichnete und dabei lachte. Wendy war nicht das klügste oder hübscheste Mädchen gewesen, doch sie war aufgeweckt und abenteuerlustig und längst nicht so zurückgeblieben, wie die meisten Menschen von ihr dachten.

Wendy war eines Tages mit ihrer Familie aus dem Wohnwagenpark verschwunden, und Sam war nie wieder dorthin gegangen. Sie wuchs zu einer jungen Frau heran und sah dabei zu, wie die Wohnwagen immer mehr verrotteten und die Leute, die gezwungen waren, dort zu leben, immer ärmer wurden. Sam hatte oft an ihre Freundin von damals gedacht, wenn ihr Blick zum Hügel fiel, doch als auch sie *alles* hinter sich zurückließ, dachte sie nicht mehr an Wendy.

Heute fehlt ihr die Stadt nicht mehr. Alles, was sie dort zurückließ, sind Dinge, die sie ersetzen kann. Das wirklich *Wichtige* hat sie mitgenommen.

Die Erinnerungen an ihr früheres Leben trägt sie wie einen Zwilling in ihrem Inneren vergraben und nimmt ihn nur heraus, wenn sie glaubt, an der Einsamkeit zugrunde zu gehen. Dann denkt sie an Mike, an seine kindliche Art, einen Scherz zu machen, und daran, wie breit sein Mund werden kann, wenn er lächelt. Mike war unfähig, sie mit irgendeiner Sache zu veralbern, da er sich meist selbst durch ein unkontrollierbares Zucken seiner Mundwinkel verriet. Doch Sam ließ ihn immer in dem Glauben, dass sie sein Schauspiel nicht durchschaute, weil Mike eine leichtlebige Freude an den Tag legen konnte, wenn er sie später über seine Schandtat aufklärte.

Sie ist sich darüber bewusst, dass sie Mike wahrscheinlich nie wieder sehen wird. Er ging fort, einfach so, und sie hat nie verstanden, was eigentlich geschehen ist.

Mike existiert nur noch als schemenhaftes Gespenst in ihrem Kopf. Wenn er in ihrer Erinnerung zu ihr spricht, fällt es ihr zunehmend schwerer, sich den Klang seiner Stimme ins Gedächtnis zu rufen. Er ist nur noch ein Geist, der ab und zu durch ihre Gedanken spukt, um sie vor dem Wahnsinn zu retten.

So wie John, der irre Nachbar, oder Mr. Masters, der alte Mann, der im Haus gegenüber lebte und Sam jeden Morgen zuwinkte, wenn sie das Haus verließ. Sie mochte den alten Mann, der erst zwei Monate zuvor seine Frau verlor und sich in dieser kurzen Zeitspanne von einem rüstigen, lebensfrohen Mann in ein seelisches, gealtertes Wrack verwandelt hat. Sam spürte jedes Mal, wenn er in seinem zerschlissenen Morgenmantel die Zeitung holte, einen schmerzhaften Stich in der Brust.

Mr. Masters war nun mit Sicherheit glücklich vereint mit seiner Mrs. Masters.

Doch was bleibt ihr selbst letztendlich?

Sam versucht, nicht zu viel an Mike zu denken. Nur wenn die Trostlosigkeit ihr die Luft zum Atmen nimmt, lässt sie es zu, dass Mike die Wunden aufreißt, die auf ihrer Seele brennen, und sie in Gedanken so fest wie früher in den Arm nimmt, dass sie manchmal blaue Flecken davongetragen hat.

Meistens denkt sie in den Nächten an Mike oder Mr. Masters oder irgendjemand anderen aus ihrer Stadt. Wenn sie sich in ein kleines Zimmer eines Hauses, das auf ihrem Weg liegt, zurückgezogen hat, ist Mike bei ihr. Er isst mit ihr von ihren Dosenrationen, die sie sich in der Glut eines Feuers erwärmt, oder starrt mit ihr einfach nur ins Dunkel des fremden Hauses, deren einstige Bewohner Sam nicht einmal kennt und die nie zurückkehren werden.

Am Tag ist sie meistens allein. Wenn es hell wird und sich ein grauer Schleier über die Felder und Bäume legt, vermeidet sie es, sich zu erinnern. Alles, was sie sähe, würde ihre Wunden nur unnötig vergrößern; eine Wiese, die jener nahe ihrer Stadt ähnelt, über die sie im Sommer so oft barfuß mit Mike spazieren ging, oder ein Hain, in dessen Schatten sie sich ausruhten und liebten, wenn sie sicher waren, dass niemand sie beobachtete. Oder einfach nur die Straße; denn egal, welcher Straße sie folgt, sie würde letztendlich zurück in ihre Stadt und zu Mike führen.

Irgendwann, einige Wochen nach dem Beginn ihrer Reise, hatte sich Sam ein Ziel gesetzt. Sie wollte immer weiter nach Westen gehen und nach ihrer Schwester suchen.

Warum sie denkt, dass ausgerechnet sie noch am Leben ist, weiß Sam nicht, doch der Gedanke an ihre Schwester treibt sie voran und lässt sie jede einzelne Nacht in verlassenen Häusern, Scheunen oder Autos überstehen. So zieht sie weiter, immer in die Richtung, in der die Sonne am Abend verschwindet.

Wann immer es geht, meidet sie die Städte und Dörfer. Die unheimliche Stille, die in der Dunkelheit von Gassen lauert und aus leeren Fenstern quillt, erinnert sie stets an das ewige Schweigen, das in einer Gruft herrschen muss.

Die verlassenen Häuser und verwaisten Plätze schwitzen den Tod aus. Die Luft scheint dicker als auf den Straßen und Feldern zu sein und trägt den Gestank von verrottenden Kadavern mit sich.

Eines Tages war die düstere Silhouette von New York am Horizont aufgetaucht. Selbst auf die Entfernung hin konnte Sam die lebendige, greifbare Stille in den Häuserschluchten fühlen. Die Stadt ragte wie ein gigantischer Grabstein aus der grauen Erde hervor; ein dunkler, verheerter Schatten, der sich zum Sterben niedergelegt hatte.

Es gab Zeiten, da bedeutete New York etwas anderes für sie – damals, als sie dreizehn war und ihre Tante sie mit in die Metropole genommen hatte, um Neil Young zu sehen. Heute bedeutete New York einfach nur noch den Tod …

Sam zog in einem weiten Bogen um die Stadt, Tag um Tag, verlor sie jedoch nie aus den Augen. Sie beobachtete die tote Ruine so, wie der steinerne Friedhof sie beobachtete. Die toten Blicke des archaischen Ungeheuers brannten wie Dolche in ihrer Seele. New York lauerte.

Südlich des schwarzen Kolosses erreichte Sam ein kleines Dorf. Die Häuser und Straßen waren ebenso still und verlassen wie der Rest der Welt. Ein stinkendes Tuch hatte sich über die niedrigen Dächer und schwarzen Schornsteine gelegt und ließ das Dorf wie ein altertümliches Mahnmal erscheinen.

Damals gingen Sams Vorräte zur Neige. Ihre Tasche war leicht und ihr Magen leer. Sie beschloss, entgegen aller Vorsicht, in den dunklen und schweigenden Häusern auf Beutezug zu gehen.

In diesem Dorf, an dessen Namen sie sich nicht mehr erinnern kann, tötete Sam zum ersten Mal in ihrem Leben einen Menschen. Es war das erste Mal, dass sie jemandem *bewusst* das Leben nahm. Was sie daran am meisten erschreckt, ist die Tatsache, wie leicht es ihr gefallen ist. Seither fragt sie sich in jeder Nacht, wie sie wohl in der alten Welt mit einer derartigen Last umgegangen wäre.

Der Mann, den sie in dem Dorf tötete, hieß Bud. Sie denkt mindestens ebenso oft an ihn, wie sie an Mike denkt, wenn auch aus anderen Gründen. Sie ist sich sicher, dass sie heute nicht mehr am Leben wäre, wenn sie Bud nicht getötet hätte.

Der Gedanke dient ihr als seelische Entlastung, wenn sie an jene Nacht in dem kleinen Dorf zurückdenkt. Vielleicht ist ihr das Töten deshalb so leicht gefallen. Vielleicht aber auch, weil sie sich in dieser toten Welt verändert hat. Sie weiß, dass die Sam, die ihr Haus vor so langer Zeit verlassen hat, nicht mehr existiert. Sie ist eine andere geworden, aber das, was die Welt aus ihr gemacht hat, gefällt ihr nicht. Wenn sie näher darüber nachdenkt, bekommt sie Angst vor sich selbst und dem, wozu sie vielleicht noch fähig ist, ohne es selbst zu ahnen.

Wenn die Angst kommt, denkt sie an Mike. Doch er kann Bud nie vollständig verdrängen. So lebt Sam in einem ständigen Gespräch mit Mike, Bud und Gott.

Mit Gott redet sie, um ihn anzuschreien und ihn für all das verantwortlich zu machen, was mit ihr und der Welt geschehen ist. Er ist nicht da und gibt ihr auch nie eine Antwort. Wenn nur alles im Leben so einfach wäre, wie Gott anzuschreien.

Die Tage verstreichen in monotoner Sinnlosigkeit. Sam wünscht sich, sie hätte nicht damit aufgehört, die Tage zu zählen. Sie will wissen, in welchem Monat, in welcher Woche und an welchem Tag sie sterben wird.

Am späten Abend eines sonnigen, stillen und stinkenden Tages erblickt sie eine kleine Stadt, deren erste Häuser sich in der Ferne dicht an die Straße drängen, als würden sie den Weg bewachen.

Kein Laut dringt zu ihr. Die Stadt ist dunkel, in der Luft liegt der Geruch eines Flusses, faul und trüb.

Sam sieht an sich herab und betrachtet ihre zerschlissene Kleidung. Dreck, Blut und Schweiß haben die Farben weggewischt.

Sie beschließt, in die Stadt zu gehen. Gedanken an das Dorf und Bud begleiten sie. Mit jedem Schritt spürt sie, wie sich eine kalte Furcht um ihren Körper legt und sie am Atmen hindert …

David

In meinem Kopf hebt sich der Vorhang. Ein blasses Gesicht starrt mir entgegen. Es sieht mich an, unsere Blicke treffen sich. Ich spüre, wie der alte Hass in mir aufsteigt. Vermodertes, schwarzes Wasser, das meinen Verstand flutet und den Gestank von etwas zurücklässt, das es nicht wert ist, am Leben zu sein.

Ich weiß, dass es das Gesicht von David ist. David – welch ein kümmerlicher Name. Schon David in der Bibel war eine unscheinbare, mickrige Gestalt; ganz gleich, was er geleistet hat und dass eines Tages ein verfluchter Held aus ihm wurde. Am Anfang sind alle Davids klein. Und die meisten bleiben es auch bis an ihr erbärmliches Lebensende, genauso wie jener David, der mir hier entgegenstarrt.

Ich möchte ihm die Augen mit den Daumen eindrücken und die Haare büschelweise vom Kopf reißen. Meine Hände können es kaum erwarten, sich um seinen dünnen Hals zu legen und ihn zu würgen, bis die Haut sich verfärbt, Blut zwischen seinen schmalen Lippen hervorquillt und ihm die Augen aus den Höhlen treten.

Vielleicht würde ich seinen verdammten Hals erst loslassen, nachdem die Augen geplatzt sind und ihm wie breiige Tränen die Wangen hinablaufen. Ich weiß nicht, ob so etwas überhaupt möglich ist. Aber es wäre sicher ein Mordsspaß, das herauszufinden.

Ich wünschte, Frank wäre hier. Frank ist ein Kerl wie ich. Hart, ehrlich und direkt; immer auf der Jagd. Und ein wenig verrückt. Ganz sicher sogar verrückt – und nicht nur ein wenig.

Solche Leute braucht das Leben. Kerle, die es aussaugen, auf den Boden schleudern und auf den Gräbern tanzen. Leute, die sich nehmen, was sie wollen.

Frank ist ein instinktiver Mensch. So etwas liebe ich. Ich liebe Frank. Ja, ich glaube ich kann mit ruhigem Gewissen behaupten, dass ich ihn liebe. Er ist ein Teil von mir. Ein Teil meines Lebens. Ein sehr angenehmer und zufriedenstellender Teil. Ein verrückter Teil.

Nicht so wie David. Er ist die Krankheit in meinem Leben. Ein Tumor, den man einfach nicht los wird, egal, wie tief man schneidet. Ich wünschte, David wäre tot.

Hat man in Märchen nicht immer drei Wünsche frei?

Ich wünsche mir, David wäre tot. Ich wünsche mir, Frank würde mich ansehen, wenn sich der Vorhang hebt, mit seinen kalten, wissenden und verruchten Augen, den Augen eines erbarmungslosen Jägers. Und ich wünsche mir, ich wäre wie Frank. Das wäre mein dritter Wunsch: Ich bin Frank.

Aber im wirklichen Leben hat man keine drei Wünsche frei. Man bekommt noch nicht einmal einen einzigen verfluchten Wunsch. Im wirklichen Leben muss man sich um alles selbst kümmern. Nur so funktioniert das hier unten, auf der von Gott verlassenen Erde. Manchmal könnte man wirklich meinen, dass es nie einen Gott gegeben hat.

Drei lausige Wünsche; ist das denn zu viel verlangt?

David starrt mich unentwegt an. Wenn ich nach links blicke ebenso, wie auf der rechten Seite. Ich weiß, dass er auch hinter mir steht.

David ist überall. Und seine farblosen, unwissenden Augen starren mich an und verurteilen mich.

Wie kann so jemand wie David es wagen, mich zu verurteilen? Wie kann er es wagen, mich anzusehen? Mich?

Aber wenn ich keine drei Wünsche bekomme, werde ich mich eben selbst um alles kümmern müssen. So wie immer.

Ich werde mich um dich kümmern, mein lieber David. Da kannst du dir ganz sicher sein. Und dann werden sich meine verdammten Hände um deinen verdammten Hals legen, bis deine verdammten Augen zerplatzen.

Ich werde einfach ausprobieren, ob so etwas funktioniert. Und falls nicht, auch gut – Hauptsache, ich habe meinen Spaß.

Der Vorhang schließt sich wieder und David verschwindet.

***

Die Nacht bricht herein. Sie kommt wie räudiges Getier aus den Häusern gekrochen, quillt, aufgebrochenen Geschwüren gleich, unter Türen und aus Fenstern hervor und ergießt sich auf die Straße. Finstere Gassen speien die Dunkelheit auf das Pflaster; sie steigt aus Kanaldeckeln auf und fällt wie ein grotesker Vorhang vom Himmel, als würde die Erde ihre letzte Vorstellung beenden.

Die Schatten werden größer und verleihen der Stadt völlig neue Dimensionen. Farben verblassen und lassen graue und schwarze Schemen zurück, die an Gemälde entarteter Künstler erinnern.

Nichts regt sich. Kein Strauch wiegt sich im Wind, kein Blatt wird tanzend über den Asphalt getrieben. Es scheint, als würde die Welt sich selbst zum Sterben niederlegen. Was am Tag im strahlenden Sonnenschein noch das verträumte Kleid von Normalität trug, verliert in der Nacht jegliches Leben und legt sich wie tote Haut über die Dächer und Straßen der Stadt. Zurück bleibt ein stiller Friedhof aus Beton, Stahl und

Glas, in dessen Gassen der Gestank des Todes wie nebeliger Dunst aus dem Asphalt steigt.

David starrt aus dem Fenster. Die alte Furcht des Menschen vor absoluter Finsternis steigt in ihm wie eisige Wogen an die Oberfläche. Er würde sich nie an den Anblick der Nacht gewöhnen können. In der Dunkelheit lauern Schatten. Sie huschen in groteskem Tanz durch die Schwärze, verhöhnen und beobachten ihn und warten darauf, dass er einen Fehler macht.

In dieser Nacht versteckt sich sogar der Mond hinter düsteren Wolken und lässt die Überreste der Erde in einem farblosen Sumpf versinken.

David schließt den Vorhang, lässt den Rollladen herunter und überlässt die Nacht sich selbst. Die wenigen Öllampen und Kerzen, die er entzündet hat, beruhigen ihn. Das finstere Meer in ihm sinkt und lässt trostlosen, kalten Fels zurück.

Immer noch am Fenster stehend, blickt er sich im Zimmer um. Es ist so eingerichtet, wie er es sich stets gewünscht hat, jedoch nie leisten konnte. Es musste erst die Welt untergehen, damit sich seine Wünsche erfüllen.

Die Möbel sind schwer und dunkel und stehen wie schlafende Riesen aus einem düsteren Märchen an den Wänden und in den Ecken. Sie schenken ihm das Gefühl von Geborgenheit und erinnern ihn an das Haus, in dem er aufgewachsen ist. Seine Großeltern hatten ähnliches Mobiliar besessen. Ihr Haus, das heute noch am Rande der Ausläufer von New York an einem glitzernden und murmelnden Bach steht, hatte durch die dunklen Schränke und Tische wie eine gemütliche Höhle gewirkt, in der man ihm Märchen erzählte und wo er sich verstecken konnte, ohne dass der Rest der Welt ihn wahrnahm.

Schon als Kind hat David die schwere Melancholie geliebt, die ihn stets unter einem feinen Tuch verborgen hielt und ihm eine eigene kleine Welt inmitten von Hektik, Lärm und Gewalt bereitete. Sein Vater hat ihn nie verstanden, ihn einen *Träumer* genannt, der es auf diese Art nie zu etwas im Leben bringen würde. Oft hat er David verprügelt, meistens, wenn er getrunken hatte, um seine Wut auf den erbärmlichen Job und das Leben im allgemeinen an jemandem auszulassen. David hat sich nie zur Wehr gesetzt, und so bot er das perfekte Opfer.

Die dunkle Höhle seiner Großeltern am Fluss hat ihn vor den Schlägen der Welt und denen seines Vaters beschützt. Er hat lange gebraucht, bis er sich diesen vertrauten Ort hier in diesem Haus schaffen und all das Böse, das in der Nacht lauert, aussperren konnte. Doch Zeit ist sein geringstes Problem.

Die Möbel stammen fast ausschließlich aus den Häusern in seiner Straße. Im hellen Sonnenschein, wenn sich die Nacht mit ihren fürchterlichen Schatten wie ein Raubtier auf der Lauer zurückgezogen hat, ist David mit breiten Handkarren oder einem Lieferwagen von Haus zu Haus gefahren, um sich die Vorstellung einer perfekten Welt zu verwirklichen. Es hat ihn fast zwei Wochen Zeit gekostet, denn die Möbel waren schwer und David alleine. Es gab niemanden da draußen, der ihm hätte helfen können. Aber, wie bereits erwähnt, Zeit ist das einzige, das er im Überfluss besitzt.

Die Kerzen auf den Kommoden und die antike Öllampe auf dem schweren Eichentisch schaffen es kaum, die Schatten der gewaltigen Möbel zu verdrängen. Doch genau das ist es, was David beabsichtigt. Er kauert sich tief in den Schoß der Dunkelheit und genießt die Liebkosungen der Melancholie, wie sie nur eine sterbende Welt zu geben imstande ist. Niemand, der mit der Nacht in seine Stadt kommt, wird ihn hier finden können.

Auf dem Tisch stehen die Reste seines Abendessens. Gegarte Kartoffeln, Gemüse und ein Salat, der aus seinem eigenen Garten stammt.

Mit einem Seufzen geht er zu einem kleinen, mit Batterien betriebenen CD-Spieler und legt Neil Young auf; so, wie jeden Abend. David hat diese schwermütige Musik schon als Kind geliebt. Er findet, dass ihre traurige Botschaft ausgezeichnet zu dieser Welt passt.

Als ›Helpless‹ den Raum erfüllt, verschmilzt er mit den Schatten und wartet darauf, dass die Nacht verschwindet.

***

Ich beobachte sie seit einer Stunde. Sie kam von Norden in die Stadt, in der Mitte der Straße, mit einem Gewehr, das sie quer vor ihrer Brust hielt.

Ich befand mich in einer finsteren Gasse auf der Suche nach Nahrung, als ich ihren Duft witterte: sauren Schweiß und Angst. Der Geruch überwältigte die Ausdünstungen von verrottetem Fleisch und Kot, die in der Gasse herrschten, und drückte sie nieder. Zurück blieb die Frau.

Ich folge ihr in den Schatten von Häusern und Büschen, nackt und auf allen Vieren, so, wie es mir als Kreatur der Nacht zusteht. Tief sauge ich ihren weiblichen Geruch in meine Lungen, berausche mich daran, schmecke sie auf meiner Zunge und betrachte schamlos ihre schlanke, hochgewachsene Gestalt. Sie ist eine Kriegerin, das sehe ich an der Geschmeidigkeit ihrer Bewegungen. Ihre Kleidung ist zerrissen und entblößt so viel ihres Körpers, dass mir Speichel aus dem Maul läuft und sich an meinem Kinn sammelt.

Obwohl die Nacht schwarz wie Tinte ist, kann ich ihre Haut leuchten sehen, bleich wie die einer Toten, so edel wie glänzendes Porzellan.

Ich spüre, wie ich hart zwischen den Beinen werde. Wann habe ich zum letzten Mal eine Frau gesehen? Verdammt, ich kann mich nicht einmal mehr daran erinnern.

Ihre Schritte sind vorsichtig, aber dennoch von einer berauschenden Anmut. Mir scheint, sie ist sich bewusst, dass ich sie beobachte. Sie will mich mit ihrem unschuldigen und naiven Tanz verführen und in ihren weibischen Bann schlagen. Die Luft knistert und liebkost meinen nackten Leib.

Ich bin der Jäger – und sie die Beute. So ist es immer schon gewesen, auch als die Welt noch eine andere war, und so wird es auch in der neuen Zeit sein. Nur die Starken werden fressen und die Wonnen von Macht und Gier schmecken.

Unwillkürlich stoße ich ein tiefes Knurren aus und ziehe mich im selben Moment in den Schutz eines alten Werbeplakates zurück. Doch sie hat mich nicht gehört. Unbeirrt schleicht sie weiter die Straße hinunter, genau auf der Mittellinie. Sie ist keine Anfängerin. Ihr Blick geht von rechts nach links und wieder nach rechts. Sie untersucht die Schatten der Häuser, lauscht, wittert. Sie ist wie ich, eines der letzten Raubtiere der Erde. Doch es kann nur einen Jäger geben.

Plötzlich bleibt sie stehen. Es ist, als würde die Nacht den Atem anhalten. Ich verschmelze mit den Schatten eines Hauseingangs. Mit dem Gewehr im Anschlag dreht sie sich einmal um sich selbst. Ihr langes Haar scheint von innen her zu leuchten. In der Dunkelheit erscheint sie mir wie ein vom Himmel gefallener Engel.

Hat sie mich gesehen? Meine Erregung gewittert? Ich kauere mich tief in die Schatten und winsele. Ich muss vorsichtiger sein.

Mit langsamen Schritten, die Umgebung nicht aus den Augen lassend, geht sie auf eines der Häuser zu. In meinem Kopf teilt sich plötzlich für einige Augenblicke ein schwerer, düsterer Vorhang. Ich bin selbst oft in dem Geschäft gewesen, das sich im Erdgeschoss des Hauses befindet. Früher, zu einer anderen Zeit, in einer anderen Welt. Damals bin ich ein anderer gewesen – und nicht alleine. Der Vorhang schließt sich wieder und die Bilder verschwinden, ehe ich sie begreifen kann.

Das Zerbersten von Glas rollt wie kreischender Donner durch die Nacht und lässt mich erzittern. Die Frau springt mit einer anmutigen Bewegung auf die Straße zurück, hält das Gewehr auf den Eingang des Hauses gerichtet und wartet. Der Anblick ist zu viel für mein Verlangen. Die Härte zwischen meinen Beinen entlädt sich in einem heißen Schwall. Ich kann ein heiseres Keuchen nicht vermeiden. Himmel und Erde tauschen für einige köstliche Sekunden die Plätze.

Die Frau dreht sich um, starrt in meine Richtung. Doch ich bin ein Schatten in den Schatten. Ich bin die Schatten. Sie sieht mich nicht, wendet sich wieder dem Gebäude zu.

Die Stufen des Eingangs, auf denen ich kauere, stinken nach meinen Säften. Ich rieche daran und koste meinen eigenen salzigen Geschmack. Lange Fäden aus Speichel und Sekret hängen von meinen Lippen. Dabei lasse ich die Frau nicht aus den Augen.

Als sie sicher ist, dass sie mit dem Lärm der eingeschlagenen Scheibe im Haus nichts geweckt hat, schleicht sie zum Eingang zurück, greift durch das Loch im Glas und drückt die Tür nach innen. Als sie im Haus verschwindet, kann ich Glas unter ihren Füßen knirschen hören. Dann wird es still auf der Straße und die Stadt ist so verlassen wie immer.

Ich verharre in den Schatten des Hauseingangs, berauscht von meinem eigenen Gestank und dem Geruch der

Frau. Beides vereinigt sich mit der Dunkelheit zu einer wollüstigen Symphonie. Welche Vergeudung! Wieder zwängt sich ein raues Knurren meine Kehle hinauf, roh und animalisch.

Das Haus hat sich in seine Schatten zurückgezogen. Ein düsterer Betonklotz, leer, verlassen und tot. Die Frau bleibt verschwunden.

Vorsichtig wage ich mich aus der Nische, krieche über die Straße und gehe hinter dem Wrack eines ausgebrannten Lieferwagens in Deckung. Obwohl schon Monate vergangen sein müssen, riecht das Metall noch immer nach verschmortem Kunststoff, heißem Eisen und kalter Asche.

Die Scheiben des Geschäftes sind schwarz, reflektieren die düstere Wolkendecke wie die Wellen eines finsteren Meeres.

Grunzend bewege ich mich weiter, kauere mich unter das Schaufenster und lausche, während ich meine Männlichkeit streichele. Ich kann sie hören. Das Rascheln von Stoff. Schritte. Etwas fällt polternd zu Boden, rollt über Fliesen und verstummt. Für einige Sekunden erfüllt die vertraute Stille die Luft, dann sind wieder Schritte zu hören.

Vorsichtig erhebe ich mich, kauere vor dem Fenster und drücke meine Stirn gegen das kalte Glas. Ich sehe die Schemen von Kleidungsstücken in der Auslage. Hosen, Röcke und eine Puppe ohne Kopf, die ein Kleid trägt. Dazwischen Schilder, die ich nicht entziffern kann. Ein grauer Schleier liegt über allem. Spinnen kriechen über zwei Hosen, die an Ketten von der Decke hängen. Dahinter, in der Dunkelheit des Ladens, kann ich die Frau sehen. Sie hält etwas in der Hand, das wie das Fell eines Tieres aussieht. Und sie ist nackt.

Ich unterdrücke ein Grunzen und entlade meine Erregung erneut, diesmal gegen den Sockel des Schaufensters. Es schmerzt, als meine Genitalien gegen den harten Stein schlagen. Ich rolle mich auf den Rücken und starre keuchend und wimmernd in die Schwärze der Wolken hinauf. Das Haus ragt wie ein gigantischer Koloss über mir auf und scheint den Himmel zerfetzen zu wollen.

Tränen steigen mir in die Augen und lassen die Nacht verschwimmen. Kalter Schweiß kühlt meinen lodernden Leib und lässt mich zittern. Entgegen aller Vorsicht stoße ich ein raues Knurren aus. Mein Herz schlägt wild gegen meine Brust und droht sie zu zerbersten, als bestünde sie aus dünnem Glas. Meine Finger krallen sich in die Fugen der Steine, mit denen der Bürgersteig ausgelegt ist. Ich kann harte Erde spüren.

Als ich mich wieder beruhigt habe, richte ich mich auf, betrachte meine Ausscheidungen an der Mauer und presse meine Stirn erneut gegen die Schaufensterscheibe. Mein heißer Atem beschlägt das Glas, sodass ich die Position wechseln muss.

Die Frau ist nicht mehr nackt. Meine Augen verengen sich zu schmalen Schlitzen. Sie trägt eine Hose und etwas, das eine Bluse sein könnte. Die wunderschönen, nackten Stellen ihres Körpers sind verschwunden. Ein enttäuschtes Grollen verlässt meinen Mund. Speichel tropft in langen Fäden auf den Boden zu meinen Füßen. Sie begutachtet sich in einem Spiegel. Für Sekunden kann ich zwei Frauen sehen. Das Gesicht im Spiegel ist ein heller Fleck, umrahmt von dunklem, langem Haar. Ich bilde mir ein, dass mich ihr Spiegelbild anstarrt, sich unsere Blicke für eine Sekunde treffen und vereinen. Dann verschwindet die zweite Frau. Die Erste beginnt, Kleider in eine Tüte zu packen und greift nach ihrem Gewehr, das neben dem Spiegel steht.

Es wird Zeit, abzuhauen.

Ich schlage mit der flachen Hand gegen das Glas der Scheibe, spüre die Vibration. Einmal nur möchte ich die Frau berühren. Doch ich schleiche gebeugt, mit hängenden Armen, um das Gebäude herum und verschmelze mit den

Schatten eines unbebauten Grundstücks, das sich an das Geschäft anschmiegt. Dort, inmitten von verbogenen Eisenstangen, Steintrümmern und verrottetem Papier, beobachte ich kauernd und sabbernd, wie die Frau das Haus verlässt, das Gewehr in einer Hand, die Tüte in der anderen.

Die Hose, die sie nun trägt, ist eng und betont ihre langen Beine. Ihre Bluse leuchtet wie Schnee in der Nacht. Sie ist wahrhaftig ein Engel, den es zu schänden gilt.

Ich werde zum dritten Mal hart, stoße ein klägliches Heulen aus. Die Frau wirbelt herum, starrt mich direkt an und dreht sich dann einmal im Kreis. Mit fließenden Bewegungen springe ich über das leere Grundstück zu einer alten Steinmauer, die einen Garten begrenzt und vor der ein Stapel alter Autoreifen liegt. Papier raschelt unter meinen nackten Füßen, Steine poltern. Mein Atem wird zu wildem Keuchen. Dann werde ich zur Nacht. Die Frau bleibt alleine auf der Straße zurück.

***

David weiß, dass es Samstag ist. Er hat einen Kalender, streicht jeden einzelnen Tag an. Warum er das tut, weiß er nicht. Vielleicht wird es eines Tages wichtig sein zu wissen, welcher Tag ist. Außerdem denkt er, dass es ihm das Sterben erleichtert, wenn er weiß, an welchem Tag es ihn erwischt.

Er hat sich schon oft vorgestellt, dass er an Weihnachten sterben möchte. Als Kind hat er das Fest geliebt. Die erhabene Stille, die sich über das Land senkt, die Weihnachtslieder, die seine Mutter während des Backens leise summt, und der verführerische Duft, der das ganze Haus erfüllt, wenn sie am Abend Plätzchen und Lebkuchen aus dem Ofen nimmt und in eine große Blechkiste mit weihnachtlichen Motiven füllt.

Solche Tage haben stets einen eigenen Zauber auf David ausgeübt und ihn die Schrecken einer Welt, in der er scheinbar keinen Platz finden konnte, und seinen tyrannischen Vater vergessen lassen. Er ist ein anderer Mensch an diesen Tagen gewesen; fröhlicher, ruhiger und freier.

Er findet, dass die Heilige Nacht eine ausgezeichnete Wahl wäre, sein letzter Tag auf dieser Erde zu sein. Doch bis dahin würden noch viele Tage vergehen müssen, einer wie der andere. Es macht keinen Unterschied mehr. Am Morgen wird es hell und am Abend dunkel. Und dazwischen … dazwischen versucht David, jeden gottverfluchten Tag zu überleben und sich in Gedanken bereits auf Weihnachten zu freuen. Er würde der Heiligen Nacht seinen eigenen, verführerischen Duft schenken, doch erst einmal streicht er den Samstag im Kalender durch, den dritten im August.

Als er die Rollläden öffnet, streicht der Tag wie ein glühender Fächer durchs Fenster und zeichnet helle und dunkle Streifen auf den Teppich. Dazwischen tanzen Staubflocken.

Wie an jedem Morgen steht David auf der rechten Seite des Fensters und sieht in den Vorgarten hinaus. Früher einmal blühten Rosenbüsche und Blumen, deren Namen er nicht kannte, vor dem Haus und verströmten ihren süßen Duft. Die Blumen sind Darleens Werk gewesen. Sie hat ein Händchen dafür besessen und den kleinen Garten in jedem Sommer in eine kleine, bunte Oase verwandelt. David hat ihr oft dabei zugesehen, einfach nur, um sie anzuschauen. Ihr Haar, das im Sommerwind glänzte, und ihre Augen, die den Sonnenschein einfingen und tausendfach widerspiegelten. Davids Beitrag zu ihrer kleinen Insel hat darin bestanden, die einzelnen Büsche und Blumenbeete mit flachen Steinen miteinander zu verbinden, damit Darleen zwischen den farbigen Büschen umherhuschen konnte.

Diese Tage waren mit nichts auf der Welt zu vergleichen. Sie sind Davids liebste Erinnerungen geworden. Bilder, die er oft in den Nächten aus seiner kleinen Schatzkiste hervorkramt und betrachtet, während sein Herz zu zerspringen droht.

Die Sommer mit Darleen würde es nie wieder geben. Die Sonne würde sich nicht mehr in ihren Augen spiegeln und sie würde ihm auch nicht mehr zu erklären versuchen, durch welche Züchtungen manche ihrer Blumen entstanden sind. Auch ihre Erzählungen über die Großmutter, die ihr all das Wissen über Blumen vererbt hat, sind für immer verstummt.

Seine Erinnerungen sind einfach nur noch Bilder. Starre, glatte Bilder, bar jeglichen Lebens. David kann sich nicht einmal mehr vorstellen, wie Darleen von einer Steinplatte zur nächsten gehüpft ist. Er weiß nicht mehr, wie sich ihr Haar im Wind bewegte oder ihr Kleid ihren schlanken Körper wie einen Schleier umspielte. Alles, was er noch hat, sind leblose Bilder. Bilder, die heute seinen wertvollsten Besitz darstellen. Stille, erstarrte Fotografien aus einer Zeit, in der alles anders war. Einer Zeit, in der er glücklich und nicht alleine war.

Der Garten ist mittlerweile verwildert. Die Steinplatten sind unter Unkraut und Dornenranken verschwunden, die Rosenbüsche gleichen kahlen, abgestorbenen Skeletten, die sich verzweifelt dem Himmel entgegenstrecken.

Anfangs hat sich David noch um die kleine Oase gekümmert. In den ersten Tagen, als sich plötzlich alles veränderte, ist er jeden Tag nach draußen gegangen und hat Äste und Unkraut von den Büschen und Steinen entfernt. Es ist wie in den Sommern mit Darleen gewesen. Er hat sich vorgestellt, wie sie neben ihm steht und sich um ihre Rosen kümmert, während er Äste und Dreck aufliest. Darleen hat die Angewohnheit besessen, mit ihren Blumen zu sprechen. Sie sagte, das würde ihnen beim Wachstum helfen und ihnen ihre Liebe vermitteln. David hat sich in den ersten Tagen genau das vorgestellt: Wie Darleen in ihrer fleckigen Garten-Jeans auf einer seiner Steinplatten steht und mit einer roten Rose redet. Er konnte ihre Stimme hören, tief in seinen Gedanken, und er glaubte sogar, ihr Parfüm in der Morgenluft zu riechen. Wenn er dann wieder ins Haus ging, waren seine Hände schmutzig und seine Augen tränenfeucht.

Irgendwann ist er dann nicht mehr nach draußen in die Oase gegangen, weil es ihn einfach zu sehr schmerzte. Stattdessen begnügte er sich damit, den kleinen Garten vom Fenster aus zu betrachten. Darleen war immer bei ihm, sprach mit ihren Blumen und lachte über seine albernen Scherze. Wenn er jetzt aus dem Fenster sieht, ist der Garten still. Darleens Stimme hat der Wind mit sich fortgetragen, die Farben der Blumen und Büsche sind verblasst und die Steinplatten verschwunden. Zurück ist nur ein grauer Garten geblieben, unter dessen wucherndem Unkraut bald die letzten Erinnerungen erstickt sein werden.

David fragt sich, wie lange es wohl dauern mag, bis sich die Natur auch den Rest der Stadt genommen hat. Er tritt vom Fenster zurück und steckt Darleens Foto in die Schatulle seiner Erinnerungen zurück. Er muss aufpassen, dass er mit seinen Fingern nicht die letzten Farben von ihr verwischt. Wenn Darleen erst einmal grau geworden ist, hat er gar nichts mehr.

Als er in die Küche geht, betrachtet er die Dosen, die er ordentlich in einer Ecke gestapelt hat. Früher befand sich an der Stelle der Korb für Bonzo, ihren Schäferhund. Jetzt stehen dort Davids Vorräte, wie eine Pyramide aufgestapelt.

Er greift nach einer Dose mit eingelegten Pfirsichen, öffnet sie und schüttet sie mit dem Saft auf einen Teller. Dann setzt er sich an den Tisch und beginnt langsam zu essen. Er sollte nichts Süßes mehr essen, hatte ihm Dr. Myers ungefähr drei Wochen, bevor alles endete, mit sorgenvoller Miene beizubringen versucht.

Scheiß auf Dr. Myers, denkt David und genießt die schwere Süße des Pfirsichsaftes auf seiner Zunge. Vielleicht würde er später am Tag noch in die Stadt gehen.

Während er isst und der Raum ihm dabei still zusieht, spürt er, wie sich eine unangenehme Kälte in seine Knochen schleicht. Er kann sich nicht helfen, irgendetwas ist anders; als würden sich unheilvolle Schatten unter den Türen hindurchzwängen und den Raum mit Dunkelheit füllen, nur dass der Raum sein Verstand ist. Irgendetwas verdunkelt seine Gedanken.

Selbst die Luft um ihn herum scheint an diesem Tag anders zu schmecken. Als hätte sich etwas lautlos herangeschlichen und die Luft mit seinem Gestank verpestet.

Etwas stimmt nicht, denkt er und isst den Rest der Früchte. Der Zucker verklebt seine Lippen. *Scheiß auf Dr. Myers.*

***

Sie kauert sich in eine Ecke, zieht die Beine ganz fest an den Körper und legt ihre Stirn auf die Knie. So, wie sie es in ihrem Haus in Waterbury tat, wenn sich das

Schweigen der Stadt auf sie stürzte. Schon als Kind hat sie sich immer zu verstecken versucht, wenn sie vor etwas Angst hatte. Genauso versucht sie sich auch jetzt zu verstecken. Verstecken vor … *Etwas* … das sie gespürt hat.

Ich hätte weiterziehen sollen, denkt sie und ist wütend auf sich selbst. *Noch in der Nacht. Einfach fort von hier.*

Sie weiß nicht, was sich da in der Nacht an sie herangeschlichen hat. Etwas ist ihr gefolgt, seit sie die ersten Häuser der Stadt erreichte. Ein schlechter Geruch hat in der Luft gehangen und ihr in der Nase gekitzelt. Aber es ist nicht der übliche Gestank nach verrottetem Abfall, Fäulnis und dem langsamen Zerfall der Häuser gewesen, den sie in jeder Stadt, durch die sie gekommen ist, vorgefunden hat. Da war etwas, das die üblichen Gerüche überlagerte. Etwas, das die Luft dick und lebendig machte. Etwas Schlechtes. Etwas *Böses* …

Im Laufe der Monate hat sie einen Sinn dafür entwickelt zu fühlen, wenn etwas nicht in Ordnung ist. Ein fremder Geschmack auf der Zunge, ein Reizen ihrer Nase durch einen Duft, der nicht dazugehört.

Dieses *Etwas* hat sie verfolgt. *Es* hat sich in den Schatten von Häusern und Bäumen versteckt gehalten, wie ein schleichender Schatten in einem Albtraum. Doch *Es* war da gewesen, so eindeutig, dass sie manchmal sogar die Richtung bestimmen konnte, aus der sie beobachtet wurde.

In dem Geschäft mit den hübschen Kleidern hat sie dann gespürt, wie dieses *Etwas* ihren nackten Körper anstarrt. Das Gefühl ist abscheulich gewesen, als würde das Geschöpf sie mit seinen kalten, bleichen Händen abtasten und jeden Zentimeter ihres Körpers erkunden. Ihre Nackenhärchen haben sich aufgerichtet, während Eis durch ihre Adern floss. Als sie sich im Spiegel in ihren neuen Kleidern betrachtete, hat sie einen Schatten erkennen können: Etwas Dunkles, das vor dem Schaufenster kauerte und sich mit der Nacht tarnte; ein Albtraum aus Dunkelheit und den Ängsten ihrer Kindheit. Dann schlug das Geschöpf knurrend gegen die Scheibe und verschwand.

Als sie wieder auf der Straße stand, verflog das widerliche Gefühl, beobachtet zu werden, allmählich; als würde der Wind den Gestank einer tiefen Grube mit sich forttragen.

Ich hätte weiterziehen sollen, denkt sie erneut und spürt Zorn auf sich selbst tief in ihrem Inneren aufsteigen. *Stattdessen sitze ich hier, in einer kalten, dunklen, nach Tieren stinkenden Wohnung, deren Tür ich aufgebrochen habe, und verstecke mich vor dem, was da draußen in der Stadt lauert.*

Es ist immer noch da, sie kann es spüren. Auch wenn die Nacht bereits gegangen ist, so hat sie das Geschöpf zurückgelassen.

Ich kann mich nicht ewig verstecken, denkt sie, und hasst ihre eigenen Worte. Sie würde am liebsten nur noch schlafen. *Solange es Tag ist, kann ich die Stadt verlassen.*

Sie öffnet die Augen und betrachtet die schmutzigen Pfützen aus Sonnenschein, die durch die Fensterläden sickern und morastige Teiche auf einem verschimmelten Teppich bilden. Selbst der Tag scheint in dieser Stadt nach etwas Schlechtem zu riechen.

Es lauert, selbst am Tag, schreien ihre Gedanken. *Doch ich muss weiter, noch ehe die Nacht erneut hereinbricht.*

***

Was David früher wichtig erschien, zählt heute nicht mehr. Im Laufe der Zeit ändert sich die Sichtweise. So, wie sich die Welt verändert hat, hat auch David sich verändert: Seine Gedanken, die Gefühle, die Ängste. Selbst sein Lebensrhythmus ist nicht mehr derselbe wie früher.

Früher ... wann war das? Er kann sich fast schon nicht mehr erinnern.

Die Tage rauschen wie ein ewiger Fluss an ihm vorbei und lassen nichts zurück. Jeder Tag scheint eine exakte Kopie des vorangegangenen zu sein; es wird hell, es wird dunkel, warm und kalt. David wird älter und kommt dem Tod näher. So bemisst er seine Tage. Er steht auf, wenn es hell wird und weiß, dass ein neuer Tag beginnt – egal welcher. Er streicht ihn am Kalender an und hat im nächsten Moment vergessen, wie man den Tag früher einmal nannte. Spät in der Nacht legt er sich irgendwann schlafen und lauscht der Stille, die alles verschluckt und zu seinem Leben geworden ist.

Noch bevor es hell wird, ist er wieder wach. Er braucht nicht mehr viel Schlaf, eine weitere Veränderung. Vielleicht hängt dies mit seiner beschaulichen Eile zusammen. Die Welt ist langsamer geworden, und er hat sich ihr angepasst, so wie sich das Wasser eines Bachs seinem Flussbett anpasst, obwohl er sich nicht mehr daran erinnern kann, wie ein Bach aussieht oder wie er riecht oder klingt. Manchmal versucht er, es sich in der Nacht vorzustellen, wenn die Stille aus ihren Nischen und Ecken springt und in der Dunkelheit tanzt. Doch es gelingt ihm nicht. Die Wege zurück in seine Kindheit, zu dem kleinen Haus seiner Großeltern an dem Bach mit seinen mächtigen Weiden, deren Äste bis in die sich kräuselnden Wellen reichen, sind ihm versperrt – als hätte es sie nie gegeben.

Selbst seine Erinnerungen verändern sich. Sie verlieren ihre Farben und werden zu einem verwaschenen Grau, ohne Konturen oder Inhalt. Seine Erinnerungen waren ihm stets das Wertvollste. Er hat sie besser behütet als sein eigenes Leben. Doch alles, was geblieben ist, sind graue, stumme Bäche. Eine graue Welt, die ihm mit jedem Tag ein kleines Stück fremder wird.

Das sind die Momente, in denen eine kalte Trauer seine trüben Gedanken noch dunkler erscheinen lässt. Dann kommt David hierher und betrachtet seine Stadt. Er sitzt stets an derselben Stelle, am Ende eines schmalen Anlegestegs, lässt die Beine baumeln und blickt über den Fluss, dessen Namen er vergessen hat und dessen Rauschen nichts mit dem Bach seiner Großeltern gemein hat.

Dort, auf der anderen Seite, wo die Kaimauer senkrecht in den glitzernden Wellen verschwindet, ragen die Skelette seines früheren Lebens in den Himmel empor. Auf die Entfernung hin wirken sie bedrohlich, wie sie düsteren Schatten gleich in die Wolken greifen. Wenn man aber dort ist und durch die dunklen Schluchten mit ihren kalten Winden und dem immerwährenden Schweigen wandert, verlieren sie schnell ihre Bedrohlichkeit und kommen einem nur noch trübsinnig und nutzlos vor. Der einstige Glanz ist lange schon von Regen und Wind weggespült. Zurückgeblieben ist lediglich das ungeschminkte, hässliche Gesicht einstigen Fortschrittes. Alles wirkt düster, die hohen Mauern grau, von braunen Schimmelflecken verborgen, die glaslosen Fenster stumpf, wie die Augen eines lange Verstorbenen, an den man sich nicht mehr erinnern kann. Wo sich die Natur mit brachialer Gewalt ihren Raum durch Feuer wiedergenommen hat, stechen nur noch geschwärzte Stahlknochen und von Ranken und Efeu überwucherte Ruinen in die Höhe, im sinnlosen Bemühen, den Niedergang zu überdauern. Nichts rührt sich dort, lediglich der Wind weht heulend durch die Schluchten und leeren Fenster und trägt seine Todesmelodie bis zu dem schmalen Steg hinüber.

Manchmal denkt David, dass der Wind ihm etwas zuflüstern möchte. Er will ihn locken, so wie es die Sirenen in alten Sagen taten. *Komm auf die Seite der Toten,* flüstert der Wind, wenn David die Augen schließt und ganz genau hinhört. *Hör auf zu kämpfen und komm auf die stille Seite.* Wie gerne würde er sich einfach in die traurige Melodie der Stimmen fallen lassen.

Zu Beginn des Sommers ist er einmal über die alte, steinerne Brücke gegangen, die einige Straßen weiter den Vorort, in dem David lebt, vom Stadtkern trennt. Er hat eine tiefe Furcht empfunden, als er von den grauen Schluchten der Ruinen verschluckt wurde. Der Tag schien auf der anderen Flussseite etwas dunkler zu sein, was daran liegen mochte, dass die steil aufragenden Häuserwände und Bürokomplexe jegliches Licht zu absorbieren schienen und eine düstere, kalte Aschelandschaft zurückließen.

Die Stille in den Straßen ist ihm wie ein unsichtbares Wesen vorgekommen, das sich schleichend und lauernd zwischen den Ruinen der Stadt fortbewegt. Die Häuser atmeten den Tod aus. Aus zerborstenen Fenstern und offenen Türen quoll der Gestank nach Abfall, Aas und etwas, das so sauer wie ranzige Milch roch, auf die Gassen und Straßen. David hatte das Gefühl, durch einen Sumpf zu waten, dessen Dünste sich schwer auf seine Atemwege legten. Er ist über Berge von Papier, schwarzem, verrottetem Laub und Dreck gegangen, bis er ein kleines Restaurant erreichte, in dem er früher gerne mit Darleen zu Abend gegessen hat.

Er hat lange vor dem alten Backsteinbau gestanden und das Haus betrachtet. Die Fenster waren mit einer dicken Staubschicht bedeckt, und die Eingangstür stand weit offen, als erwarte das Haus seinen Besuch. Das Neonschild des Restaurants lag zersplittert auf dem Gehweg. David stieg darüber hinweg, ging zum Eingang und spähte vorsichtig ins Innere. Bleiernes Licht hat sich wie Tücher über Tische und Stühle gelegt und schien den gesamten Raum wie eine lebendige Präsenz auszufüllen. Der Gestank von verschimmelten Lebensmitteln und altem Staub lag schwer in der Luft.

Als David langsam durch den Raum ging, knirschten Steine und Abfall unter seinen Schritten. Er ist bis zu dem Tisch in der Nische gegangen, an dem er so oft mit Darleen gesessen hat. Dabei hatte er das absurde Gefühl, dass sich der Raum mit jedem Schritt ein wenig mehr seines alten, verstaubten Mantels entledigen würde und der Glanz der alten Tage zum Vorschein trat. Plötzlich konnte er blütenweiße Tischdecken erkennen, auf denen Weingläser im sanften Schein von Wandleuchten schimmerten. Die Polster der Stühle gewannen ihre tiefrote Farbe zurück und schälten sich aus dem namenlosen Grau des Niedergangs. David glaubte, die eiligen Schritte der Kellner zu hören, das Klingen von Gläsern, die zum Prost erhoben wurden, sowie die vornehme, gedämpfte Unterhaltung von Menschen, in deren anonymer Masse sie wie zwei Liebende untergetaucht waren.

Er setzte sich damals auf jenen Stuhl, auf dem er früher immer gesessen hat. Er verschränkte die Hände ineinander, schloss die Augen und betrachtete die Bilder, die in seinem Kopf entstanden. Es war, als würde er aus einem tiefen, schwarzen Gewässer auftauchen und zum ersten Mal wieder die Sonne sehen. Der Gestank der Stadt und das tiefe Schweigen der Straßen und Häuser waren vergessen. In Gedanken unterhielt er sich mit Darleen, die ihr schönstes Kleid trug und in deren Augen sich der sanfte Lichtschimmer der Weingläser widerspiegelte. Er konnte ihre Stimme hören, ihr Lachen, und roch ihr Parfum, das sie nur trug, wenn er sie in die Stadt zum Essen ausführte.

David saß lange Zeit an dem Tisch, der ihm die glücklichsten Momente seines Lebens beschert hat. Zum ersten Mal seit Monaten spielte die Andeutung eines Lächelns um seine Mundwinkel.

Irgendwann, als es Abend wurde, verblassten die Farben allmählich und wurden von Dunkelheit fortgespült. Die Gespräche und das Klappern von Geschirr verstummten, und Darleens Stimme verhallte wie das Flüstern des Windes in seinen Gedanken.

Als die Kälte in das kleine Restaurant gekrochen kam und sich der Raum wieder in sein staubiges Leichentuch hüllte, ist er gegangen. Er spürte erst, dass er weinte, als ihm der kühle Abendwind auf der Straße die Tränen trocknete.

Das ist das einzige Mal gewesen, dass David den Fluss überquerte. Die Stadt, das kleine Restaurant, sowie Darleen blieben auf der anderen Flussseite zurück, umhüllt von ewigem Schweigen und grauer Kälte. Ebenso die Erinnerungen an eine wunderschöne Zeit, die er für einige wenige Momente noch einmal spüren durfte.

Es ist Abend. David spürt eine feuchte Kälte, die über den Fluss gekrochen kommt. Mit langsamen Schritten geht er in den Teil der Stadt zurück, in dem er lebt – jetzt alleine, früher mit Darleen. Dabei starrt er auf den Boden und betrachtet abwechselnd seine Schuhe, die in seinem Sichtfeld auftauchen. Die Sportschuhe sind schmutzig und abgelaufen. Es wird Zeit, sich neue zu besorgen.

Über der Schulter trägt er sein Gewehr, obwohl es nichts mehr gibt, wofür er es benutzen könnte. Trotzdem reinigt und ölt er es zweimal in der Woche. Man kann ja nie wissen.

Er hält es so, wie es seine Westernhelden damals im Fernsehen immer getan haben. John Wayne und Clint Eastwood sind die Helden seiner Kindertage. In ihren Filmen sah das stets lässig und männlich aus. Heute trägt er es einfach so, weil es auf diese Art am bequemsten ist.

Mit müden Schritten geht er die Straße hinauf bis zur Kreuzung und bleibt dort stehen. Über ihm schaukelt eine verrostete Ampel im Wind. Irgendwo kann er das gleichmäßige Knarren eines Fensterladens hören. Verrottete Fähnchen flattern vor dem von Staub und Schlieren ergrauten Schaufenster eines Geschäftes.

Sonst ist alles still. Die Welt hat das Sprechen verlernt. Die einzigen Worte stammen von David selbst, wenn er mit sich redet. Er hat gemerkt, dass ihn die Gespräche davor bewahren, den Verstand zu verlieren. Ab und zu muss der Mensch einfach reden – egal was.

Manchmal hat er das Gefühl, dass er nicht alleine ist, wenn er mit sich selbst redet. Am Anfang hat er sich keine Gedanken darüber gemacht, da er das Gefühl mochte. Es war ungefähr mit dem berühmten Pfeifen im dunklen Keller zu vergleichen. Er fühlte sich geborgen und nicht mehr so einsam, wenn er mit sich selbst sprach.

Doch nach einigen Wochen war ihm aufgefallen, dass dieses Gefühl der Zweisamkeit keineswegs von einer zwar schizophrenen, jedoch äußerst willkommenen Neigung herrührte, vielmehr überkam ihn immer öfter das trügerische Gefühl, dass da *wirklich* jemand in seiner Nähe war, wenn er begann, mit sich selbst zu reden; als stünde ihm eine unsichtbare Person gegenüber und lauschte seinen Erzählungen.

David hat diesem *Jemand* sogar einen Namen gegeben. Er nennt diese imaginäre Person Frank, so wie sein zweiter Vorname lautet. Frank ist ein bisschen wie Harvey, der Hase, den er als Kind einmal in einem Film gesehen hat. Nur dass ihm Frank mit jedem Wort, das er ihm anvertraut, realer erscheint. Manchmal hat David sogar das Gefühl, dass er nur die Hand auszustrecken bräuchte, um Frank ertasten zu können. Die Vorstellung, dass sich Frank in eine reale Person verwandeln könnte, zeugt davon, dass David in dieser stillen und einsamen Welt beginnt, den Verstand zu verlieren. Doch warum soll er sich Gedanken um etwas machen, das funktioniert? Und wen würde es stören, wenn er wirklich verrückt werden würde?

Frank hilft ihm dabei, sein Leben so zu akzeptieren, wie es nun einmal ist. Er fühlt sich besser, wenn er mit Frank redet. Und in einer entvölkerten Welt klammert sich der Mensch sogar an eingebildete Partner, nur um nicht vollkommen dem Wahnsinn zu erliegen.

Früher, in seinem alten Leben, unterhielt man sich über das Wetter oder die Korruption in der Politik.

Männer redeten über Sport und Frauen. Frauen über sich selbst und ihre Männer.

David redet über alles. Über die Stadt, den Fluss, Darleen, seine Wohnung, die stillen Nächte und Neil Young. Wenn er irgendetwas tut, erzählt er sich selbst, was er gerade tut, als würde er einem kleinen Kind die Geheimnisse des Lebens erklären. Nur, dass das Leben keine Geheimnisse mehr hat.

Manchmal erzählt er auch Frank davon. Und manchmal, aber nur manchmal, antwortet ihm Frank sogar. Frank hat das Leben verstanden. Das nackte, brutale und sterbende Leben. Und durch ihn versteht David es auch.

»Verdammt still heute, was«, sagt er zu sich und betrachtet die grauen Wolkenberge, die sich im Westen auftürmen. Diesmal antwortet Frank ihm nicht. »Es wird regnen heute Nacht. Zeit, sich um das Abendessen zu kümmern.« Er legt sich das Gewehr wieder wie ein Joch über die Schulter.

Während er mit seinem Blick die Wolken abschätzt, geht er schwerfällig mitten auf der Straße zu seinem Haus. Er versucht, auf dem verblassten Mittelstreifen zu balancieren. Doch immer wieder muss er Gräsern und Unkraut ausweichen, die den Asphalt aufgebrochen haben.

Als er an einem Bekleidungsgeschäft vorbeikommt, bleibt er vor dem großen, verstaubten Schaufenster stehen und sieht Lilly tief in die Augen. Das tut er jeden Tag. Am Morgen begrüßt er sie, am Abend wünscht er ihr eine Gute Nacht.

Hat Will Smith in diesem apokalyptischen Film nicht dasselbe getan? David weiß es nicht mehr. Obwohl er sich den Film so oft mit Darleen zusammen angesehen hat, kann er sich nicht mehr daran erinnern. Die Bilder verblassen ebenso wie alles andere aus der alten Zeit, genau wie Darleen.

Manchmal, wenn die Flut aus Kummer und Resignation in David ihren Höchststand erreicht hat, erzählt er Lilly von der Ungerechtigkeit der Welt und seiner unbändigen Angst vor allem, was ihn noch erwartet. Lilly ist eine gute Zuhörerin. Ohne ihn zu unterbrechen oder sich gelangweilt abzuwenden, sieht sie ihn an und hängt förmlich an seinen Lippen. Sie blinzelt nicht einmal mit den Augen.

David ist irgendwann einmal in den Laden gegangen und hat ihr den Mund rot angemalt. Es erinnert ihn an bessere Tage, als Frauen sich schminkten und schicke Kleider trugen, und ein klein wenig auch an Darleen, die sich gerne hübsch machte, wenn er sie zum Essen ausführte. Mittlerweile ist die Farbe auf Lillys Lippen brüchig geworden und eher schwarz als rot. Doch Lilly ist für ihn immer noch eine verdammt schöne Frau.

Heute ist er zu müde, um mit ihr über seine Ängste zu reden. Und da sie ihm nie etwas über sich erzählt und auch ansonsten recht wortkarg ist, haucht er ihr einen Handkuss zu, lächelt sie verschmitzt an und zieht weiter.

Früher, in seinem alten Leben, hätte er sich so etwas einer Frau gegenüber nie getraut. Doch Lilly ist anders als die Frauen aus der alten Zeit. Und vielleicht hat auch David sich ein klein wenig verändert.

Sein Haus befindet sich am Ende der Straße, direkt neben der Mauer zum Park. Als er auf der Veranda steht, blickt er sich noch einmal um. Die Wolken sind dunkler geworden und scheinen direkt über den Schornsteinen der Häuser zu hängen. Ein kalter Wind ist aufgekommen, lässt Papier über den Asphalt tanzen und die vertrockneten Rosenbüsche rascheln. Die Straße erscheint ihm so nutzlos. Die Häuser, die verwilderten Gärten, selbst die Bäume – alles hat seinen Sinn verloren.

Gegenüber steht ein alter Lincoln in der Auffahrt der Thomsons. Dan Thomson ist ein guter Freund gewesen. Ein ehrlicher, ruhiger Kerl, der keiner Fliege etwas zu Leide tat. Seine Frau Meg war eine richtige Augenweide. Lange, braun gebrannte Beine, die sie im Sommer gerne in knappen Shorts zur Schau stellte, und die Kurven an den richtigen Stellen ihres schlanken Körpers. Das hätte David damals natürlich niemals laut geäußert, weder Dan noch Darleen gegenüber. Heute ist es egal, denn es ist niemand mehr da, den er mit seinen geheimen Gedanken verletzen kann.

Meg ist – natürlich neben Darleen – der einzige Mensch, den David wirklich vermisst. Ihr kleiner Junge, Dennis, war ein Taugenichts und hätte es im Leben wahrscheinlich nie zu etwas gebracht. Für ihn war der Untergang ein Segen. Aber Dan und Meg waren in Ordnung. Sie hatten zu viert so manche Abende auf der Veranda ihres Hauses verbracht und ein Bierchen getrunken. Während die Frauen zu jedem, der am Haus vorbeikam, eine Geschichte zu erzählen wussten, prosteten sich Dan und David grinsend zu und fragten sich im Stillen, was sie davon glauben konnten und was nicht. Sie taten eben das, was man in einer langweiligen Stadt an einem langweiligen Abend so machte, und es hat verdammt nochmal Spaß gemacht.

David denkt oft an diese Abende zurück und kann sogar das Bier auf seiner Zunge schmecken. Alles ist besser als das hier.

Gott, Dan, ich vermisse euch …

An Dans Lincoln kann David erkennen, wie die Zeit vergeht. Das Glänzen des schwarzen Lacks ist lange schon Vergangenheit. Heute scheint der Wagen eher grau zu sein. Äste und verfaulte Blätter liegen auf dem Dach und der langen Motorhaube, einer der Reifen ist platt. Über die Scheiben hat sich im Laufe der Zeit eine grüne Schicht gelegt.

Darleen hat sich oft darüber lustig gemacht, wenn Dan an Samstagen seinen Lincoln gewaschen und gewachst hat. Heute würde David seinen rechten Arm dafür geben, Dan noch einmal in seiner Auffahrt stehen zu sehen.

Als erste Regentropfen fallen und dunkle Flecken auf dem Bürgersteig hinterlassen, geht David ins Haus, verriegelt die Tür und schließt die Fensterläden. Ein weiterer leerer Tag, in einer leeren Stadt, in einem leeren Leben geht zu Ende. Als er die ersten Öllampen anzündet, beginnt das Unwetter.

***

Ein Donnern reißt sie aus den schwarzen Tiefen eines Alptraums. Mit einem heiseren Schrei schreckt sie auf, tastet die feuchte Wand hinter sich ab und schiebt sich an ihr nach oben, bis sie steht. Ihr Herz hämmert, als versuche es, ihren Körper zu zerschmettern. Das Licht im Zimmer hat einen grauen Schimmer angenommen. Etwas klopft mit einem ungleichmäßigen, langsamen Rhythmus gegen die Fensterscheibe. Im nächsten Moment wird das Zimmer von einem grellen Blitz aus den Schatten gerissen, die Nacht scheint für den Bruchteil einer Sekunde näher heranzurücken. Dann rollt das schläfrige Grollen von Donner durch die Stadt.

Sie geht auf zitternden Beinen, die nicht zu ihrem Körper zu gehören scheinen, zum Fenster und legt beide Handflächen gegen das kalte Glas. Die Nacht ist farblos und nass, der Himmel eine einzige schwarze Masse, die die Spitzen der Dächer zu berühren scheint.

Mit einem Kopfschütteln lehnt sie ihre Stirn gegen die Scheibe und genießt für Augenblicke die Kühle, die ihr das Glas schenkt. Dann jedoch kehrt die schreckliche Erkenntnis zurück und zerreißt ihre Gedanken wie ein glühender Dolch.

Ich habe den Tag verschlafen. Du Närrin hast den ganzen, verdammten Tag verschlafen, anstatt die Stadt hinter dir zu lassen.

Sie schlägt mit der flachen Hand gegen das Fenster, tritt zurück und dreht sich einmal um sich selbst. Das Zimmer ist wieder in seinen grauen Schatten versunken. Auf der Wolldecke, auf der sie geschlafen hat, liegen ihre Sachen: der alte Rucksack und die Plastiktasche aus dem Bekleidungsgeschäft. Ihre alten Kleider hat sie weggeworfen, ins Treppenhaus vor der Wohnung. Stattdessen sind in ihrer Tüte neue Unterwäsche, zwei paar Hosen und zwei Hemden eingepackt. Mehr würde sie nicht brauchen, bis sie die nächste Stadt erreichen und sich neue Sachen besorgen konnte. Das ist der Vorteil an dieser neuen Welt; das ganze Land ist ein gigantisches Vorratslager.

In ihrem Rucksack befinden sich lebenswichtige Dinge wie Dosenrationen, Wasser in Flaschen, zwei vertrocknete Äpfel sowie Salben und Verbandszeug.

Ich muss hier weg, denkt sie und ist sich sicher, die eigene Stimme in ihrem Kopf schreien zu hören.

Ein Blick zum Fenster zeigt ihr, wie albern ihre Gedanken sind. Es ist Nacht, es regnet, und durch die Ritzen im Fensterrahmen dringt eine unangenehme Kälte ins Zimmer.

Sie hat sich nie gefürchtet, in keiner einzigen Stadt, durch die sie ihre Reise führte und in der sie zwangsweise ihre Vorräte auffrischen musste. Jede Stadt war gleich gewesen: still, grau und verlassen. Die Häuser erinnerten stets an schlafende Bestien, die darauf warteten, endlich zu sterben. Nirgends, bis auf eine verfluchte Ausnahme, war sie auf etwas Lebendiges gestoßen, bis sie hierher gekommen ist.

Sie weiß nicht, wie die Stadt heißt. Das Schild hat umgestürzt im Wald gelegen, direkt neben dem verrosteten Wrack eines Lastwagens. Es ist ihr auch egal gewesen; eine Stadt ist wie die andere, der Tod kennt keine Namen.

Sie geht immer nach Westen und wird irgendwann ihr Ziel erreichen – nur das zählt. Alles, was auf ihrem Weg liegt, soll namenlos bleiben, damit sie sich an nichts gewöhnt und an nichts erinnern muss.

Sie hat das Gefühl, bereits ihr ganzes Leben unterwegs zu sein. Als der lange und harte Winter endlich gegangen war und die Tage wärmer wurden, ist sie aufgebrochen; einen einzigen, letzten Traum vor Augen, den sie zu erreichen sucht.

Sollte das alles hier in dieser Stadt enden?

Es ist immer noch da draußen. Der Gedanke ist so kalt wie der Grund eines eisigen Sees.

Sie blickt sich im Zimmer um. Nichts Besonderes. Ihr Blick geht zu den düsteren Schatten der Stadt vor dem Fenster. Die Gewissheit, dass sie gefangen ist, trifft sie so unvermittelt, dass ihr schwindelig wird. Sie presst beide Fäuste gegen ihre Schläfen. Plötzlich tanzen groteske Bilder wie die Fragmente eines besonders scheußlichen Alptraumes vor ihren Augen. Nach all den Monaten, in denen sie alleine war, nach unzähligen Meilen, die sie auf Highways, Landstraßen und durch Wälder reiste, muss sie ausgerechnet hier auf das wohl letzte Lebewesen der Erde treffen? Der Gedanke erscheint ihr so absurd, dass sich ein verzweifeltes Kichern aus ihrer Kehle zwängt.

Sie weiß nicht, was es war, das sie beobachtet hat. Nur eins kann sie mit Sicherheit sagen: es ist kein Mensch gewesen. Da war etwas in der Luft, etwas Böses, etwas Viehisches, das sich wie eine kalte Haut über ihre eigene gelegt hat und ihr sagte, dass es keine menschlichen Augen waren, die sie durch das verdreckte Schaufenster des Geschäftes angestarrt haben. Und dieses *Etwas* ist immer noch da draußen, in der Nacht, im Regen. *Es* ist die ganze Zeit über da gewesen, hat sich vielleicht während ihres Schlafes an sie herangeschlichen, um an ihr zu schnüffeln und sich an ihrem Körper zu reiben.

Der Gedanke ist so abscheulich, dass die Welt sich für einige widerwärtige Augenblicke zu drehen beginnt. Sie stürzt zu ihren Sachen, packt eine halbvolle Wasserflasche in ihren Rucksack und zieht die alte Lederjacke an, die sie seit vielen Jahren besitzt und die überhaupt nicht zu ihren neuen Kleidern passen will. Dann greift sie nach Tragetasche, Rucksack und Gewehr und rennt zur Wohnungstür.

Die Schatten der Wohnung fliegen an ihr vorbei, ein blinder Spiegel zeigt das gespenstische Abbild einer Toten, der uralte Gestank von Tieren, vielleicht Katzen, bringt sie zum Würgen. An den Wänden hängen verstaubte Bilder und – scheinbar von einem kleinen Kind – selbstgemalte Zeichnungen. Erinnerungen, für die sich niemand mehr interessiert und die zusammen mit dem Rest der Welt verrotten.

An der Wohnungstür, die sie in der Nacht eingetreten hat und die nun schief in den Scharnieren hängt, bleibt sie abrupt stehen und hält den Atem an. Die Tüte in ihrer Hand raschelt, ihr Herz schlägt einen wilden Beat in ihrer Brust, Regen trommelt leise gegen die Fenster der Wohnung.

Aber da ist noch ein anderes Geräusch – draußen im Treppenhaus, in der Dunkelheit. Nur eine leise Ahnung. *Etwas* … das über die Treppen schleicht.

***

Ihre Kleider stinken nach Schweiß, Urin und Blut. Ich lecke daran, rieche daran und werde Eins mit der Frau. Gott, ich will sie …

Ich nehme die Fetzen ihrer dreckigen Bluse und reibe sie über meine Genitalien, immer und immer wieder. Es ist, als würde ich die Frau nehmen, immer und immer wieder.

Aus der leeren Wohnung dringen ihre Geräusche. Ihr Atem, Schritte. Einmal lacht sie leise, dann wieder stöhnt sie verzweifelt. Oder stöhnt sie vor Erregung? Spürt sie, dass ich hier bin? Will sie mich, so wie ich sie will? Hart und roh …

Sie weint. Ich kann ihre Angst riechen. Das ist es, was uns verbindet. Ihre Angst und die Begierde, die tief in uns schlummert. Auch in ihr, sie weiß es nur noch nicht.

Mit keuchendem Atem springe ich einige Stufen nach oben. Ich will in ihr Territorium. Ich will die Frau, will sie jagen, erlegen, erobern – so, wie sie mich will. Doch im letzten Moment ducke ich mich in die düsteren, kalten Schatten des Treppenhauses, nur wenige Stufen von ihr entfernt.

Sie steht an der Tür. Ihr Schatten macht die Nacht noch etwas dunkler. Ihr Geruch ist überwältigend. Schweiß, Angst und der süße Duft einer Frau, den sie zwischen den

Schenkeln mit sich trägt. Ich kann ihr Herz schlagen hören. Das rhythmische Pulsieren des Lebens.

Ich will sie, jetzt und sofort und hart. Doch sie ist noch nicht dazu bereit, wie faules Obst gepflückt zu werden.

Für Sekunden treffen sich unsere Blicke in der Schwärze. Es ist, als würden mich ihre schlanken, kühlen Finger liebkosen, ihr Atem meinen Nacken kitzeln und ihre Hände jenen Teil meines Körpers erkunden, nach dem sie sich so verzehren wird. Dann geht sie in die Wohnung zurück. Ihr Schatten verschwindet.

Ich presse meine Lippen zu einer harten Linie zusammen, um nicht frustriert loszubrüllen. Mit einem warmen Strahl markiere ich ihr Revier, das jetzt meines ist. Sie soll wissen, zu wem sie gehört … dass sie mir gehört.

Leise ziehe ich mich zurück. In dieser Nacht werden wir beide in unseren Träumen nach dem anderen verlangen. Der Regen ist kalt, doch vermag er meine Glut nicht zu kühlen.

***

Am nächsten Morgen sitzt David wieder an der Anlegestelle. Sein Kopf ist voll von den Träumen der Nacht und fühlt sich wie ein Ballon kurz vor dem Platzen an.

Er kann sich nicht mehr an diese Träume erinnern. Die Bilder sind verschwommen und tauchen lediglich als hässliche Nebelfetzen am Rande seines Bewusstseins auf. Er weiß, dass er von Frank geträumt hat. Von Frank … und einer Frau.

Als er an diesem Morgen aufwachte, fühlte er sich müde, geradezu erschöpft, und ihm war kalt. Zudem bedeckte ein widerwärtiger, saurer Geruch seinen Körper. Er befürchtete schon, sich eine Krankheit zugezogen zu haben, ein Umstand, der in einer Welt wie dieser schnell zum Tod führen kann. Doch nachdem er sich noch eine weitere Stunde unter die Decke gekuschelt und anschließend sein Frühstück eingenommen hat, fühlte er sich merklich besser. Selbst die ihn verhöhnenden Fragmente seines Traumes waren verschwunden, so dass David seine anfängliche Besorgnis mit einem Kopfschütteln abtat, sein Gewehr reinigte und lud und in die Stadt ging.

Die Luft ist frisch und sauber, wie immer nach dem Regen. An Tagen wie diesem hat er immer das Gefühl, sich auf einer von Morgentau benetzten Wiese zu befinden, den schweren Geruch von Erde und das sanftere Aroma von Blumen in der Luft.

Vom träge dahinfließenden Fluss steigen fahle Nebelschwaden auf und erinnern ihn an Seelen, die aus ihren Körpern fahren; nur, dass diese Seelen die Erde verlassen.

Es ist kalt. Zum ersten Mal muss er sich eine Jacke überziehen. Er sitzt da und starrt zu den Ruinen der Häuser auf der anderen Flussseite. Manchmal bildet sich David ein, Lärm in den dunklen Schluchten zu hören: Das Dröhnen von Motoren, Stimmengewirr. Dann versucht er, sich vorzustellen, wie die Menschen einst wie Ameisen auf den Straßen und in ihren Büros planlos umhergerannt sind, ohne sich einander zu kennen oder zu sehen; jeder auf sich selbst fixiert, mit seinen eigenen Gedanken und eigenen Ängsten. Der andere existiert nicht. Man läuft aneinander vorbei, inmitten der Menge, und ist doch alleine.

Er kann sich daran erinnern, dass er früher genauso war. Eine kleine Ameise in einer Stadt, deren Grenzen unerreicht zu sein schienen und deren Gestank ihn am Abend fast um den Verstand brachte. Und dennoch ist David zufrieden gewesen, inmitten der vielen Anonymen und Irren, denn er war einer von ihnen, unscheinbar und unauffällig. Er tat, was alle taten, und war wie sie. Niemand beachtete ihn, er war jemand ohne Namen. Er gehörte zu ihnen, zu dieser gestaltlosen Masse, die sich Tag für Tag durch die Häuserschluchten wälzte und sich in stickige, dunkle Räume schob, in denen man den Rest des Tages mit Sinnlosigkeiten verbrachte. Er gehörte dazu, und das machte ihn zufrieden; nicht glücklich, aber zufrieden. Mehr war für jemanden wie David nicht erreichbar.

Was für ein Narr er doch gewesen ist!

Die Welt musste erst untergehen, damit David bemerkte, mit wie wenig Verstand er damals durch sein Leben ging: blind, anonym und gesichtslos wie all die anderen unscheinbaren Ameisen in ihrem gigantischen, stinkenden Bau.

Im Grunde kann er glücklich darüber sein, dass der Motorenlärm und das Stimmengewirr verstummt sind und dass der dreckige Fluss stinkender Leiber in den Straßen zum Stillstand gekommen und schließlich versiegt ist.

Als sein altes Leben starb, wachte er auf. Er streifte all die Fesseln der Moderne ab, wusch sich und bemerkte plötzlich, was wirklich im Leben zählt.

Während David die Stahlskelette am anderen Ufer betrachtet, verhallen die Geräusche allmählich in der Ferne und zurück bleibt nichts als das schwere Stöhnen einer sterbenden Welt und sein eigenes Atmen. In solchen Momenten ist er froh darüber, dass er alleine ist, denn eines hat er in den letzten Monaten erkannt: Erst wenn man keinen anderen Menschen ansehen muss, geht man mit offenen Augen durch die Welt.

Er fragt sich, wann er zum letzten Mal mit jemand anderem als mit Lilly oder sich selbst geredet hat.

Da gab es einmal einen Jungen, der in die Stadt kam und von Seuchen und Fieber befallen war. Direkt am Anfang der Katastrophe, als David noch nicht verstand, was mit der Welt geschehen ist. Es ist noch Winter gewesen und die Tage kalt und feucht.

Der Junge war vielleicht dreizehn Jahre alt. Sie redeten ein wenig miteinander, während David ihn zu behandeln versuchte. Er sagte, dass sein Name Kenny sei und erzählte ihm von einer anderen Stadt, die in einer gewaltigen Feuersbrunst niedergebrannt und früher einmal seine Heimat gewesen ist. Er erzählte von Toten, die das Wasser des Flusses in jener Stadt verseucht haben, und davon, wie er seine Mutter sterben sah; einfach so, wie all die anderen. Er sah ihr beim Sterben zu, verstand nicht und konnte auch nicht helfen. Tief in seinem Innern trug er die letzten Worte seiner Mutter mit sich herum, als seien sie das Wertvollste, das er je in seinem Leben besessen hat. Vielleicht waren sie das sogar. Kenny weinte, als er von seiner Mutter erzählte, an deren Aussehen er sich nach den wenigen Wochen, die seither vergangen waren, schon nicht mehr erinnern konnte. David mochte den Jungen, denn er war wie er. Er versuchte alles, um das tückische Fieber des Jungen zu senken. Doch David hatte noch nie etwas in seinem Leben richtig gemacht, so sehr er es auch in seiner Unwissenheit versucht hat. David war nicht der erhoffte Held für den Jungen.

Zwei Tage später starb Kenny und David redete weiter mit ihm, während er ihn im Park neben seinem Haus in der noch immer gefrorenen Erde begrub.

Ein paar Tage hat er ihn noch besucht und ihn gefragt, wie es ihm in seinem neuen Leben und seiner neuen Welt denn erginge. Er war wirklich neugierig darauf, was Kenny ihm erzählen würde, war neugierig und voller Neid auf den Tod des Jungen. Hätte der Junge ihm erzählt, dass er in dieser neuen, unbekannten Welt Darleen gesehen und kennengelernt hat, wäre David ihm ohne zu zögern gefolgt.

Doch Ken hat nie geantwortet, und so ging David irgendwann nicht mehr zu ihm. Der Junge ist der letzte Mensch gewesen, den er gesehen hat. Und das ist auch gut so.

Er hat gelernt, auf sich selbst aufzupassen und sein Leben so zu gestalten, wie es ihm gefällt. Keine anderen Ameisen, denen er etwas beweisen muss. Das sind seine Stadt, sein Fluss und sein Garten. Hier gibt es nur ihn und das, was er sehen und hören will. Hier gibt es Lilly mit den rotgeschminkten, schwarzen Lippen und den alten Mann, der ihn ab und zu im Spiegel begrüßt.

David erschreckt sich oft vor diesem Mann, weil er ihm zeigt, wie er einmal aussehen wird, wenn er tot ist. Und doch ist dieser Fremde der einzige, der ihn verstehen kann, der einzige, der weiß, wie es sich anfühlt, jeden Tag ein bisschen mehr zu sterben.

Manchmal hat David das Gefühl, dass es da noch einen anderen im Spiegel gibt. Jemanden, den er in den Augen des alten Mannes sehen kann, der sich versteckt und um die Ecke späht. Jemanden wie Frank, seinen unsichtbaren Freund, oder seinen Hasen Harvey. Doch meistens sieht er nur David, und der Anblick macht ihm Angst. Deshalb blickt er nicht mehr so oft in den Spiegel.

Ein Geräusch reißt ihn aus seinen Gedanken. Im ersten Moment wird ihm schwindlig, als würde er abrupt aus einem Traum gerissen. Sein Blut schießt in plötzlichem Aufruhr wie kaltes Wasser durch seinen Körper.

Davids Blick fällt auf die Ruinenstadt jenseits des Flusses, doch dann merkt er, dass das Geräusch aus der anderen Richtung kam.

Das Gefühl, beobachtet zu werden, breitet sich wie kaltes Feuer in ihm aus. Ob vor Furcht oder Anspannung, kann er nicht sagen. Doch die Kälte lässt ihn wieder klar denken. Er dreht sich um, springt auf die Füße und greift gleichzeitig nach dem Gewehr, das immer neben ihm auf dem Holzsteg liegt. Ein oft einstudierter, anmutiger Tanz.

Am anderen Ende des Steges steht eine Frau. Seine Augen verengen sich zu schmalen Schlitzen, sein Herz beginnt, unkontrolliert in der viel zu kleinen Brust zu hämmern. Das Gewehr hält er in Höhe der Hüfte, den Finger am Abzug.

Die Frau hebt die Arme und kommt langsam näher. In einer Hand trägt sie ein Schrotgewehr, dessen Lauf in den Himmel zeigt, in der anderen hält sie eine Plastiktüte. Auf dem Rücken scheint sie eine Art Rucksack zu tragen, doch David kann es nicht mit Bestimmtheit sagen.

Sie ist jünger als er, jedoch ebenso ausgezehrt. Sie trägt eine Jeans und eine Bluse, beides wirkt sauber und gepflegt, als wären die Sachen neu, darüber eine alte, abgewetzte Lederjacke. Ihr Haar ist lang und schmutzig und verdeckt teilweise ihr Gesicht, das ebenso dreckig ist. Ihre Bewegungen sind langsam und müde. Unbeirrt kommt sie näher, ihr Gesicht eine stumpfe Maske.

Ungefähr fünf Meter vor dem Lauf der Waffe bleibt sie stehen. Mit ruhigem Blick mustert sie David. Das Gewehr scheint sie nicht zu beeindrucken. Ihre Augen sind gerötet und liegen tief in schwarzgeränderten Höhlen.

»Wer bist du?«

»Sam«, antwortet sie mit krächzender Stimme und blickt David unverwandt in die Augen. »Samantha, wenn dir das besser gefällt.«

Es sind die ersten Worte, die er seit einem Menschenzeitalter hört. Der Klang erscheint ihm fremdartig und auf seltsame Weise interessant, als würde ein Kind ein altes Spielzeug entdecken, das lange im hinteren Teil eines Schrankes verborgen lag.

»Und du?«

»David.«

Es ist noch seltsamer, die eigene Stimme dazu zu benutzen, mit jemand anderem als mit Lilly, Frank oder dem Toten im Spiegel zu sprechen.

Die Frau nickt. Ihre Hände sind immer noch erhoben. Unter der im Wind flatternden Bluse scheint sich kein Leib zu befinden. Sie muss seit Ewigkeiten nicht genug gegessen haben.

»Was willst du hier?«

Sam zuckt mit den Schultern. Ihr Blick geht für einen kurzen Moment an ihm vorbei, zu den Stahlruinen auf der anderen Flussseite.

»Ist das deine Stadt?«

»Ja, das ist meine Stadt.«

»Schon immer?«

»Von Beginn an.«

Sam nickt erneut. Jetzt endlich fällt ihr Blick auf sein Gewehr. Ihr Gesicht bleibt so ausdruckslos wie das einer Plastikpuppe. »Könntest du das runternehmen?«

David schüttelt den Kopf. Der Wind wird stärker und fährt mit kalten Fingern unter seine Jacke. Oder kommt die Kälte von innen?

»Du kannst deine Hände herunternehmen. Aber keine Dummheiten.«

Sie tut es, wobei sich ihr Körper merklich entspannt. Ihr Blick wechselt zwischen Davids Augen und dem Gewehrlauf. Dann schließt sie für einige Sekunden die Lider, als lausche sie auf eine innere Stimme. David findet, dass sie wie eine Tote aussieht.

»Wo kommst du her?«

Sam öffnet ihre Augen wieder und zuckt gleichmütig mit den Schultern. »Ich kenne die Namen der Städte nicht, in denen ich war.«

»Die Städte haben keine Namen mehr.«

Sie nickt.

»Hier kannst du nicht bleiben.«

Ihr Blick geht erneut an David vorbei, zur Silhouette der Ameisenstadt auf der anderen Seite des Flusses. Plötzlich hat sie etwas Verlorenes an sich. Ihre Arme hängen kraftlos an den Seiten herab, als wäre das Gewicht von Gewehr und Tasche zu viel für ihren Körper. Ihre Schultern wirken so schmal wie die eines kleinen Mädchens. David spürt, wie sich etwas in ihm regt. Etwas, das ihm Angst macht. Plötzlich tun ihm seine harschen Worte leid, doch er darf keine Schwäche zeigen.

»Ist deine Stadt, hm?«

Er blickt sie unverwandt an. »Ist meine Stadt.«

»Gibst du mir was zu essen?«

David antwortet nicht. Stattdessen zerreißt das Spannen des Gewehrhahns die Stille, die sie beide wie ein Tuch umschlingt. *Irgendetwas* geschieht mit ihm. Er kann spüren, wie Bilder in ihm versuchen, an die Oberfläche zu steigen. Bilder eines Traumes, an den er sich nicht mehr erinnern kann, an den er sich nicht mehr erinnern *will*. Es ist, als würde er sich selbst dabei beobachten, wie er die Frau mit dem Gewehr bedroht. *Irgendetwas* entzieht ihm die Kontrolle. *Irgend-*

etwas drängt sich aus seinem Unterbewusstsein in den Vordergrund.

Sam scheint zu bemerken, dass mit David etwas vorgeht. Sie nickt langsam, ihre Augen betrachten ihn voller Skepsis und mit einem seltsam harten Ausdruck. Sie wendet sich ab und geht mit schleppenden Schritten zum Ende des Steges zurück. Dort dreht sie sich noch einmal um; der Schatten eines Menschen, mit dem der Wind spielt.

Einige Sekunden sehen sie sich an. Zwei Fremde in einer fremden Welt. Die letzten ihrer Art. Dann legt sie sich das Gewehr über die Schulter – in der gleichen Art, wie David es immer tut – und geht langsam die Straße entlang.

David sieht ihr nach, das Gewehr noch immer in Hüfthöhe, mit zusammengekniffenen Augen und einem harten Zug um den Mund. So wie seine Westernhelden von damals, wie John und Clint.

Die Kälte kommt nicht vom Wind, das weiß er jetzt. Es ist seine eigene Kälte, die ihn zu schützen versucht. Doch sie macht ihm Angst.

Sam wird kleiner und verschwindet, als hätte es sie nie gegeben. Ein Gespenst in einer toten Welt.

Es ist die Kälte dieser Welt, die David erfüllt.

Seine Kälte.

Seine Welt.

Seine Stadt.

Er dreht sich um, setzt sich wieder auf den Steg und legt das Gewehr neben sich. Sein Blick sucht die Skelette einstiger Moderne jenseits des teilnahmslosen Wassers. Wieder stellt er sich die Geräusche einer lebhaften Stadt vor, so wie sie früher einmal gewesen ist. Laut, stinkend und pervers. Doch diesmal bleibt alles still in seinem Kopf.

Dann denkt er an Sams Stimme. Sie scheint das Sprechen nicht gewohnt zu sein. Ihre Worte waren nicht mehr als ein heiseres Kratzen, ihre Augen verbrannte Erde.

Später wird er Lilly von ihr erzählen. Und vielleicht auch dem toten Mann im Spiegel. Er wird ihnen von der Kälte in sich erzählen, die ihn so sehr erschreckt.

Frank würde er nichts von Sam erzählen. Er hat das Gefühl, dass es besser so ist.

Jeden Tag stirbt er ein bisschen mehr. Irgendwann wird nichts mehr von ihm übrig sein. Er fragt sich, ob er die Frau je wiedersehen wird …

Sam

David bleibt noch eine ganze Weile am Pier sitzen. Er betrachtet den Fluss und die Häuser dahinter, aber alles bleibt stumm. Kein Motorenlärm, keine Stimmen, nicht einmal das Summen elektrischer Leitungen, das er sich an anderen Tagen einbildet.

Sein Kopf ist leer, seine Gedanken auf lautlos geschaltet. Die Stadt, *seine* Stadt, ist ihm noch nie so still vorgekommen. Selbst der Wind, der die Büsche am Flussufer zum Tanzen bringt, zieht schweigend seine Bahn.

Das einzige, das er hören kann, ist Sams Stimme. Rau, trocken, und doch die Stimme einer Frau. Sie flüstert wie ein Gespenst in seinen Gedanken.

Sie war hübsch, denkt er und betrachtet ihre Erscheinung, die er in seinem Verstand abgespeichert hat. Trotz der Umstände und allem, was sie wohl durchgemacht hat, ist sie immer noch hübsch; eine versteckte, unauffällige Schönheit, aber David hatte sie gesehen.

Seit Kenny ist sie der erste Mensch gewesen, der ihm begegnet ist, und dessen Stimme die alltägliche Stille der Welt durchdrungen hat. David hatte den Jungen gemocht, auch wenn der nur zwei Tage bei ihm geblieben war. Aber damals war David selbst noch ein Mensch gewesen. Ein Mann, der das Ende der Welt nicht akzeptieren wollte und sich jeden Tag verzweifelt einzureden versuchte, dass es noch andere wie ihn geben muss. Heute weiß er, dass er ein Narr gewesen ist. Und er weiß, dass er schon lange kein Mensch mehr ist.

Manchmal kommen Tiere in die Stadt. Antilopen und Rehe, Waschbären, die die Nähe des Flusses suchen, und zweimal sah er sogar Wölfe, die er mit einem Schuss aus seinem Gewehr vertreiben musste.

Vielleicht ist er irgendetwas dazwischen – zwischen Mensch und Tier. Während er Kenny gemocht und mit ihm geredet hat, ist ihm Sam fremd erschienen, als wäre sie etwas, an das er sich nicht mehr erinnern kann. Der Umstand, dass er die Frau mit völlig anderen Augen betrachtet als damals den Jungen, ängstigt ihn. Hat er sich selbst in den Monaten der Einsamkeit derart verändert, dass er sich zu Menschen nicht mehr hingezogen fühlt, dass er vielleicht selbst kein Mensch mehr ist?

Ken war für ihn eine Antwort Gottes gewesen. Ein Zeichen, dass sein Flehen in der Nacht erhört worden war.

Sam hingegen …

David starrt in den Fluss, in das stumpfe Glitzern des Wassers.

Sam hingegen …

Der Fluss gibt ihm keine Antwort. Auch die Häuser auf der anderen Seite bleiben stumm.

Als er aufsteht, ist es Nachmittag. Er greift sein Gewehr, legt es wie immer über beide Schultern, und hakt die Arme an Schaft und Lauf unter.

An der Stelle, an der die Frau stand, bleibt er stehen und blickt zurück zu dem hölzernen Steg. In Gedanken kann er ihre Stimme hören, ihre Augen sehen. Ihr schmutziges Haar, das ihr der Wind ins ebenso schmutzige Gesicht trieb. Sonst bleibt alles still. Da gibt es nur Sam in seinem Kopf.

***

Lilly empfängt ihn mit ihrem sanften, kühlen Lächeln, das sie ihm an jedem Tag schenkt. Das letzte Sonnenlicht des Tages scheint auf ihre Gestalt und reißt sie aus der Trostlosigkeit der schmutzigen Schaufensterscheibe. Sie wirkt wie eine Göttin an diesem Tag.

Irgendwann war David einmal in den Laden gegangen und hatte Lilly ein hübsches Sommerkleid angezogen. Er fand damals, dass sie darin umwerfend aussah. Vielleicht würde er ihr in den nächsten Tagen neuen Lippenstift auftragen. Frauen brauchen nun mal etwas Pflege, und Lilly hat schon immer viel Wert auf ihr Äußeres gelegt.

Doch an diesem Tag bleibt David einfach nur vor dem Schaufenster stehen, lehnt das Gewehr gegen die Wand daneben und fährt mit der Hand über das kalte Glas.

Manchmal wünscht er sich, Lilly würde es ihm gleichtun, sodass sich ihre Hände fast berühren könnten. Doch Lilly hat noch nie den Wunsch geäußert, David näher zu kommen. Ihr genügt diese reservierte, jedoch innige Beziehung, und so ist David mit dem zufrieden, was er bekommt. Es genügt, wenn sie ihm zuhört.

Er beginnt, ihr von Sam zu erzählen. Seine Worte sind leise, fast ein Flüstern. Immerhin hat er Lilly noch nie etwas von einer anderen Frau erzählt. Lilly weiß von Kenny, doch das ist etwas vollkommen anderes. Ken war ein Kind. Sam hingegen ist wie sie. Und David will Lilly nicht verärgern.

Er erzählt ihr davon, was Sam ihn fragte und er ihr antwortete, nicht aber von dem, was ihn fast seine Kontrolle gekostet hatte. Eine Frau muss nicht alles wissen; schon gar nicht, wenn sie die einzige Frau im Leben ist.

Es tut ihm gut, über Sam zu reden. Mit jedem Wort spürt er, wie sich etwas in ihm befreit, das die ganze Zeit über gefesselt gewesen ist. Eine Blockade, die es ihm nun ermöglicht, konkreter über die Frau nachzudenken. Es erscheint ihm geradeso, als würden seine Worte etwas Dunkles in ihm vertreiben, das ihn die ganze Zeit über daran gehindert hat, seine Gedanken in klare Bahnen zu lenken.

David beginnt, Lilly von der Schönheit zu erzählen, die er unter dem Schmutz und dem zerzausten Haar gefunden hat. Von der Kleidung, die gepflegt und neu aussah, und von ihrer Stimme, die trotz aller Rohheit die einer Frau war.

Lilly hört ihm zu, mit ihrem schwarzgeschminkten Lächeln und den blauen Augen, die David nur dann ansehen, wenn er sich an eine bestimmte Stelle vor dem Schaufenster stellt. An manchen Tagen kann er ihre Antworten in seinem Kopf hören, wie das ferne Flüstern des Windes in den Häuserschluchten der Stadt. Doch heute scheint Lilly nicht zum Reden aufgelegt zu sein. Während das letzte Sonnenlicht hinter den Häusern verschwindet und Lilly in die Schatten des Schaufensters zurückdrängt, fragt sich David, ob es richtig von ihm gewesen ist, ihr von der Frau zu erzählen. Er greift nach seinem Gewehr.

»Das würde ich lassen!«

Das eisige Wasser, das sich plötzlich mit seinem Blut vermischt, lähmt für einen Augenblick seine Gedanken. Er steht einfach nur da, in einer albernen Pose, den Arm zum Gewehr ausgestreckt, das Gewicht auf ein Bein verlagert. Dann gewinnt er jedoch seine Beherrschung zurück. Er sieht ins Schaufenster, hinter dem Lilly jetzt fast vollständig verschwunden ist. Stattdessen sieht er die Frau auf der anderen Straßenseite stehen.

Was die geschlossene Lederjacke von ihrer weißen Bluse offenbart, leuchtet im Fenster wie Lillys Sommerkleid. In ihren Händen hält sie das Schrotgewehr. Der Lauf ist direkt auf ihn gerichtet.

David weiß, welche Verheerung die Streuung einer solchen Waffe anrichten kann. Während er sich langsam zu Sam umdreht, hebt er die Hände nach oben. Sam scheint zufrieden. Mit vorsichtigen Schritten kommt sie näher, bleibt dann jedoch in der Mitte der Straße stehen. David vermutet, dass sie sich die ganze Zeit über im Hauseingang gegenüber versteckt gehalten hat.

Hatte sie ihn die ganze Zeit über verfolgt? War sie vielleicht gar nicht vom Fluss weggegangen, sondern hatte ihn über Stunden beobachtet? Der Gedanke lässt in David Wut aufsteigen, sowohl auf die Frau, als auch auf sich selbst. Wie hat er nur so unvorsichtig sein können?

»Du redest gern mit Puppen«, sagt Sam lächelnd und deutet mit dem Lauf in Richtung des Schaufensters.

David fühlt sich wie ein kleiner Junge, der von seiner Mutter dabei erwischt wurde, wie er sich selbst erkundet. Um seine Verlegenheit herunterzuspielen, zuckt er mit den Schultern. »Mit irgendjemandem muss man reden. Tust du das nie?«

Seine Stimme, die sicher und belanglos klingen sollte, offenbart stattdessen schonungslos seine Furcht. Sam sieht ihn wortlos an. Das ist ihm Antwort genug.

»Kannst du das herunternehmen?«

Er nickt in Richtung des Gewehres. In seinem ganzen Leben wurde noch nie mit einer Waffe auf ihn gezielt. Das Gefühl ist schrecklich.

»Hast du es getan, als ich dich heute Morgen darum gebeten habe?«

David kann sich eines Lächelns nicht erwehren. Sam spielt mit ihm. Sie will ihm zeigen, wie sie sich selbst vor wenigen Stunden vor dem Lauf *seines* Gewehrs gefühlt hat. Ihre Rollen sind vertauscht.

Er schüttelt immer noch lächelnd den Kopf. »Aber ich habe dir erlaubt, deine Hände herunterzunehmen.«

Sam starrt ihn an, ohne eine Regung, ohne ein Lächeln. Eine leblose Maske.

»Dann tu es.«

David steht noch eine volle Minute mit erhobenen Händen da. Die Stadt scheint während dieser kleinen Ewigkeit noch stiller geworden zu sein. Dann lässt er die Arme langsam sinken, streckt sie jedoch zur Seite hin mit dargebotenen Handflächen aus. Er will nichts riskieren.

»Warum hast du mich heute Morgen fortgeschickt?«

Ihre Stimme klingt verbittert. David wägt in Gedanken ab, was er ihr antworten kann. Die Waffe macht ihn nervös.

»Ich bin es nicht gewohnt, dass Menschen in meine Stadt kommen. Es war nicht persönlich gemeint.«

Sie sieht ihn an, lässt ihren Blick von seinem Gesicht hinunter zu den Füßen und wieder nach oben wandern, antwortet ihm jedoch nicht.

»Ich bin Menschen im Allgemeinen nicht mehr gewöhnt.« Er lächelt und ist erleichtert, als sie sein Lächeln erwidert.

»Niemand ist das.«

Plötzlich hat ihre Stimme die Härte verloren. Die Worte kommen schleppend aus ihrem Mund, als hätte sie seit Tagen nicht mehr geschlafen.

»Kannst du mir vielleicht etwas zu essen geben?«

David lächelt erneut und nickt in Richtung des Gewehrs. »Wenn du endlich mit dem Ding hier in eine andere Richtung zielst.«

Sam betrachtet ihn weiterhin mit schamloser Offenheit. Für eine volle Minute gleichen sie zwei bewegungslosen Schaufensterpuppen, die irgendjemand auf die Straße gestellt hat. Dann reißt sie das Gewehr nach oben, greift es am Lauf und stützt den Kolben auf ihrer Hüfte ab. David findet, dass die Bewegung etwas Hartes und Erotisches zugleich an sich hat.

»Ich habe meinen Teil erfüllt«, sagt sie und blickt abwartend zu ihm herüber. In ihrer weißen Bluse und der abgewetzten Lederjacke erscheint Sam plötzlich wie ein Teenager, der darauf wartet, dass sie jemand zum Abschlussball der Schule einlädt; lediglich das Schrotgewehr zerstört die Romantik.

»Dann will ich meinen auch erfüllen«, antwortet David und deutet mit der Hand auf sein Gewehr. »Darf ich?«

»Aber keine Spielchen.«

»Keine Spielchen.« Er nimmt das Gewehr, legt es über seine Schulter und nickt Sam zu. »Komm, ich lade dich zum Abendessen ein.«

Er deutet in die Richtung, in der sein Haus liegt. Sam sieht an ihm vorbei zum Schaufenster und grinst. »Willst du dich nicht von deiner Freundin verabschieden?«

David dreht sich zu Lilly um, die sich mittlerweile vollständig in die Schatten des Geschäftes zurückgezogen hat. In Gedanken verabschiedet er sich tatsächlich von ihr, doch er sagt kein Wort.

»Hier geht´s lang«, wendet er sich an Sam. Gemeinsam gehen sie in der Mitte der Straße.

David weiß nicht, wie er mit der Situation umgehen soll. Menschen sind fremd für ihn geworden, ebenso das Reden. Kenny war der letzte, mit dem er gesprochen hat.

Am liebsten würde er zum Fluss zurücklaufen und sich auf den Steg setzen. So, wie er es immer tut, jeden Tag. Doch ein anderer Teil von ihm will mit Sam nach Hause gehen und etwas zum Abendessen bereiten.

Ein klein wenig fühlt er sich wie in seinem alten Leben.

***

Während David das Essen auf dem alten Gaskocher erwärmt, sitzt Sam auf der Couch und lässt ihren Blick durch das Wohnzimmer wandern. Sie hat ihre aufgesetzte Härte verloren. Als David sie aus den Augenwinkeln heraus beobachtet, sieht er nur eine Frau. Wie er sich eingestehen muss, eine sehr schöne Frau.

Natürlich haben die letzten Monate Spuren an ihr hinterlassen. Ihr Haar ist von grauen Strähnen durchsetzt und ihre Haut wirkt unrein, als hätte sie nicht immer Gelegenheit gefunden, sich zu waschen. Dennoch strahlt durch diese abgehärtete und einsame Maske eine Schönheit, die David nur schwer in Worte fassen kann. In seinem früheren Leben hätte er Sam, wenn sie ihm in ihrem derzeitigen Zustand auf der Straße begegnet wäre, wohl keine Beachtung geschenkt. Sie wäre ein Gesicht in der Menge gewesen, hübsch und doch durchschnittlich. Umgekehrt hätte es sich mit Sicherheit genauso verhalten. Doch zwischen all der Zerstörung und Verheerung, die sie tagtäglich umgibt, erscheint ihm die Frau wie eine Rose, die sich ihren Weg durch Schutt und Zerfall gebahnt hat und ihre Blüte der Sonne entgegenstreckt.

David ist sich sicher, dass Sam in ihrem früheren Leben eine sehr schöne Frau gewesen ist. Er kann sich vorstellen, wie sich ihr dunkles Haar fächerartig über ihre Schultern ausbreitete und leicht in einer Sommerbrise wehte. Ihre Augen, die heute dunkel und müde wirken, strahlten zu einer anderen Zeit einer Sonne entgegen, die heute nur noch eine zerstörte Welt bescheint und die es mit dem Leuchten von Sams Augen in der alten Welt nicht aufnehmen kann. Selbst die Monate der Einsamkeit und Entbehrungen, vielleicht des Hungers und der Flucht, haben Sams Schönheit keinen Abbruch getan. Sie hat zwar die Sinnlichkeit weicher Züge eingebüßt, doch dafür ist eine andere Schönheit zu Tage getreten. Hart, ernst und doch belebend.

David verschüttet Wasser, das er aus einem Kessel in den Topf auf dem Feuer gießen will. Sam blickt in seine Richtung, und er konzentriert sich schnell wieder auf die Zubereitung des Essens. Er will nicht, dass sie ihn dabei ertappt, wie er sie anstarrt. Auch wenn sie eine Frau ist, und auch wenn er seit Darleen nichts vergleichbar Schönes gesehen hat, so ist sie doch eine Fremde. Und vor Fremden muss man sich in Acht nehmen. Das war eine der Lektionen seines Vaters gewesen.

»Was wird das?« Ihre Stimme ist leise.

»Kartoffeln«, antwortet David und wischt das verschüttete Wasser mit einem Lappen weg. »Dazu Würstchen aus der Dose und Kekse.«

Sam lächelt und sieht ihm dabei zu, wie er etwas in dem Topf umrührt. Dann lässt sie ihren Blick wieder durch das Zimmer wandern.

»Deine Wohnung sieht toll aus«, sagt sie nach einer Weile. David sieht sich kurz um und zuckt mit den Schultern. Als er den Kopf dreht, hat er das absurde Gefühl, dass die Welt sich um ihn dreht.

»Viele der Möbel gehören mir nicht. Aber ich wollte sie haben, und keiner wird sie vermissen.«

»Du hast sie einfach aus anderen Häusern geholt?«

David nickt und rührt weiter, nur, um seine Hände zu beschäftigen. Es ist nicht so, dass man Kartoffeln beim Kochen umrühren muss.

»Sagen wir, ich habe mir die Möbel ausgeliehen. Wenn die Besitzer eines Tages entgegen jeder Vermutung wieder auftauchen sollten, werde ich sie selbstverständlich zurückgeben.«

»Gereinigt und gebügelt?«

»Gereinigt und gebügelt.«

Beide lachen, ein Geräusch, das in der neuen Welt nichts zu suchen hat. Doch es klingt gut, wie es sich in dem hohen Raum bricht. Darleen hatte viel gelacht und David mit ihrem trockenen Humor oft angesteckt. Sams Lachen klingt anders, erschöpft und zurückhaltend, aber trotzdem echt. Sie ist eine vollkommen andere Frau als Darleen, aber dennoch eine, die etwas in David weckt, das er zu unterdrücken versucht. Sein Blick wandert zu den beiden Waffen, die neben der Eingangstür an der Wand lehnen. Er glaubt nicht, dass sie die Gewehre gegeneinander noch brauchen werden.

Während sich David auf einen Stuhl setzt und den Gaskocher im Auge behält – etwas, das er ebenso wenig tun muss, wie die Kartoffeln ständig umzurühren – steht Sam auf und geht im Zimmer umher. David findet, dass sie eine umwerfende Figur hat. Der Lichtschein der Öllampen und Kerzen legt sich wie ein zartes Kleid um ihren Körper. Sie ist groß, größer als Darleen. Ihr Körper wirkt hager, durchtrainiert, trotzdem ist es der Körper einer Frau. Wenn sie sich bewegt, hat es den Anschein, als ob sie einen königlichen Tanz voller Würde und Anmut aufführen würde, vielleicht sogar extra nur für David.

Sie geht zum Bücheregal, streicht mit der Hand über die Buchrücken und zieht scheinbar wahllos manche Werke heraus. Einige stellt sie direkt wieder zurück, in anderen liest sie eine Weile.

»Du magst Horrorgeschichten?«

Sie sieht zu ihm rüber und hält ein Buch in die Höhe.

David nickt. »Schon als Kind habe ich gerne Gespenstercomics gelesen. Die Vorliebe für Grusliges hat sich bis heute nicht geändert.«

Sam stellt das Buch ins Regal zurück. »Und jetzt haben wir unseren eigenen Horror, direkt vor der Haustür.« Ihre Worte sind nicht mehr als ein Murmeln und sind an sie selbst gerichtet, doch David versteht sie dennoch. »Und das hier?« Sie hält grinsend einen Liebesroman hoch. David spürt, wie sich seine Kehle zuschnürt und ihn ein bitterer Kloß am Atmen hindert.

»Das sind Darleens Bücher«, sagt er knapp und sieht in eine andere Richtung.

»Oh, tut mir leid«, sagt Sam leise und steckt das Buch in die Lücke zurück. »Ich wollte nicht …«

»Ist schon okay.«

David winkt mit einem knappen Schulterzucken ab. Danach schweigen sie beide, während Sam noch andere Bücher mustert. David stellt fest, dass sie keine weiteren von Darleens Büchern aus dem Regal zieht.

Nach einer Weile geht sie weiter, betrachtet verschiedene Bilder an den Wänden und eine kleine Ansammlung unterschiedlicher Vasen auf einer Kommode. Vor einer gerahmten Urkunde bleibt sie stehen und beugt sich nach vorn, um die Schrift besser entziffern zu können.

»Du bist Angler?«

»Jetzt nicht mehr«, antwortet David mit einem Lächeln. »Aber früher schon. Habe bei Wettbewerben mitgemacht und gar nicht mal so gut abgeschnitten.«

»Dritter Platz«, sagt Sam und nickt anerkennend. »Ist doch nicht schlecht.« Sie dreht sich zu ihm um. »David Frank Morris. Ist das dein vollständiger Name?«

Er zuckt wie unter einem Peitschenhieb zusammen, als er seinen zweiten Rufnamen hört. Etwas regt sich in ihm – etwas, das in seinem Schlaf gestört wurde. Für kurze Zeit legt sich etwas Dunkles über seine Gedanken, doch es verschwindet so schnell, dass es auch Einbildung gewesen sein könnte.

»Da das mein Haus ist, werde ich es wohl sein.«

Sam betrachtet mit ernster Miene die Urkunde.

»Mein zweiter Name lautet Patricia«, sagt sie nachdenklich und leise. Dann geht sie weiter und macht Anstalten, aus dem Fenster zu blicken, doch David hat längst die Läden geschlossen.

Als sich Sam wieder auf die Couch setzt, lehnt sie sich zurück und schließt die Augen. Plötzlich verliert ihr Gesicht jegliches Leben und sie verwandelt sich binnen Sekunden in eine alte, trotzdem immer noch sehr schöne Frau. Die geschlossenen Augen erinnern David ein klein wenig an Darleen. Mit geschlossenen

Augen scheinen alle Frauen gleich auszusehen. Er wendet seinen Blick ab und betrachtet nun seinerseits das Zimmer, dessen Einzelheiten er auswendig kennt, das ihm aber, im Angesicht von Sams Anwesenheit, plötzlich in einem vollkommen anderen Licht erscheint.

Er will nicht Sam anstarren. Er will nicht an Darleen denken. Und er will nicht die dunklen Gedanken zulassen, die sich immer wieder wie ein Schatten über seinen Verstand legen. Das, was Sam mit der Erwähnung seines zweiten Vornamens geweckt hat, regt sich noch immer dunkel und murrend in ihm.

Später am Abend sitzen sie zusammen an einem viel zu großen Esstisch aus Eiche, den sich David drei Häuser weiter ausgeliehen hat, und essen.

Es ist ein merkwürdiges Gefühl, zum ersten Mal seit vielen Monaten nicht mehr allein an dem Tisch zu sitzen. Doch es ist ein angenehmes Gefühl, und David genießt es. Sam scheint ausgehungert. Sie beachtet ihn ebenso wenig wie ihre Tischmanieren, schlingt das Essen herunter und spült mit einer Flasche Limonade nach. David isst langsam; so, wie er es immer tut. Dabei beobachtet er Sam, der es egal zu sein scheint, angestarrt zu werden; oder sie bemerkt es nicht.

David kann sich nicht entscheiden, als was er sie sehen soll. Sie ist eine Fremde, die erst vor wenigen Stunden auf höchst unerfreuliche Weise in sein Leben getreten ist. Immerhin hatten sie sich gegenseitig mit einem Gewehr bedroht. Auf der anderen Seite ist sie eine Frau, ein Mensch, der das gleiche Los teilt, wie er selbst. *Vielleicht ist sie sogar die letzte Frau auf der Erde,* denkt er. Der Gedanke macht ihm Angst. Er beschließt, sie einfach als eine fremde Frau zu betrachten. Was später einmal überwiegen wird, ob *Fremde* oder *Frau,* wird sich entscheiden. Sich an diesem Abend Gedanken darüber zu machen, erscheint ihm zwecklos. Die Gedanken rasen in einer wilden Fahrt durch seinen Kopf und sind zu schnell, um von ihm aufgegriffen zu werden. Manchmal hat er das Gefühl, in ein bodenloses Loch zu fallen, dann schwebt er plötzlich hoch über dem Tisch und betrachtet Sam von oben. Die feinen, silbernen Streifen in ihrem Haar, die zarten Linien um ihre Augen, die David verraten, dass sie in ihrem alten Leben viel gelacht hat, und ihr ebenmäßig geschnittenes Gesicht, das, trotz aller Härte, die sich in den letzten Monaten hineingeschlichen hat, eine in Marmor gehauene Büste sein könnte.

David versucht, sich auf das Essen zu konzentrieren. Doch Kartoffeln und Würste scheinen ihren Geschmack verloren zu haben. Er stochert mit der Gabel auf seinem Teller herum und starrt Sam an, während sie ausgehungert isst und ihn keines Blickes würdigt.

Irgendetwas wird überwiegen, denkt er sich und eine andere Stimme antwortet ihm knurrend aus der Dunkelheit seines Verstandes.

Irgendetwas wird überwiegen …

***

Später sitzen sie beide am Wohnzimmertisch. Es ist eines der wenigen Möbelstücke, die sich David nicht aus der Nachbarschaft besorgt hat.

Es hängen viele Erinnerungen an diesem Tisch. Darleen, wie sie ihre in Pantoffeln steckenden Füße darauf legte, wenn sie sich gemeinsam einen Film ansahen. Darleen, die sich köstlich darüber amüsieren konnte, wenn sie ihn wieder einmal im Scrabble schlug. Und Darleen zusammen mit David, wie sie sich darauf liebten und in ihrer Ekstase eine Vase zu Boden warfen. Später war David dann mit bloßen Füßen in eine der Scherben getreten. Trotz der Schmerzen hatte er angefangen zu lachen und erst damit aufgehört, nachdem Darleen ebenfalls in sein Lachen einstimmte.

Es gibt keine peinlichen Erinnerungen mehr. Nur noch Bilder, die an eine bessere Zeit erinnern – einfach nur Erinnerungen.

Sam hat eine weitere Limonade vor sich stehen, David ein Glas Wasser. Er will keinen Wein in Sams Gegenwart trinken, denn er weiß, wie schnell der Alkohol ihm zu Kopf steigt; etwas, das er an diesem Abend nicht gebrauchen kann.

Im Hintergrund läuft leise Neil Young. David wollte erst etwas anderes auflegen, etwas, das nicht so schwermütig und sentimental ist, doch dann hat er einfach auf den Knopf gedrückt und Neil das Wort erteilt. Sam scheint es zu gefallen, denn sie starrt auf die kleine Musikanlage und klopft den melancholischen Rhythmus mit der Hand auf ihrem Bein mit.

»Es ist schön, wenn man Musik hören kann«, sagt sie nach einer Weile und blickt zu David, der ihr auf einem Sessel gegenüber sitzt.

»Die Anlage läuft mit Batterien«, antwortet er und spielt mit dem Glas in seinen Händen, damit sie beschäftigt sind. »Das ist der Vorteil, wenn man eine eigene Stadt mit Geschäften besitzt.«

Er lacht, doch Sam erwidert es nicht. Stattdessen starrt sie wieder zum Radio und bewegt lautlos ihren Mund zu dem Song. David sieht ihr eine Weile dabei zu und ertappt sich, wie seine Augen förmlich auf ihren Lippen kleben. Es sind spröde Lippen, ohne jeglichen Glanz, dennoch die Lippen einer Frau.

»Du magst Neil Young?«

Sam zuckt zusammen, als hätte sie jemand unsanft geweckt. »Ich mag alles aus den Siebzigern. Young ist nicht mein Lieblingssänger, aber ich kenne seine Songs.«

David nickt und leert sein Glas. Vielleicht könnte er sich doch einen Schluck Wein gönnen.

»Mit dreizehn war ich einmal auf einem seiner Konzerte«, fährt Sam nach einer Weile mit leiser Stimme fort. »Meine Tante hatte mich damals mitgenommen. Sie liebte Neil Young über alles. Sie trug so ein albernes T-Shirt mit seinem Gesicht drauf. Auf dem Rücken standen die Tourdaten.«

Sam verdreht die Augen. David denkt an Darleen, die ein Hemd mit Norah Jones auf der Brust besaß.

»Das Konzert war in New York. Es war das erste Mal, dass ich in einer so großen Stadt war. Die Häuser und die Menschen dort hatten mir ziemliche Angst eingejagt. Irgendwie waren die Menschen anders als in *unserer* Stadt. Sie schienen größer zu sein, schöner und sehr viel unfreundlicher.« David lächelt und Sam zuckt entschuldigend mit den Schultern. »Ich war dreizehn. Da kommt einem alles größer und besser vor, wenn man zum ersten Mal das heimische Nest verlässt. Aber eins sag ich dir …« Sie greift zur Flasche und nimmt einen großen Schluck Limonade. Ihre Lippen glänzen feucht, als sie weiterspricht: »… auch wenn ich erst dreizehn war, gefiel mir die Musik von Neil Young. Meine Freundinnen hatten Poster von O´Sullivan und Leif Garret an der Wand hängen und kannten ihre Lieder auswendig. Damals war man etwas Besonderes, wenn man die Texte auswendig kannte. Mir aber gefiel Neil Young.« Sie lacht, fährt sich durchs Haar und schüttelt den Kopf. »Ich habe nie jemandem von meinem neuen Musikgeschmack erzählt. Ich glaube, ich wäre das einsamste Mädchen auf der Welt gewesen.« Sam blickt wieder zur Anlage. Ihr Gesicht nimmt einen verträumten Ausdruck an. »Es ist schön, sich zu erinnern. Und es tut so verdammt weh.«

Eine Zeit lang schweigen beide und hören zu, wie Young vom ›Travelling Man‹ erzählt. Als Sams Flasche leer ist, steht David auf, holt eine neue aus der Küche und stellt sie vor ihr auf den Tisch. Sie sieht zu ihm hoch und lächelt, dann blickt sie wieder zur Musikanlage.

David setzt sich in den Sessel, faltet die Hände in seinem Schoß und betrachtet aus den Augenwinkeln die Frau, die ihre Lippen erneut zur Musik bewegt, als würde sie sich wieder in der ersten Reihe von Youngs Konzert befinden und leise seine Texte mitflüstern. Er stellt sich plötzlich vor, wie es wäre, wenn Sam für ihn tanzen würde. Langsam, lasziv und verführerisch zur Musik von Neil Young.

Der Gedanke gefällt ihm und stößt ihn gleichzeitig ab. Wie kann er so etwas nur denken? Ist es wirklich wahr, dass die Einsamkeit einen Mann zu einem gefährlichen Irren machen kann? Dass da irgendetwas im Kopf passiert, das man nicht mehr steuern kann, und ehe man sich versieht, entwickelt man sich zu einem Primaten zurück?

Trotz dieser Überlegungen kann David eine innere Erregung nicht leugnen, die sich auch auf seine Hose auswirkt. Er verändert seine Position im Sessel und schlägt die Beine übereinander. »Du scheinst aus der Nähe von New York zu kommen«, sagt er, um sich selbst auf andere Gedanken zu bringen.

»Aus Waterbury«, antwortet sie. »Das liegt nur etwa zwei Stunden Autofahrt nordöstlich von New York.

Ist eine kleine Stadt, aber mir gefällt es dort.« Sie hält inne und sieht David ernst an. »Ich meine, es *gefiel* mir.«

»Du hast immer noch dort gelebt?«

»Seit ich ein Kind war. Ich habe nichts anderes gekannt. Und ich sage dir ganz ehrlich, all die Träume, die man als junges Mädchen vom Leben in der großen Stadt hat, waren ab jenem Abend in New York ausgeträumt. Ich sagte ja bereits, die Menschen in New York sahen zwar anders aus als in Waterbury, sie waren eleganter gekleidet und hatten würdevolle Gesichter, aber ich kam damals trotz meiner dreizehn Jahre schnell dahinter, dass ihre gesamte Erscheinung nichts weiter als eine Maske war, die sich jeder selbst nach seinen eigenen Wünschen modellieren konnte.« Sie trinkt und schüttelt den Kopf. »Nein, meine Träume endeten mit Neil Young. An dem Abend mit meiner Tante hatte sich so einiges für mich verändert. Ich stand plötzlich auf eine andere Art von Musik und liebte unser kleines Städtchen mehr als je zuvor. Und das hat sich auch nicht mehr geändert, bis …«

Sie verstummt, starrt auf ihre Finger und setzt ein Lächeln auf, das nicht echt wirkt. Vielleicht gibt es auch in Waterbury Masken, so wie in jeder Stadt, egal wie groß oder klein sie ist.

»Ich glaube, jeder liebt das, was er kennt, und fürchtet sich vor dem Fremden.«

David möchte darauf etwas erwidern, doch Sam steht auf, geht zur Musikanlage und betrachtet das Cover der CD. Dann dreht sie sich wieder zu David um. »Man sah schon ziemlich bescheuert aus damals, oder?«

David steht ebenfalls auf, bleibt aber vor dem Sessel stehen.

»Ich hatte lange Haare«, sagt er und schüttelt theatralisch seinen Kopf.

Sam lacht und legt die CD-Hülle zurück. »Das kann ich mir gar nicht vorstellen. Du wirkst eher wie jemand, der in einer Bank arbeitet.« Sie nickt in Richtung der Urkunde an der Wand. »Oder jemand, der angelt.«

Ohne Davids Reaktion abzuwarten, wendet sie sich dem CD-Regal zu und neigt den Kopf zur Seite, um die verschiedenen Titel lesen zu können.

Währenddessen verklingt der letzte Song von Neil Young und es wird still im Zimmer. Das plötzliche Schweigen der Nacht scheint Sam zu überraschen, denn sie wirft David einen unsicheren Blick zu.

»Hier ist es genauso still wie in Waterbury«, sagt sie mit leiser Stimme, als befürchtet sie, die Ruhe zu zerstören.

»Ich glaube, mittlerweile ist es egal, wo du auf der Welt bist«, antwortet David und blickt zum Fenster. »Es ist überall gleich still. Selbst in einer lauten Stadt wie New York ist es still geworden.«

Sam nickt, dann schüttelt sie den Kopf und lächelt. »Das kann ich mir nicht vorstellen. New York ist wahrscheinlich die einzige Stadt auf der Welt, in der es immer noch Lärm gibt.«

Sams Lächeln schwindet, noch während sie spricht. Sie wissen beide, dass New York, die große Metropole im Osten, *The Big Apple*, genauso still geworden ist wie jeder andere Ort auf der Welt. Keiner von ihnen will näher darüber nachdenken.

»Denkst du, ich kann heute Nacht hier bleiben?«

David hat diese Frage den ganzen Abend erwartet, und er hat sich davor gefürchtet. Sie jetzt ausgesprochen zu hören, in der Stille des Hauses, scheint ihm für Augenblicke die Luft zum Atmen zu nehmen. Er hat das Gefühl, fremde Schatten stürzen sich plötzlich aus jeder Ecke und jeder Nische auf ihn und bedrängen ihn, begierig darauf, seine Antwort zu hören.

Er nickt, obwohl er gerne etwas anderes getan hätte.

»Natürlich.«

Seine Stimme klingt plötzlich brüchig. Er räuspert sich und sieht sich im Zimmer um. Dann fällt ihm das Gästezimmer im ersten Stock ein, in dem früher oft Darleens Schwester übernachtet hat, wenn sie für ein paar Tage aus Denver zu Besuch gekommen war.

»Ich werde dir ein Bett herrichten.«

»Ich will dir keine Umstände machen.«

»Tust du nicht.« David schüttelt den Kopf und geht zur Tür. »Mach dir keine Gedanken. Ich bin froh, dass du da bist.« Das ist er nicht, doch einer Frau sagt man so etwas nicht. »Ich bin gleich zurück.«

Er steigt die Treppe in den ersten Stock hinauf und fragt sich, wo Darleen das Bettzeug für das Gästezimmer aufbewahrte. David hat das Zimmer seit einiger Zeit nicht mehr betreten.

Während er die Tür öffnet und ihm abgestandene, warme Luft entgegenschlägt, kann er hören, dass Sam die CD wieder startet. Im nächsten Moment erfüllen Youngs vertraute Klänge erneut das Haus und die Anspannung lässt David gerade so weit wieder los, dass die Welt aufhört, sich unkontrolliert zur Seite zu neigen.

Er schließt die Tür hinter sich, öffnet das Fenster, um frische Luft hereinzulassen, und beginnt die Schränke nach Laken und Wolldecken abzusuchen. Dabei blickt er in einen antiken Schminkspiegel, den er vor Jahren einmal über einer Kommode aufgehängt hatte, und vor dem Darleens Schwester ganze Stunden verbringen konnte. Er kann sich noch gut daran erinnern, wie er zusammen mit Darleen diesen Spiegel an einem heißen Sommertag auf einem Flohmarkt entdeckt hatte.

Was er jetzt darin sieht, gefällt ihm nicht. Der Spiegel ist trübe und wie durch einen Schleier starrt ihm ein alter, bleicher Mann entgegen. Der Mann wirkt müde und unsicher, wie eine Marionette auf einem verstaubten, finsteren Speicher. Er steht vornüber gebeugt, die Hände kraftlos an den Seiten eines ausgezehrten Körpers hängend. Doch was David am meisten erschreckt, sind die Augen seines Gegenübers. Die Augen passen nicht zu der erbärmlichen Erscheinung von David Morris.

Er hat das Gefühl, in fremde Augen zu schauen. Augen, in denen er etwas erkennt, das nicht zu ihm gehört. Etwas, das ihm nicht gefällt.

Schweigend richtet er das Zimmer her, wobei er es vermeidet, dem Fremden im Spiegel weiterhin zufällig in die Augen zu sehen.

***

Sie ist die Stille gewohnt. Überall, wo sie in den letzten Wochen geschlafen hat, war es still gewesen. Ganz gleich, ob es eine kleine Wohnung in einem verlassenen Dorf war, das Wrack eines Lastwagens am Straßenrand oder die Straße selbst, die zwar ein hartes, jedoch grenzenloses Bett schenkte. Überall waren die Nächte lautlos gewesen. Es erschien Sam immer, als ob die Welt im Dunkeln den Atem anhält. Hier, in Davids Haus, ist es nicht anders.

Das Gefühl, zum ersten Mal seit über einem halben Jahr nicht alleine in einem Haus zu sein, ist seltsam.

Sie liegt in dem großen Bett, das eigentlich für zwei Leute gedacht ist, starrt ins Dunkel und lauscht dem Schweigen. In Gedanken stellt sie sich David vor, der sich ein Stockwerk tiefer befindet, sich bewegt und atmet, sich von einer Seite auf die andere wälzt und dabei leise vor sich hin murmelt, so wie sie es selbst früher immer getan hat; der, kurzum, ein lebendiges Wesen ist. Sie versucht, ihn durch die Wände atmen zu hören. Das ultimative Geräusch des Lebens, das sie auf ihrer langen Reise nur ein einziges Mal gehört hatte.

Aber so sehr sie sich auch anstrengt, so sehr sie sich wünscht, den gleichmäßigen Atem einer schlafenden Person in der Nacht zu hören – alles, was sie umgibt ist Stille. An diesem Ort lastet das Schweigen besonders schwer.

Sie dreht sich zur Seite und tastet nach dem Feuerzeug, das ihr David zusammen mit einer Kerze auf den Nachttisch gelegt hat. Im nächsten Moment erwacht ihr Zimmer zum Leben. Die Flamme wird größer und drängt die Nacht in die Ecken des Raumes zurück.

Sam blickt sich um. In dem großen Spiegel, der ihrem Bett gegenüber an der Wand hängt, kann sie den hellen Punkt der Kerzenflamme erkennen. Ihr Gesicht ist nicht mehr als ein weißer Fleck, der auf einem weißen Kissen liegt.

Sie steht auf und zieht ihre Kleider an. Dann nimmt sie die Kerze und geht zum Fenster. Sie hat es geöffnet, als sie sich schlafen legte. Sam entriegelt den Holzladen und stößt ihn einen Spalt nach außen. Die Luft ist trocken und warm. Der Regen der vergangenen Nacht hat sie gereinigt und eine angenehme Brise zurückgelassen, die nach Erde und Bäumen duftet. Die Blätter der Baumkronen flüstern leise im Wind, im Garten neigen sich Gräser und Büsche und erinnern Sam an die ruhigen Wellen eines Meeres. Der Mond steht als blasse Scheibe am Himmel und taucht die Stadt in einen unwirklichen Schein.

Hinter dem Garten kann sie die dunklen Silhouetten anderer Häuser aufragen sehen. Finstere, schwarze Schatten, die wie gigantische Zähne aus der Erde ragen. Nirgends brennt Licht, keine leise Musik erfüllt die Luft, kein Hund bellt. Die Stadt ist so still wie der Rest der Welt.

In den Nächten mag Sam das Schweigen. Es erinnert sie an die Nächte in ihrem früheren Leben. Wenn sie mit Mike, ihrem Freund, auf der Veranda gesessen und einfach nur schweigend in den Himmel gestarrt hatte. Sie liebte es, die Wolken zu beobachten, die in einer majestätischen, lautlosen Parade am Mond vorbeizogen, für wenige Augenblicke in ein glühendes Grau getaucht wurden, um dann wieder im Niemandsland des Himmels zu verschwinden. Damals hatte sie die nächtliche Stille als perfekt empfunden. Sie saß oft stundenlang neben Mike, kuschelte sich in seinen Arm und hing ihren Gedanken nach, während die Welt um sie herum schlief.

Heute weiß sie, dass die Städte, Häuser und Straßen sich nicht einfach nur zum Schlafen niedergelegt haben. Heute weiß sie, dass die Welt tot ist.

Sam schließt den Laden wieder, lässt das Fenster einen Spalt breit offen und geht zum Bett zurück. Sie spielt mit dem Gedanken, nach unten zu gehen, um etwas zu essen. Doch dann setzt sie sich aufs Bett und blickt sich im Zimmer um.

Etwas ist anders.

Sie kann nicht sagen, was sich verändert hat.

Die Kerze brennt ruhig und wirft lange Schatten an die Wände. Sie sieht sich selbst im Spiegel auf dem Bett sitzen, ihr Haar zerzaust, die Bluse wie ein Umhang über ihren Schultern.

Sam sucht. Sie sucht nach irgendetwas, das anders ist als vorher. Etwas, das nicht mehr an seinem Platz liegt oder verschwunden ist. Doch das Zimmer ist ebenso still und verschlafen wie zuvor.

Und doch ...

Sie kann es in der Luft spüren, als würden sich die Schatten des Zimmers näher an sie heranschleichen. Fast kann sie die kalten Berührungen dunkler Hände auf ihrem Körper spüren. Sie friert plötzlich.

Sam kennt das Gefühl. Sie hat es schon einmal in dieser Stadt gespürt. Das erniedrigende, lähmende Gefühl, beobachtet zu werden.

Sie geht zum Fenster und spielt mit dem Gedanken, den Laden zu öffnen. Doch eine innere Unruhe hält sie davon ab. Stattdessen schließt sie das Fenster und bleibt unschlüssig mitten im Raum stehen. Mehrere Minuten lauscht sie angestrengt in die Nacht.

Sie denkt an David, der im Erdgeschoss schläft, und den sie noch nicht richtig einschätzen kann. Er wirkt zurückhaltend, geradezu verschüchtert. Doch da ist etwas in seinen Augen, das sie nicht einordnen kann. Etwas, das sich in seinem Innern versteckt.

Die Vorstellung, dass es ausgerechnet diese Augen sein sollen, die sie beobachten, ist für Sam vollkommen absurd, so intensiv das Gefühl auch sein mag. Vielleicht würden ihre Gedanken länger bei David verweilen, gäbe es da nicht die schreckliche Tatsache, dass sie dieses Gefühl, von etwas Fremdem angestarrt zu werden, schon einmal wie feine, spitze Nadeln auf der Haut gespürt hatte.

Dieses Geschöpf, das sie in der vergangenen Nacht als Schemen im Spiegel des Bekleidungsgeschäftes gesehen hatte, musste sie gefunden haben. Es hat sie verfolgt und gefunden ...

Der Gedanke sticht wie ein glühender Dolch in ihren Verstand und lässt ihr Herz rasen.

Es hat mich verfolgt, denkt sie und spürt, wie sich aufsteigende Panik ihren Weg bahnt. *Es hat mich den ganzen Tag beobachtet, jede Minute, jede meiner Bewegungen. Und jetzt weiß es, dass ich hier bin.*

Sam blickt sich im Zimmer um, sucht nach einer Waffe. Gleichzeitig drängt sich der Gedanke auf, wie infantil sie reagiert. Die Tür ist abgeschlossen und der Fensterladen ist mit einem Haken aus Eisen gesichert. Wie sollte sich dieses Wesen Zugang zu ihrem Zimmer verschafft haben?

Spontan springt sie auf, lässt sich auf die Knie fallen und blickt unter das Bett. Ihr Herz scheint einen Schlag auszusetzen. Unbewusst bemerkt sie, dass sie den Atem anhält. Doch unter dem Bett befinden sich lediglich eine dünne Staubschicht und zwei gebrauchte Taschentücher, die irgendjemand hier vor Jahren entsorgt haben musste.

Sie steht wieder auf und fühlt sich wie ein kleines Mädchen, das Angst vor Monstern hat. Mit einem Kopfschütteln schlüpft sie unter die Bettdecke, diesmal, ohne sich auszuziehen. Ein letzter prüfender Blick zum Fenster, dann zur Tür.

Alles bleibt still, doch das Gefühl, von unsichtbaren Blicken erfasst zu werden, bleibt.

Erst als sie die Kerze löscht und sich in der Nacht verstecken kann, spürt sie, wie die Beklemmung von ihr abfällt.

Mit einem Schlag ist sie alleine im Dunkeln.

Sam liegt mit offenen Augen da, starrt ins Nichts und versucht, sich an Bilder aus ihrer Vergangenheit zu erinnern. Obwohl sie erschöpft und müde ist, schläft sie in dieser Nacht nicht mehr ein.

***

In meinem Kopf hebt sich der Vorhang. David starrt mir entgegen. Seine Augen unsicher, voller Furcht. Unwürdig, wie immer. Meine Hände legen sich um seinen Hals, drücken zu, beginnen, David zu würgen. Doch ich greife nur Luft. Meine Finger gleiten durch ihn hindurch wie durch ein Gespenst.

Das ist es, was du bist, David! Ein erbärmliches, trauriges Gespenst. Das letzte auf Erden. Das Leben ist zu groß für dich. Es wird dich vernichten, so, wie es all die anderen Gespenster vernichtet hat. So, wie ich dich vernichten werde. Eines Tages, am Ende von allem, wird sich der Vorhang heben, und ich werde in die Augen eines Toten blicken.

Dann, wenn die letzten Gespenster gegangen sind, wird es nur noch Frank geben. Frank und das, was ihn geboren hat …

***

Am Morgen sitzen sie auf dem Steg am Fluss. David starrt ins Wasser, auf die sanften Wellen, die sich manchmal schäumende Krönchen aufsetzen, um sie einige Augenblicke später wieder zu verlieren.

Die Luft ist schwer und riecht nach Moder, den der Fluss mit sich treibt.

In den ersten Tagen, in denen David noch nicht verstand, was geschehen war, waren Leichen den Fluss hinuntergeschwommen. Bleiche, aufgedunsene Leiber, nackt oder mit zerrissenen Anzügen oder fleckigen Overalls bekleidet, das Gesicht dem Grund des Flusses zugewandt, die entblößten Rücken mit Wunden von Steinen und Zweigen verziert.

Sie hatten David an abstrakte Puppen erinnert, die ein Künstler in einem Anfall von Wahn dem Wasser übergeben hat. Manche von ihnen trieben anmutig und sanft mit den gekrönten Wellen, andere drehten sich in verzweifelten Wirbeln, stießen gegen die Kaimauern oder schwere Äste. Doch eines haftete allen gleich an; der saure Gestank verwesenden Fleisches, der Schwärme buntschillernder Fliegen mit sich zog.

Der Fluss stank wie die Grube im Garten von Davids Urgroßvater, in die der Mann allen möglichen Abfall warf und die mit der Toilette im Haus verbunden war.

Auf absurde Weise lockte der Gestank der Leichen die Erinnerungen an den Großvater in ihm hervor. Der alte Mann starb, noch bevor David sein zehntes Lebensjahr erreicht hatte. Doch der Gestank im Garten blieb noch einige Jahre erhalten.

An manchen Tagen trägt das Wasser noch immer den Geruch von Fäulnis mit sich, auch wenn die Leichen längst verschwunden sind. Zumindest gesehen hat David seit Monaten keine mehr, doch ihr Geruch liegt manchmal wie der hauchdünne Duft eines widerlichen Parfums in der Luft.

Er weiß, dass es noch genügend Leichen auf der Welt gibt, die für immer unentdeckt bleiben und in Kellern, Gruben oder überwucherten Gärten verrotten. Vielleicht kommen sie in den Nächten mit dem Fluss in die Stadt. Dann, wenn sie keiner sehen kann. Sie treiben auf dem Wasser; blasse, verzerrte Flecken im schwarzen Glitzern des Flusses, durchqueren die

Stadt wie Landstreicher und verschwinden, ehe der Morgen anbricht. David war noch nie in der Nacht am Fluss. Aber am Tage kann er die Toten manchmal riechen, deshalb weiß er, dass sie hier waren.

Er sieht dem Wasser zu, das schwarz an ihm vorbeizieht. Mückenschwärme kreisen über den Wellen und folgen der Spur des Todes.

Sam sitzt etwas abseits von ihm, gegen einen der hölzernen Pfeiler gelehnt. Früher einmal, zu Zeiten, als Davids Großvater selbst ein kleiner Junge gewesen ist, hatte man an diese Pfosten Boote und Lastkähne angebunden. Heute stehen sie einfach nur noch als Erinnerung an diese längst vergessenen Tage auf dem Steg. Das Holz ist durch die Feuchtigkeit dunkel und glatt geworden. Fährt man mit der Hand langsam darüber, spürt man eine klebrige Nässe, welche die Pfeiler wie ein feines Tuch umhüllt.

Sam sieht David mit einem unergründlichen Blick an. Er glaubt, eine tiefe Wachsamkeit in ihren Augen zu erkennen. Dann wiederum hat er das Gefühl, dass Sam mit dem Gedanken spielt, ihm etwas zu erzählen. Sie öffnet manchmal ihren Mund, nur ganz leicht, doch dann schließt sie ihn wieder, beißt sich auf die Lippen und lässt ihren Blick von ihm zum Wasser wandern.

David sieht sie nicht direkt an. Er blickt immer wieder in ihre Richtung, seine Augen streifen sie kurz, dann betrachtet er scheinbar die Silhouetten der Häuser hinter ihr.

Sam hat ihr Haar zu einem Pferdeschwanz gebunden. Einige Strähnen haben sich gelöst und tanzen im feuchten Flusswind. David wird erneut an Darleen erinnert, Sam und sie haben viel gemeinsam. Er blickt in die andere Richtung, da er nicht an Darleen denken will; nicht hier und nicht in Gegenwart einer anderen Frau.

Auf der anderen Flussseite bemerkt er plötzlich eine Bewegung. Seine Hand greift nach dem Gewehr, das neben ihm auf den Holzplanken liegt, doch dann hält er inne.

»Sieh nur«, flüstert er und deutet mit ausgestrecktem Arm auf eine in Schatten gehüllte Treppe, die zwischen zwei Häusern hinunter zum Wasser führt.

Ein Reh steht nahe am Ufer und starrt konzentriert ins Wasser. David vermutet, dass es auf der Suche nach Nahrung ist. Er kann selbst auf die Entfernung sehen, wie sich dessen Nüstern blähen und die Ohren aufstellen.

»Kommen sie oft in die Stadt?«

David wirft Sam einen kurzen Blick zu und nickt.

»Die Stadt birgt keine Gefahr mehr für sie. Deshalb kommen sie aus dem umliegenden Land und den Wäldern und suchen nach Nahrung.«

Sie beobachten das Tier, das plötzlich zu ihnen herüberblickt. Es wirkt gleichmütig, schüttelt nach einer Weile den Kopf und blickt wieder ins Wasser. Dann senkt es den Kopf, schnuppert am Boden und springt im nächsten Augenblick mit weiten Sätzen die Treppe hinauf und verschwindet zwischen den Häusern. David hat das merkwürdige Gefühl, dass irgendetwas das Reh aufgeschreckt hat, irgendein Geräusch oder ein Geruch, der nicht sein sollte. Als er zu Sam blickt, sieht er sie zum ersten Mal an diesem Tag lächeln.

»Es ist merkwürdig, anderes Leben zu sehen. Und doch wunderschön.«

»Hast du auf deiner Reise keine Tiere gesehen?«

Sam sieht ihn an. Ein Schatten zieht wie eine Wolke über ihr Gesicht.

»Nur wenige. Ich glaube, sie haben Angst vor der Welt.« Davids Augen wandern zur Treppe auf der anderen Flussseite zurück, doch das Reh ist in den Schluchten der Stadt verschwunden.

»Man sollte meinen, dass die Natur sich die Städte und alles, was die Menschen errichtet haben, zurücknimmt. Zumindest hat man das früher im Fernsehen erzählt.« Er macht eine Pause. Der Gestank von Abfall, den der Fluss mit sich trägt, wird stärker. »Aber das stimmt nicht. Es kommen nur sehr wenige Tiere in die Stadt. Rehe ...« Er nickt in Richtung der Treppe. »Antilopen und manchmal Wölfe. Aber sie sind vorsichtig, durchstreifen die Stadt und verschwinden wieder, sobald sie etwas zu Fressen gefunden haben.«

Sam steht auf, geht bis zum Rand des Holzsteges, stemmt die Fäuste in die Hüften und sieht zur anderen Seite hinüber.

»Ich glaube, solange es auch nur noch einen Menschen auf der Erde gibt, ist der Ort nicht sicher für sie.«

Sie lässt die Arme kraftlos an den Seiten herabhängen, dreht sich zu David um und blickt ihn mit dunklen Augen an. Plötzlich steht eine stille Furcht in ihrem Gesicht, als hätte sie sich eine blasse, verzerrte Maske aufgesetzt.

»Wir beide sind nicht die letzten«, sagt sie leise, geht zu dem Pfosten zurück und rutscht langsam daran herunter. Ihre Augen blicken traurig auf den Fluss.

***

»Es gab mal einen Jungen, der in die Stadt kam«, ergreift David nach einer Weile das Wort, weil er glaubt, dass es an der Zeit ist, ihr von Kenny zu erzählen.

Sam blickt nicht auf, starrt weiterhin auf den Fluss, der die winzigen Kadaver von Vögeln und Ratten mit sich trägt. Doch sie hört ihm zu, das spürt David.

»Er hieß Kenny. Er kam eines Tages am frühen Nachmittag in die Stadt und war von hohem Fieber befallen.« David wird bewusst, wie schwer es ihm fällt, über den Jungen zu reden. »Er zitterte am ganzen Leib, seine Haut war fleckig und in seinen Augen glühte das Fieber wie Feuer. Ich wusste, dass ich nichts für ihn tun konnte. Doch ich nahm ihn mit in mein Haus und pflegte ihn, um ihm das Sterben so angenehm wie möglich zu machen. Dabei redete ich mir selbst ein, dass ich ihn zu heilen versuchte. Ich fühlte mich damals so hilflos.«

Sam blickt plötzlich auf und sieht ihn fragend an.

»Ich sagte ihm, alles wird gut, dass ich mich um ihn kümmern und er bei mir bleiben könne. Ich gab ihm zu essen, wusch ihn und erzählte ihm uralte Geschichten aus meiner Vergangenheit. Dabei wurde nichts gut. Ich bin kein Arzt und konnte nur das Nötigste für ihn tun. Aber ich habe ihm unentwegt erzählt, dass er sich keine Sorgen machen muss.«

Sam streicht die losen Strähnen hinter ihr Ohr und blinzelt in die Sonne. »Aber du hast ihm doch geholfen«, sagt sie leise, eindringlich. »Du hast ihm die Angst vor dem Tod genommen. Mehr konntest du nicht tun. Du hast ihm mehr gegeben, als es die verkommene Welt je getan hat. Es ist nicht schön, mit der Furcht vor dem Tod zu sterben.«

David schüttelt den Kopf. »Ich glaube, ich habe damals nur an mich gedacht. Kenny war das erste menschliche Wesen, das ich zu Gesicht bekam. Er erschien mir wie die Antwort auf meine Gebete, die ich nachts in die Dunkelheit sprach. Kenny war jemand, mit dem ich sprechen konnte, der mir zuhörte und um den ich mich kümmern konnte.« Er sieht sie an und kniet sich zu ihr nieder. »Verstehst du? Kenny war für mich da, um meine Leiden zu lindern. Er war wie ein Werkzeug, das ich benutzte. Er beschäftigte mich, lenkte mich von der verdammten Stadt ab und brachte in mir die Hoffnung zurück, dass es noch mehr Menschen wie ihn geben musste; irgendwo – aber es musste sie geben. Als er schließlich starb ...« David setzt sich im Schneidersitz auf die Holzplanken und blickt zu den Ruinen auf der anderen Flussseite. »Als er starb, weinte ich nur um mich selbst. Nicht um Kenny. Ich war sogar wütend auf ihn, weil er mich einfach so alleine zurückließ. Ich schrie ihn an, dass er das nicht tun könne und sich nicht einfach so aus dem Staub machen solle. Ich glaube, in dem Moment, als er starb, habe ich den Jungen sogar dafür gehasst.«

»Was hast du mit ihm gemacht?«

»Was spielt das für eine Rolle?«

Sam sieht ihn unentwegt an. Ihre Stimme ist ruhig, kaum mehr als ein Flüstern. Doch die Stadt ist still, und David versteht jedes Wort klar und deutlich.

»Das spielt eine große Rolle, denn es kann dir zeigen, dass du nicht eigennützig gehandelt hast.«

David starrt auf das feuchte Holz unter sich und verschränkt die Hände ineinander.

»Ich habe Kenny beerdigt. Im Park, neben dem Haus.«

»Du hast ihn also so behandelt, wie du früher einen geliebten Menschen behandelt hättest.«

David überlegt. Irgendwo in den Ruinen der Stadt fällt etwas krachend zu Boden. Das Echo rollt einige Sekunden wie das Donnern von Hufen durch die Stille.

»Ich bin jeden Tag zu seinem Grab gegangen und habe mit ihm geredet, als würde er noch leben. So, wie ich mit der Puppe im Schaufenster rede.«

Er blickt Sam in die Augen und zuckt verlegen mit den Schultern. Sie lächelt leicht, doch verurteilt ihn nicht.

»Als ich keine Antworten von ihm bekam, ging ich nicht mehr zu ihm. Ich habe ihn bis heute kein einziges Mal mehr besucht.«

Sam sieht ihn eine Weile an, ohne etwas zu erwidern. Dann zieht sie ihre Knie an den Leib und starrt in den Himmel. Einige Wolkenschleier ziehen über den Fluss, als würden sie ihm auf seiner Flucht aus der Stadt folgen.

»Was ist mit dir?«, fragt David und kann die Erinnerung an Ken nur mit Mühe zurückdrängen.

Sam scheint in Gedanken, beachtet ihn nicht. Sie schließt die Augen und lässt ihr Gesicht von der Sonne wärmen.

»Ich bin nur zwei Menschen begegnet«, haucht sie schließlich so leise, dass es auch der Fluss hätte sein können. »Und einen davon habe ich getötet.«

***

»Als es Frühling wurde, habe ich meine Stadt verlassen.« Sie lehnt wieder gegen den alten Holzpfeiler, hat ein Bein angezogen und starrt in den Himmel über den Häusern jenseits des Flusses. »Ich glaube, als es wärmer wurde, habe ich die Hoffnung verloren, dass irgendjemand zurückkommen würde. Ich habe Tage damit verbracht, auf den Stufen meiner Veranda zu sitzen, die Straße zu beobachten und darauf zu warten, dass der Wagen meines Nachbarn um die Ecke kommt oder einige Kinder auf ihren Fahrrädern lachend am Haus vorbeifahren. Ich habe sogar auf den Postboten gewartet, einen ziemlich ekelhaften Kerl, der sich für unwiderstehlich hielt und mich jedes Mal mit seinen Augen förmlich auszog. Den Gedanken, dass keiner von den Menschen mehr da war, die ich mein Leben lang kannte, wollte ich nicht zulassen. Ich weigerte mich einfach, die Wirklichkeit zu akzeptieren, trank Bier, das ich mir von der Tankstelle besorgt hatte und versank in meiner eigenen Welt. Ich bekam Phantasien, die nicht gut für jemanden sind, der alleine ist. Von Verschwörungstheorien bis hin zu Angriffen außerirdischer Kreaturen ist alles dabei gewesen.«

Sie lacht, schüttelt den Kopf und wirft David einen entschuldigenden Blick zu. »Ich dachte jeden Tag daran, dass Mike mich unmöglich alleine zurücklassen konnte.«

»Mike?«

»Er war mein Freund. Wir lebten zusammen und wollten uns im Frühjahr verloben. Aber ich glaube fast, daraus wird nichts mehr.« Mit einem Seufzer lehnt sie ihren Kopf gegen den Pfosten und schließt die Augen. »Mike war morgens zur Arbeit gegangen. Er war Techniker bei einer Telefongesellschaft. Ein Job, den er hasste, der uns aber gutes Geld einbrachte. Naja, auf jeden Fall kam er nicht mehr nach Hause und seitdem wartete ich auf ihn; so wie auf all die anderen aus meiner Stadt. Und als es dann wärmer wurde und es kein Bier mehr an der Tankstelle gab, packte ich meine Sachen und ließ Waterbury hinter mir.« Sam öffnet kurz die Augen und schielt zu David. »Das mit dem Bier war natürlich ein Scherz«, lacht sie. Dann lehnt sie sich wieder zurück und blickt in ihre

Erinnerungen. »Ich glaube, als ich die Stadt verließ, hatte ich immer noch die Hoffnung, dass sich die ganze Scheiße nur auf Waterbury beschränkte. Irgendwie bildete ich mir ein, dass ich, sobald ich die nächste Stadt erreichte, inmitten von Verkehrslärm, lauten Menschen und stinkenden Straßen stehen würde. Dort bräuchte ich nur irgendjemandem von der ganzen Scheiße zu erzählen und alles würde wieder gut werden. Ich rannte sogar, so wie man in einem Traum auf eine Tür am Ende eines langen Ganges zuläuft, nur um zu erkennen, dass sich die Entfernung niemals verkürzt, ganz gleich, wie schnell man laufen kann. So etwa erging es mir. Ich lief über Straßen und Felder, immer in der Nähe des Ozeans, nur um dann festzustellen, dass sich alle anderen Städte in keiner Weise von Waterbury unterschieden.« Sam zieht die Beine an, umschlingt sie mit den Armen und blickt zu David. »Weißt du, was für ein Gefühl es ist, wenn man plötzlich die ganze Wahrheit erkennt? Die ganze schreckliche, grausame und schmerzvolle Wahrheit? Wenn sie einen anspringt wie ein wildes Tier? Ich sage dir, David, das ist ein verdammtes Scheißgefühl.«

»Ich kenne das Gefühl«, sagt er und kommt sich im selben Moment ziemlich albern vor. Es sollte andere Worte geben, die ihre Situation und Gefühle beschreiben und sie vielleicht trösten können. Doch Davids Gedanken sind leer, ihm wollen die richtigen Worte nicht einfallen. Er möchte einfach nur hier im Sonnenschein sitzen, den Gestank des Flusses einatmen und Sams Geschichte lauschen. Ihre Stimme bedeutet Leben und Nähe für ihn, ganz gleich, was sie erzählt.

»Eines Tages sah ich die Silhouette von New York am Horizont. Ich kann dir nicht mehr sagen, wie lange ich da schon unterwegs war. Tage waren nicht mehr wichtig für mich.« Sam wippt sanft vor und zurück, während sie ins Wasser starrt. »Alles wirkte düster und bedrohlich. Ein dunkler Schatten, der sich über den Rand der Welt erstreckte. Kein Licht, kein Lärm, nichts. Ich erinnerte mich in dem Moment an mein Konzerterlebnis mit Neil Young und meiner Tante. Auf keinen Fall wollte ich in diese Stadt gehen und erfahren, dass Young tot ist. Dass meine Tante ebenso tot ist wie all diese maskierten Menschen, die ich damals in New York getroffen und die mir solche Angst eingejagt hatten. Ich wollte mir zumindest meine Erinnerungen bewahren, also habe ich einen großen Bogen um New York gemacht, auch wenn mich das einige Tage kostete.«

Sam hält in ihrer Bewegung inne. Der Ausdruck ihres Gesichts verhärtet sich, sie scheint David vollkommen vergessen zu haben. Ihre Augen gleichen schmalen Schlitzen, mit denen sie das Ufer auf der anderen Seite taxiert. Sie greift in den Schaft ihres Stiefels und zieht mit einer beiläufigen Bewegung ein Springmesser daraus hervor. Mit einem metallischen Singen lässt sie die Klinge herausgleiten und betrachtet nachdenklich den Stahl. Die Sonne lässt ein hässliches Grinsen darauf zurück.

»Mein Abstand zu New York blieb immer gleich. Die Stadt wanderte wie die Sonne um mich herum. Als sie sich im Norden befand, erreichte ich ein kleines Dorf, dessen Namen ich vergessen habe. Ein paar windschiefe Häuser, ein Marktplatz und eine Kirche. Dazu eine Straße mit Schlaglöchern, die mitten hindurch führte. Ein typisches Dorf eben, wie es sie zu tausenden gibt. Dort traf ich auf Maria.« Sie starrt ins Funkeln der Klinge, als blicke sie dadurch in eine andere Welt, in eine andere Zeit. Ihr Gesicht hat sich in eine dunkle Maske aus Holz verwandelt. »Maria und ihren Mann Bud.«

Sie schweigt, während die Schatten der Wolken über den Fluss kriechen und den Anblick schwimmender Leichen darzustellen versuchen. Einer der Schatten fällt über den Steg und verwandelt Sams Gesicht in das zerfurchte Antlitz einer alten Frau. Das Lächeln auf der Klinge verschwindet. Sie nimmt das Messer und wirft es in die Planken zwischen ihren Füßen, wo es vibrierend und mit einem dumpfen Schlag stecken bleibt.

»Maria war eine zierliche Person«, fährt sie schließlich mit leiser Stimme fort. Ihre Lippen scheinen sich kaum zu bewegen. »Ein gütiger, warmherziger Mensch mit sanften Augen und einem ausgesprochen angenehmen Wesen. Ich glaube, in einem anderen Leben wäre ich für eine Freundin wie sie dankbar gewesen. Sie war ungefähr in meinem Alter und ich mochte sie vom ersten Augenblick an. Ihr Mann Bud war groß gewachsen, mit dunklem, lockigem Haar und einem fein geschnittenen Gesicht mit hohen, aristokratischen Wangenknochen. Er erinnerte mich komischerweise an Könige, die ich aus den alten Märchenbüchern meiner Kindheit her kannte. Er hatte etwas Würdevolles an sich. Jemand, nach dem sich die Frauen auf der Straße zweimal umblicken. Auf den ersten Blick waren Maria und Bud ein schönes und perfektes Paar; so eines, das man gerne als Nachbarn hat oder zu seiner Party einlädt.« Sam blickt voller Schwermut in die Ferne. »Aber da war etwas in Buds Augen. Etwas Dunkles, Gefährliches, das mir Angst machte. Er sprach zwar anständig und ruhig mit mir, aber die Art, wie er mich betrachtete, wie er mich von oben bis unten musterte, gefiel mir nicht. Maria schien seine Blicke nicht zu bemerken, oder sie wollte es nicht. Aber Buds Absichten lagen offen in seinen Augen zu lesen. Zudem berührte er mich mehr als einmal, als er an mir vorbeiging, gerade so, als sei es nur Zufall.« Die Wolke verschwindet und das helle Blitzen auf der Klinge des Messers kehrt zurück. »Ich half den beiden, einen Karren mit Lebensmitteln, die sie in den Häusern des Dorfes geplündert hatten, in ihrer Wohnung zu verstauen. Erst danach, als die Arbeit getan war, wurde uns allen richtig bewusst, dass da plötzlich andere Überlebende waren. Dass man tatsächlich in die Augen eines anderen Menschen blickte, den Geruch dieses Menschen einatmete, auch wenn dieser Geruch nicht der Beste war. Kannst du dir vorstellen, wie ich mich gefühlt habe? Inmitten einer toten Welt auf andere Menschen zu treffen? Für mich grenzte es an ein Wunder und in Marias Augen konnte ich eine stille, aber ehrlich gemeinte Dankbarkeit erkennen. Bud musterte mich weiterhin bei jeder sich bietenden Gelegenheit und jeder meiner Bewegungen und schien für seine Frau keinen einzigen Blick mehr übrig zu haben. Setzte ich mich, beobachtete er mich dabei, als hätte er so etwas noch nie gesehen, ging ich im Zimmer auf und ab oder spähte aus dem Fenster, hing er mit seinen Augen an mir, als wäre ich ein festlich geschmückter Weihnachtsbaum und er ein kleiner Junge am Weihnachtsmorgen.« Das Sonnenlicht auf der Klinge des Messers wirft einen kleinen, hellen Kreis auf den Steg. »Wir haben zu Abend gegessen. Ein richtig köstliches Mahl. Bud meinte, für ihren Gast sei das Beste gerade gut genug. Mir gefiel nicht, wie er die Worte betonte und mir dabei zuzwinkerte. Und mir gefiel nicht, wie viel Wein er trank. Während Maria und ich uns mit einem Glas begnügten, ließ sich

Bud von seiner Frau immer wieder nachschenken. Er schickte sie sogar in den Keller, um eine neue Flasche zu holen.« Sam schüttelt den Kopf und lässt den Lichtkreis aus Sonne verschwinden. »Er hat Maria wie eine Bedienstete behandelt, nicht wie seine Frau. Sie sollte dies tun und jenes holen, und das Schlimme daran war, dass Maria alles ohne ein Wort des Widerspruchs tat. Bud brauchte sie teilweise nur anzusehen und Maria stand auf und füllte seinen Teller nach oder schenkte ihm ein weiteres Glas Wein ein. Es war ein stilles Einverständnis zwischen den beiden, aber nicht auf die angenehme und liebevolle Art, verstehst du? Ich fand es echt zum Kotzen, wie sich Maria erniedrigen ließ.« Sie blickt zu David und hält ihn mit ihren Augen fest. »Ich hatte noch nie zuvor eine Frau wie Maria kennengelernt. Ich sagte ja bereits, sie war ein liebherziger und gütiger Mensch. Aber genau das machte sie in Buds Augen zu einer Magd, die ihm jeden Wunsch zu erfüllen hatte, ohne ein Wort der Auflehnung und ohne ein Wort des Dankes. Ich meine, was muss man für ein Mensch sein, um eine solch wunderbare Frau derart schamlos auszunutzen? Dazu noch in Zeiten wie diesen?«

David zuckt mit den Schultern und löst sich endlich aus Sams Blick. »Ich glaube, jeder ist für sein Leben selbst verantwortlich«, sagt er und sieht dem Kadaver einer toten Ratte hinterher, der träge an ihnen vorüber schwimmt. »Vielleicht war Bud ganz anders, als Maria ihn kennenlernte. Vielleicht war er da noch fürsorglich und sanft und hat sie mit seinem Humor zum Lachen gebracht. Und vielleicht hat sich Maria so von Bud blenden lassen, dass sie jede Vorsicht und Scheu über Bord geworfen und sich ihm willenlos hingegeben hat. Wenn Bud wirklich so ein Schwein war, wie du sagst, hat er schnell die Gefügigkeit seiner Frau erkannt und damit begonnen, die klassische Rollenverteilung in ihrer Beziehung einzuführen. Das alles geschah vielleicht so subtil, dass Maria gar nicht gemerkt hat, wie sie nach und nach zu Buds Sklavin wurde.«

Sam nickt mit ernstem Gesicht. »Ja, und als sie es endlich bemerkte, war es zu spät für sie. Es gab zu viele ›*Vielleichts*‹, die sie nicht erkannt hat.« Sie schüttelt energisch den Kopf, so dass sich weitere Strähnen aus ihrem Zopf lösen. »Gott, Maria tat mir so leid. Aber ich hatte nicht den Mut, ihr zu sagen, dass sie so nicht weiterleben kann. Ich hatte auch kein Recht dazu, immerhin war ich ihr Gast, also habe ich den Mund gehalten.«

»Was ist dann passiert?«, hakt David nach, als Sam die folgenden Minuten schweigt und nachdenklich das Messer betrachtet.

»Ich beschloss, die Nacht in ihrem Haus zu verbringen und am nächsten Morgen weiterzuziehen.« Ihre Stimme klingt plötzlich schleppend. »Das gute Essen und der Wein hatten mich müde gemacht. Kaum dass ich im Bett lag, war ich auch schon eingeschlafen. Es war das erste Mal seit meinem Aufbruch aus Waterbury, dass ich wieder in einem richtigen Bett schlafen konnte. Die Laken dufteten nach Zitrone und waren schneeweiß. Keine Ahnung, wie Maria das geschafft hatte. Ich glaube, selbst zu Hause hatte ich kein solches Bett.« Sie lächelt, doch nur eine Sekunde später verhärtet sich ihr Gesicht. »Das Knarren der Tür machte mich in der Nacht wach. Ich hatte eine Lampe brennen lassen, so dass ich Bud sofort erkennen konnte. Er kam in mein Zimmer und trug nur eine kurze Hose. Er lächelte, sagte aber nichts. Es war so eine Art von Lächeln, das einer Frau sagen sollte, dass der Mann ganz genau wisse, was sie von ihm erwarte, widerlich, aufgeblasen, affektiert. Mit einem Ruck riss er meine Decke fort und legte sich einfach auf mich. Einfach so, ohne ein Wort zu sagen, immer noch mit diesem selbstgefälligen Lächeln im Gesicht.« Sam zieht das Messer aus dem Holz des Stegs. Ihre Finger streichen fast zärtlich über die Klinge. »Ich versuchte, mich unter ihm herauszuwinden, aber Bud war kräftig und ehe ich mich versah, hatte er mir eine Hand auf den Mund gelegt und sein Lächeln war verschwunden. Plötzlich hatte er sich in ein Monster verwandelt. Eine Kreatur mit zuckenden Mundwinkeln und einem bösartigen, gierigen Blick. Er stank nach Schweiß und als er dann endlich etwas sagte, konnte ich den Wein in seinem Atem riechen. ›Ich weiß, dass du es willst, du Schlampe‹, sagte er, während seine freie Hand zwischen meine Beine wanderte und begann, mir den Slip herunterzuziehen. Es war …«

Sam verstummt. David kann Tränen in ihren Augen sehen.

»Es war so widerlich. Der Gestank, der warme, saure Atem an meinem Ohr, seine hektischen Bewegungen, das Grunzen, das von einem räudigen Hund hätte stammen können. Ich zerkratzte ihm den Rücken, schlug auf ihn ein, aber er bemerkte es in seiner Gier nicht einmal. Er stöhnte und keuchte nur umso lauter, aber nie so laut, dass Maria ihn hätte hören können; als hätte er Erfahrung in solchen Dingen.« Sie betrachtet nachdenklich das Messer, dann blickt sie zu David. »Das Baby hier lag auf dem Nachttisch. Ich glaube, du hast bereits gemerkt, dass ich ein vorsichtiger Mensch bin. Bud schien es nicht gesehen zu haben. Scheinbar war er der Überzeugung, dass alle Frauen so schwach und naiv seien wie seine Maria. In meiner Verzweiflung tastete ich danach, ließ die Klinge herausgleiten und stach zu, immer und immer wieder.« Ihre Stimme bricht bei jedem weiteren Wort, bis sie nur noch ein Flüstern ist. »Selbst als Bud still auf mir lag und ich spürte, wie seine Erregung verschwand, habe ich zugestochen. Es fühlte sich so gut an, so richtig, also habe ich immer weiter gemacht.«

David starrt auf das Messer, das einen Menschen getötet hat, und das Sam als *ihr Baby* bezeichnet. Sie hat plötzlich etwas von einer Kriegerin an sich. Ihr Gesicht, schön und weiblich, und doch mit grausamen Zügen, ihre Haarsträhnen, mit denen der Wind spielt und die ihre Augen teilweise verdecken, die Hand, die das Messer hält, zierlich und doch voller Kraft und der Fähigkeit zu töten. Sam erscheint ihm plötzlich als eine Frau, die von dieser Welt geformt wurde, und die sich schließlich diese Welt Untertan gemacht hat.

»Du musst nichts sagen.« Ihre kraftlose Stimme reißt ihn aus seinen Gedanken. Sie sieht ihn von der Seite an und lächelt, auch wenn Tränen in ihren Augen schimmern. »Ich kann hören, wie deine Gedanken rasen. Aber tröste dich, mir würde zu dieser Geschichte auch nichts Passendes einfallen.«

Sie lässt die Klinge wieder im Griff verschwinden. Plötzlich ist es nur wieder ein simpler Gegenstand in ihrer Hand und keine tödliche Waffe, die Davids Bild von Sam wahrscheinlich für immer verändert hat.

»Was war mit Maria?«

»Maria?«

Sam steckt das Messer in den Schaft ihres Stiefels zurück.

»Wie hat sie es aufgenommen?«

Sie stößt ein bitteres Lachen aus.

»Soll ich dir sagen, was ihre ersten Worte waren?«

David nickt nur. Aus Sams Gesicht war alles Weibliche gewichen.

»Sie sagte: Früher oder später musste es so kommen. Maria war nicht einmal schockiert, als ich ihr von der Nacht erzählte. Sie sah mich an, als würde ich mit ihr über Kochrezepte sprechen. Ich weiß bis heute nicht, was mit dieser Frau los war, ob sie Bud in einem solchen Maße hörig war, dass sie selbst eine derart schändliche Tat nicht schockieren konnte oder ob sie im Laufe der Jahre und unzähliger Verfehlungen ihres Mannes einfach nur abgeschaltet hat und alles als eine Art Weg des Schicksals betrachtete.«

Sam lehnt sich gegen den Pfosten und starrt auf ihre Hände, als fände sie darin die Antworten auf all die ungelösten Fragen der Welt.

»Sie nahm mich in den Arm und sagte mir, wie leid es ihr täte, was Bud mir angetan hat. In ihren Augen standen Tränen, aber ich glaube, die galten mehr mir als ihrem Mann.« Sam schüttelt mit einem bitteren Lächeln den Kopf. »Maria hatte Angst davor, dass ich sie hassen könnte. Aber ich sagte ihr, sie könne nichts für das Verhalten ihres Mannes, obwohl das eine glatte Lüge war.« Ihr Blick sucht David. »Dabei war es ihr Verhalten und ihre krankhafte Toleranz Bud gegenüber, die ihn zu dem Mann gemacht haben, der er schließlich geworden ist. Ich habe ihr gesagt, ich werde sie mitnehmen, wir würden zusammen reisen und nach weiteren Überlebenden suchen. Sie sagte, sie würde sich einige Sachen zusammenpacken und mit mir kommen, fort von diesem Ort, an dem sie so viel Schlechtes erlebt hat.«

Wieder schweigt Sam eine Weile. Das leise Gurgeln des Flusses unter ihnen ist das einzige Geräusch und wirkt einschläfernd.

»Als ich meine Sachen gepackt hatte, traf ich Maria im Garten.« Ihre Stimme klingt kraftlos, als erinnere sie sich an eine besonders düstere Zeit zurück. »Wir haben Bud im Garten hinter dem Haus begraben. Ein schlichter Erdhügel und ein ebenso schlichtes Holzkreuz, auf das ich mit schwarzer Farbe seinen verdammten Namen gepinselt hatte. Maria stand vor dem Grab, ihre Tasche neben sich auf der Erde, und starrte geistesabwesend auf das Grab. Als ich mich ihr näherte, sah sie mich an, ihr Gesicht war tränenüberströmt, und sie zitterte. Sie sagte, sie könne nicht mit mir gehen. Bud würde sie nicht gehen lassen und er bräuchte sie, so, wie er sie sein ganzes Leben lang gebraucht hatte. Dann wurde ihre Stimme lauter, und sie schrie mich an, ich solle verschwinden und mich nie wieder blicken lassen, schließlich habe ich ihren Mann getötet und das nur, weil er eingefordert hat, was einem Mann zusteht. David, ich sah den Hass in ihren Augen. Ich sah, wie sie ihre kleinen Hände zu Fäusten ballte. Für Sekunden glaubte ich, Buds Augen in ihrem Blick zu erkennen. Bud, der durch den Mund seiner törichten Frau sprach und sein Verhalten zu rechtfertigen versuchte.«

Sam steht auf, geht zum Rand des Stegs und starrt ins Wasser, gerade so, als spiele sie mit dem Gedanken, in den Fluss zu springen. So bleibt sie einige Zeit stehen, während der Wind mit ihren losen Haarsträhnen spielt und David sie aufmerksam beobachtet, bereit, jeder Zeit einzugreifen, sollte der Gedanke die Oberhand über Sams Verstand gewinnen.

»Ich habe sie zurückgelassen«, flüstert sie schließlich dem Wasser zu. »Ich habe meine Sachen genommen und habe Maria im Garten bei ihrem Mann zurückgelassen.«

Der Wind wird kälter und trägt den Abend bereits mit sich. Die Sonnenstrahlen beginnen, die Ruinen der Häuser auf der anderen Flussseite hinaufzuklettern und die Dächer und Funkmasten in roten Schein zu tauchen. Die Schatten auf dem Steg verschwinden.

David betrachtet Sam, die plötzlich nichts mehr von der Kriegerin ausstrahlt. Ihre Geschichte ist erzählt. Am Rand des Stegs steht kraftlos, in sich zusammengesunken, eine Frau, die zu klein für die Welt und ihre Schrecken ist.

In diesem Augenblick erinnert sie David mehr als zuvor an Darleen. Auch sie verlor schnell ihre Stärke und den um sie herum errichteten Schutzwall und ließ sich in Davids Arme sinken, um an ihm und seinen tröstenden Worten Halt zu suchen.

Die grausame Sam, die ihre Geschichte schonungslos und kalt wie eine Jägerin erzählt hat, ist verschwunden und hat einen schutzlosen Menschen zurückgelassen, der zu schwach ist, um all die Erinnerungen der letzten Monate tragen zu können.

David steht auf und spürt die Kälte, die sich während seiner Bewegungslosigkeit in die Knochen gefressen hat. Er geht auf Sam zu, bleibt jedoch zwei Schritte hinter ihr stehen.

»Wie wäre es mit Abendessen?«

Sam reagiert zunächst nicht. Sie starrt ins Wasser, während ihre Finger miteinander spielen. David räuspert sich und blickt an ihr vorbei zur Ruinenstadt auf der anderen Seite. Die Gassen zwischen den Häusern sind verschwunden, die Treppe, auf der sie das Reh gesehen haben, ist nur noch ein wellenförmiges, schwarzes Band.

Sam dreht sich zu David um. Ihre Blicke treffen sich.

»Soll das ein Date sein?«

David geht unwillkürlich einen Schritt zurück und hebt abwehrend die Hände, doch ihr Lachen lässt ihn innehalten.

»Sag einfach ja, und alles ist gut.«

David nickt. »Nach deiner Lebensbeichte ist ein Abendessen das Mindeste.«

Sie lacht immer noch und schüttelt den Kopf.

»Wenn du das für meine Lebensbeichte hältst, wirst du dich noch ganz schön wundern.«

Ein Windstoß weht vom Fluss her, spielt mit Sams Haaren und trägt den Gestank verwesenden Fleisches mit sich.

»Na komm. Vielleicht finde ich noch etwas ganz Besonderes in meiner Speisekammer.« David hält ihr die Hand entgegen und erschaudert, als Sam sie ergreift.

Gemeinsam gehen sie durch die stillen Straßen der Stadt, deren Dächer von der untergehenden Sonne in Brand gesteckt werden.

Als sie bei Lilly vorbeikommen, wirft David ihr einen kurzen Blick zu, zwinkert und ist sich sicher, dass sie es ihm gleich tut. Doch es ist dunkel im Schaufenster, Lilly ist nicht mehr als ein grauer Schatten hinter einer schmutzigen Scheibe. Deshalb kann David sich auch irren.

***

Sie haben gewartet, bis es dunkel ist, damit sie ihre abgezehrten Körper nicht zeigen müssen. In der Nacht ist die Welt stets ein klein wenig stiller. Der Wind hat abgeflaut und lässt totes Land zurück.

Sam spürt die Kühle des Lakens unter sich und die Hitze von Davids Berührungen, die sich über ihre Brüste, den Bauch bis hinunter zu den Beinen ausbreitet. Sie biegt ihren Körper durch, schließt die Augen und ist in Waterbury, während Davids stockender Atem ihr Ohr streift und seine Finger gierig ihre Haut erkunden und in Brand stecken.

Das Dunkel beflügelt ihre Phantasie, und schon nach wenigen Minuten ist es nicht David, der, sich windend, auf ihr liegt, sondern Mike, den sie noch nie so sehr vermisst hat wie in dieser Nacht. Ihre Lippen formen unter Davids Küssen Mikes Namen, während ihre Finger sich in Davids ausgemergelten Rücken graben und blutige Striemen hinterlassen.

Es tut so gut, seine Erektion tief in sich zu spüren und seine gleichmäßigen Bewegungen mit ihrem Körper zu erwidern. Ein perfekter Rhythmus in einer perfekten, schweigenden Nacht.

Für Sekunden denkt sie angewidert an Bud, an den Gestank und sein Keuchen, das sie an wilde Hunde erinnert hatte. Dann kehrt sie nach Waterbury zurück und gibt sich den Liebkosungen von Mike hin, dessen Namen sie schon fast vergessen hatte.

Seine Bewegungen werden ekstatischer, sein Atem wärmt ihr Ohr und verspricht ihr die Sterne des Himmels. Sie schlängelt sich unter ihm und erwidert jeden einzelnen Stoß, schlingt die Beine um ihn und zieht ihn tiefer in sich hinein. Ihre Finger, die seinen Rücken malträtieren, sind feucht und klebrig. Die stickige Luft des Zimmers ist geschwängert von heißem Schweiß und dem animalischen Duft nach Gier und Sünde. Ihr Keuchen gleicht dem hetzender Hunde. Als David mit einem heißen Schwall in ihr kommt, ist sie kurz davor, Mikes Namen in die Dunkelheit zu brüllen. Wie sehr hat sie das vermisst; die Feuchtigkeit auf ihrem Körper, die Hitze zwischen ihren Beinen und den Geruch purer Ekstase.

Oh, Mike, du fehlst mir so sehr. Mike …

Als David sich schwer atmend und blutend von ihr herunterrollt, dreht Sam sich auf die Seite und beginnt lautlos zu weinen. Noch nie zuvor hat sie sich so verloren und einsam gefühlt.

Irgendwann in der Nacht beginnt es zu regnen. Doch die Hitze im Zimmer bleibt und erinnert an die dreckigen Ställe brunftiger Tiere.

Bill

Der Vorhang hebt sich. Frank starrt mir entgegen. Wir sehen uns an und finden die Bestätigung in den Augen des jeweils anderen. Heißes Fieber, Gier, Macht und Selbstsucht. All das, was Frank verkörpert, all das, was ich an ihm so liebe. Doch David lauert; schwach, träge und arglos, wie ein dünner Schatten.

Der Tag wird kommen, an dem es nur noch Franks Herrschaft geben wird. Dann werden wir eins sein, Frank und ich, vereinigt in einer schreienden Symphonie des Bösen.

Nicht mehr lange … und die letzten Tage der Menschheit werden anbrechen.

Der Vorhang schließt sich und lässt leises, teuflisches Kichern zurück.

***

Sie bewegt sich leise, so, wie sie es in dieser Welt gelernt hat. Ihre Füße scheinen den Boden kaum zu berühren. Sie schleicht gewandt wie eine Katze durch die Räume.

Das metallische Klicken des Schlüssels in der Haustür lässt sie innehalten. In Gedanken zählt sie leise bis zehn, lauscht ins Dämmerlicht des Hauses. Doch alles bleibt ruhig.

Ein letzter Schritt, dann steht sie auf der Veranda. Zum ersten Mal wagt sie, zu atmen.

Ihren Rucksack hält sie in der einen Hand, die Tasche aus dem Bekleidungsgeschäft in der anderen. Das Gewehr ist geschultert.

Es regnet. Die Nacht ist von sanftem Flüstern erfüllt, Blätter und Gräser glitzern silbern. Die Straße ist ein funkelndes Band, auf dem Regentropfen tanzen. Sie wirkt wie eine glänzende Schlange, die sich durch die stille Stadt windet.

Es ist an der Zeit, weiterzuziehen. Sie ist nicht dazu geschaffen, in dieser Welt ihr Leben mit jemandem zu teilen. David zu spüren und zu riechen hat ihr all das gegeben, was sie gebraucht und vermisst hatte.

Es ist eine Nacht, die sie in angenehmer Erinnerung halten wird. Verdammt, im Grunde ist es nicht David gewesen, mit dem sie geschlafen hat! Der Mann – auf und in ihr – war Mike. Wie sollte sie David jemals wieder in die Augen sehen können? Selbst wenn es für sie beide nur eine ekstatische Rückbesinnung an bessere Zeiten gewesen ist, so würde sie in David immer den Mann sehen, den sie bereits in ihrer ersten gemeinsamen Nacht betrogen hat.

Sie ist die ganzen Monate über stolz auf sich selbst gewesen. Darauf, dass die Welt es nicht geschafft hat, sie zu brechen. Die Welt liegt in Trümmern und stinkt wie eine gigantische Müllhalde. Sam aber steht noch immer aufrecht. Und von diesem Weg will sie sich nicht abbringen lassen. Nicht von David, nicht von Mike. In dieser Welt gibt es nur die Ruinen, die Toten und sie selbst – alles andere ist überflüssiger Ballast.

Als Sam zu den Stufen der Veranda geht, spürt sie, wie sich etwas verändert. Etwas legt sich wie ein feuchter, schwerer Mantel um ihre Schultern. Die Luft scheint gewaltiger zu werden, der Regen kühler und härter. Aus dem Flüstern in Pfützen und Senken wird ein unheilvolles Raunen. Es kommt ihr vor, als hätte sich etwas Unsichtbares in die Nacht geschlichen und lauere dort draußen hinter jedem Baum, jedem Ast und jedem Blatt.

Etwas ist dort draußen.

Die Erkenntnis ergreift sie, hält sie mit klammen Fingern fest und sickert wie trübes Wasser in ihren Verstand. Sie denkt an das Wesen, das sie im Spiegel des Geschäftes zu sehen glaubte. Ein dunkler Schemen, der vor dem Schaufenster kauerte.

Das nächste Bild ist der Flur des Hauses, in dem sie ihre erste Nacht in dieser toten Stadt verbracht hat. Das Gefühl, von etwas beobachtet zu werden, das weder Mensch noch Tier war. Blicke, die ihren Körper abgetastet und ihr Blut in Eis verwandelt hatten. Dieses Etwas ist da draußen, irgendwo in der Dunkelheit, irgendwo im Regen.

Sie fühlt sich seltsam ruhig. Der Gedanke ist so schlicht, dass er schon wieder bizarr wirkt. *Geh zurück ins Haus,* flüstert eine verängstigte Stimme in ihrem Kopf. *Geh in dein Zimmer, verkrieche dich in deinem Bett und warte, bis die Nacht die Kreatur mit sich nimmt.*

Doch Sam kann nicht mehr zurück. Wenn sie ihr Gesicht jemals wieder in einem Spiegel betrachten will, muss sie gehen; weiter Richtung Westen, fort von Waterbury, fort von New York, fort von dieser namenlosen Stadt. Fort von David.

Sie tritt auf die Stufen der Veranda. Regen erfasst sie, spielt mit ihrem Haar und kühlt ihr Gesicht. Eine der Stufen knarrt unter ihrem Fuß.

Die Nacht rückt näher an sie heran; wie ein neugieriges, böses Kind, das sich über die Verbote der Eltern hinwegsetzt, stiert sie an und streckt unsichtbare Hände nach ihr aus.

Sam beginnt zu frieren. Nach der Hitze einer leidenschaftlichen Nacht ist die Kälte des Regens unangenehm. Sie verlässt die Stufen, hört das Knirschen des Kiespfades, der zur Straße führt, unter ihren Füßen. Die vertrockneten Büsche vor dem Haus scheinen unheilschwanger ihren Namen zu flüstern.

Mach dich nicht verrückt, du dummes Ding, denkt sie trotzig. Ihre Gedanken erstarren zu Eis, als die Nacht sie wie ein wildes Tier anspringt.

***

***M**ein Körper zittert. Der Regen kann die Hitze meiner Lenden nicht kühlen. Der erdige Geruch nasser Blätter und Gräser umgibt mich, verfeinert vom Duft der Frau, der an mir haftet und mich in den Stand eines Königs erhebt.*

Ich rieche an mir, koste den sauren Geruch zwischen meinen Beinen, der sich mit dem der Frau zu einer ekstatischen Explosion vermischt hat.

Die Welt dreht sich, die Nacht tanzt, begleitet vom wilden, animalischen Rhythmus des Regens und dem infernalischen Hämmern meines Herzens.

Ihr Schatten ist ein Schatten im Dunkeln. Doch ich sehe jede ihrer grazilen Bewegungen.

Ich fühle sie.

Die Nacht hat sich wie ein seidenes, sanftes Tuch um ihren Körper gelegt, versucht, sie zu verbergen. Doch ich sehe sie so, wie sie wirklich ist: nackt, fügsam und brennend. Die Nacht kleidet sie wie meine Königin.

Ihre Gier schwängert die Luft wie einen Raum voller leidenschaftlicher Sünde.

Die Jagd ist zu Ende.

Der Jäger wird zum Gott.

Die Beute erwartet die Gnade ihres Eroberers …

***

Als Sam die Augen öffnet, starrt sie in das grinsende Gesicht von Bill Clinton.

***

Mit neun Jahren mochte sie Toni Di Salvo, einen Jungen, der zwei Häuser weiter wohnte und fast zwölf war. Seine buschigen Augenbrauen, der ernste Blick und seine ruhige Art hatten sie zum ersten Mal mehr als nur Freundschaft für einen Jungen empfinden lassen.

Sam war gerne in Tonis Nähe, sie hörte ihm gerne zu, wenn er etwas erzählte, selbst, wenn sie es nicht verstand. Außerdem roch er viel besser als die anderen Jungen in ihrer Schule und machte sich nicht über sie lustig, wenn sie etwas kindlich Dummes sagte.

Für Toni war Sam an einem heißen Sommertag auf die große Birke im Stadtpark geklettert, einfach deshalb, weil er es auch tat. Sie versuchte, ihm auf jede nur erdenkliche Weise zu gefallen. So sehr ihre Knie auch zitterten und ihre Finger sich in den rauen Stamm des Baumes krallen mussten, so bestand für die kleine Sammy doch nie ein Zweifel daran, dass sie es genauso hoch schaffen konnte wie Toni. Notfalls würde sie mit geschlossenen Augen bis in die Krone der Birke klettern. Je höher beide stiegen und die Welt unter ihnen zurück blieb, desto freier und glücklicher fühlte sich Sam. Dort oben war sie alleine mit Toni, ohne die anderen Kinder aus der Straße und ohne ihre Eltern, die sich immer lächelnd ansahen, wenn sie ihnen voller Begeisterung von Toni erzählte.

Dort oben, im Wipfel des Baumes, gab es nur Sammy und Toni.

Sie erinnert sich noch gut an das flaue Gefühl in ihrem Magen, als der Boden unter ihr in schier unerreichbare Ferne rückte, obwohl sie gerade mal drei Meter geschafft hatte. Ebenso entsann sie sich an das trockene Brechen des Astes, an dem sie sich gerade festhielt, um Tonis flinken Bewegungen zu folgen. Am tiefsten hat sich ihr jedoch das Gefühl des freien Falls in ihre Gedanken gebrannt. Das, und der anschließende Schmerz, der ihren Körper wie eine Welle aus purem Feuer durchflutete, als sie am Fuß der Birke aufschlug und ihr mit einem schmerzhaften Schlag die Luft aus den Lungen gepresst wurde.

Sie starrte in den grellen Himmel hinauf, der durch das tanzende Dach der Äste über ihr wie ein Meer funkelnder Diamanten wirkte, und versuchte, nicht daran zu denken, an welchen Stellen ihr Körper wie Feuer brannte.

Als jedoch Toni neben ihr auftauchte, mit seinem ernsten Gesicht, in das sich zusätzlich eine tiefe Sorge und sogar Furcht gemischt hatten, vergaß sie jeglichen Schmerz, lächelte verlegen zu ihm hinauf und ließ sich schließlich von ihm auf die Beine helfen, indem sie seine dargebotene Hand nur allzu gerne ergriff. Die Schmerzen waren durch seine bloße Berührung verschwunden.

Toni war nie ihr Freund geworden. Er hatte einige Monate nach diesem Sommertag etwas mit Tracy Myers angefangen, einem Mädchen, das nicht halb so intelligent war wie er.

Doch von diesem Tag im Stadtpark an wusste Sam, dass sie durchaus dazu in der Lage war, Schmerzen zu ertragen und sie sogar ignorieren konnte.

In ihrem späteren Leben wurde ihr noch oft weh getan; weniger körperlich, dafür umso mehr psychisch. Und meistens waren es Männer gewesen, die ihr diese ganz speziellen Schmerzen mit einem kalten Lächeln zugefügt hatten. Jedes Mal, wenn dieses verzehrende und hungrige Feuer in ihr wütete, dachte sie an den Tag auf der Birke zurück und daran, wie sie es geschafft hatte, Toni vorzuspielen, alles sei in Ordnung.

Man hatte Sam nie angesehen, wenn sie litt. Diese Genugtuung wollte sie keinem Mann auf Erden zukommen lassen. So sehr die Flammen auch an ihrer Seele leckten und sich durch ihre Knochen fraßen, nach außen hin war sie stets beherrscht und kalt geblieben. Sie konnte sich hervorragend selbst täuschen.

Als sie jetzt die Augen öffnet, ist ihr erster Gedanke Toni di Salvo. Dann denkt sie an den Sommertag auf der Birke, danach an Bill Clinton.

Sie reißt die Augen so schnell auf, dass ein Feuerball hinter ihrer Stirn explodiert. Sie blickt sich um und merkt, dass ihre Bewegung eingeschränkt ist.

Bill Clinton.

Die Welt rast um sie herum, stürzt auf sie zu und zieht sich dann wieder in finstere Ecken zurück, um sich erneut auf sie zu stürzen. Zudem scheint alles um sie herum seine Farben verloren zu haben.

Sie starrt in graue und schwarze Schatten, die ineinander zu fließen scheinen und keine richtige Struktur besitzen. *Ich bin blind*, denkt sie mit erstaunlicher Sachlichkeit und versucht, sich auf die Schmerzen in ihrem Kopf zu konzentrieren. Doch das Pochen und Hämmern sammelt sich nicht nur hinter ihren Augen. Ihr gesamter Kopf macht den Eindruck, als versuche sich etwas mit brachialer Gewalt daraus zu befreien.

Sie denkt an Bill Clinton, der vor ihr gestanden und sie angegrinst hat. Sein Gesicht ist nicht so farblos gewesen wie die Welt um sie herum, sondern auf eine verstörende Weise bunt und surreal, als hätte sie ein übertrieben geschminkter Clown angelacht.

Sam versucht sich erneut umzublicken. Sofort dreht sich die Welt mit ihr und reißt sie in einen nebelverhangenen Strudel. Gleichzeitig bemerkt sie, dass sich die Schmerzen nicht ausschließlich auf ihren Schädel konzentrieren. Sie wirft den Kopf in den Nacken, hat das Gefühl, nach hinten zu kippen, und lässt ihren verschwommenen Blick die bleiche Haut ihrer nackten Arme emporgleiten.

Weiter über sich, glaubt sie etwas Dunkles zu erkennen. Etwas, woran ihre Hände gefesselt sind.

Panik erfüllt sie. Zum ersten Mal in ihrem Leben spürt sie kalte, uralte Furcht, die jede einzelne Zelle ihres Körpers in Eis verwandelt und sie zu einem unbedeutenden Staubkorn schrumpfen lässt. Dann bringen sie die Schmerzen wieder in die Wirklichkeit zurück, die Schmerzen in ihrem Kopf und in ihren Armen und Händen.

Deshalb kann sie sich nicht bewegen. Sie ist gefesselt, mit hoch über den Kopf erhobenen Armen. Wie es scheint, hängt sie an einem schwarzen Balken, der über ihr entlang läuft. Ein Grunzen kommt aus ihrer Kehle, als sie die dünnen Lederriemen betrachtet, die ihre Handgelenke zusammenhalten. Sie lässt ihren Kopf auf die Brust fallen und starrt auf den Boden.

Alles ist grau und dunkel, als würde sie einen alten Horrorfilm mit Boris Karloff im Kino sehen. Um sie herum scheint es nur Schatten zu geben; schwarze, graue und braune Schatten, die zusammen kein Ganzes ergeben wollen.

Alles ist farblos, außer ihrem Körper. Ihr nackter Körper leuchtet seltsam weiß inmitten des dunklen Meeres, in das sie sich beim Anblick ihrer bleichen Brüste fallen lässt.

***

Als Sam erneut zu sich kommt, ist das erste, was sie bewusst wahrnimmt, der Gestank. Sie öffnet ihre Augen gegen ihren Willen und wird mit Schmerzen bestraft, die ihre Augäpfel nach außen zu drücken versuchen und sich in Wellen um ihren ganzen Kopf verteilen. Die Welt schwimmt immer noch in einer grauen Pfütze.

Sie lässt ihren Blick erneut die bleichen Arme emporwandern, kneift die Augen zu schmalen Schlitzen zusammen und betrachtet prüfend die Fesseln an ihren Handgelenken. Es sind dünne Lederschnüre, die wie schwarze Adern über ihre Haut verlaufen. Je länger sie die Fesseln betrachtet, desto intensiver spürt sie den Schmerz in den Gelenken.

In ihren Gedanken bewegt sie ihre Hände, zerrt an den Fesseln und versucht, die Gelenke gegeneinander zu reiben, um auf diese Art die Schnüre zu lockern. In Wirklichkeit jedoch scheinen ihre Arme und Hände bar jeglichen Lebens zu sein. Sie kann nicht einmal einen Finger bewegen. Ihre Arme gleichen toten, bleichen Fischen im Mondlicht. Die Erkenntnis bringt die Panik zurück. Noch nie in ihrem Leben kam sie sich so hilflos und ausgeliefert vor.

Ihr Blick wandert an ihrem Körper hinab. Ihre kleinen Brüste leuchten gespenstisch weiß im Dunkeln. Sie kann ihre Schenkel sehen, nackt, blass und verdreckt. Direkt oberhalb des Knies erkennt sie das breite Grinsen einer tiefen Wunde, deren Rand dunkel von geronnenem Blut ist.

Dann findet sie die Ursache des Gestanks. Scham und Ekel steigen gleichermaßen in ihr aus einer kalten Dunkelheit empor. Sie steht inmitten einer glänzenden Pfütze ihres eigenen Urins.

Mit einem heiseren Würgen zieht sie die Füße nach oben, doch sofort brüllt der Schmerz von ihren Armen in ihren Kopf. Mit einem nassen Klatschen tauchen die Zehen in die stinkende Brühe zurück. Sam bleibt so lange in der Ballettstellung stehen, die sie vor Ewigkeiten einmal in der Schule gelernt hatte, bis sich ihre Arme von den Schultern zu lösen scheinen. Dann schließt sie die Augen, stößt ein raues Grunzen in die Dunkelheit und taucht ihre Füße komplett in die Flüssigkeit.

Ihre eigene Ausscheidung erfüllt sie mit Abscheu. Sie beißt die Zähne zusammen, bis ihre Kieferknochen knacken und eine erneute Schmerzwelle durch ihren Kopf rollt. Dann wirft sie den Kopf in den Nacken, starrt auf das stramme Seil ihrer Arme und versucht ihre hektische Atmung zu beruhigen. Der Gestank umhüllt sie wie ein widerliches Parfum.

Ihre Augen folgen dem Balken, an dem sie hängt. Trotz der Dunkelheit glaubt Sam zu erkennen, wie er sich etwas weiter von ihr entfernt mit einem anderen Balken kreuzt. Sie folgt dem Balken mit ihren Blicken, doch das dunkle Holz verschwindet schon nach wenigen Metern in völliger Finsternis.

Sie versucht, den Kopf zu drehen, um zur Seite zu blicken. Irgendwo hinter ihr muss sich ein kleines Fenster oder eine Tür befinden, durch die das graue Licht in ihr Gefängnis sickert. Doch alles, was sie sehen kann, ist ein altes Holzregal, das links von ihr an der Wand steht und auf dessen Brettern verschiedene Gläser und Flaschen stehen. Sie glaubt, Spinnweben zu erkennen, die das Regal wie ein farbloser Vorhang schmücken. Dann knackt einer ihrer Halswirbel und sie starrt wieder nach vorn, auf eine schwarze Mauer aus feuchtglänzenden Steinen. Der Geruch von Moder vermischt sich mit dem Gestank der Pfütze zu ihren Füßen.

Als Sam den Kopf nach rechts dreht, erkennt sie einen einzelnen Stuhl, der in der Ecke des Raumes steht und so ausgerichtet ist, dass jemand, der darauf Platz nimmt, direkt auf ihren entblößten Körper starren kann.

Der Gedanke jagt eisige Wellen durch ihren Körper. Wie lange ist sie ohne Bewusstsein gewesen, seit man sie hierher gebracht hat? Ein Zuschauer, der sich an ihrer Qual ergötzen wollte, hätte genügend Zeit gehabt, sich an der makabren Show zu erfreuen.

Sie versucht, ihren Kopf noch weiter zu drehen, aber ihre gefesselten Hände verhindern das. Alles, was sie von ihrem Gefängnis erkennen kann, sind der Stuhl und das Regal mit den Flaschen darin.

Plötzlich versteift sich ihr Körper, und ihre Atmung setzt für einige Züge aus. Was, wenn ihr Peiniger direkt hinter ihr steht und mit gierigen Blicken ihre nackte Haut betrachtet?

Hinter ihr muss sich auf jeden Fall etwas befinden, das trübes Zwielicht in den Raum lässt. Vielleicht eine Tür, die offen steht, weil jemand lässig gegen den Türrahmen lehnt, die Arme vor der Brust verschränkt hält und sein absonderliches Meisterwerk betrachtet.

Als hätte dieser *Jemand* ihre Gedanken erraten, hört sie das Knarren verrosteter Angeln. Das Grau des Raumes verwandelt sich in Schwärze und lässt Sam in völliger Dunkelheit zurück, nachdem die Tür mit einem metallischen Klicken ins Schloss gefallen ist.

Sam beginnt zu schreien, doch nur ein heiseres Krächzen erfüllt die Nacht ihres Gefängnisses.

***

Die melancholische Stimme von Neil Young erfüllt das Haus wie das Flüstern von Geistern in einer Grabkammer. David geht von Raum zu Raum. In manchen Zimmern liegt Sams Geruch in der Luft, am intensivsten im Gästezimmer. Nicht der Geruch nach Parfüm, das sie aufgetragen hätte, wenn die Welt eine andere wäre. Solche trivialen Dinge braucht man in der neuen Welt nicht mehr und sie wären auch nicht mit Sam, so wie David sie kennengelernt hat, in Einklang zu bringen. Es ist vielmehr der süßlich-herbe Duft ihres Körpers, der ihm in die Nase steigt; diese ganz besondere Note von Schweiß, die jeden Raum wie eine unsichtbare Wolke erfüllt.

Im Schlafzimmer, wo sie sich in der Nacht geliebt hatten, herrscht ein anderer Geruch vor. Der scharfe und intensive Geruch von animalischer Gier, Körperflüssigkeiten und verbrauchter Luft. Aber selbst in diesem Gemisch kann er Sam erkennen.

Vor dem Bett im Gästezimmer bleibt er lange stehen, während Neil Young nur noch gedämpft zu ihm dringt. Ihre Tasche ist verschwunden, ebenso die neuen Kleider. Die Bettdecke ist zerwühlt, das Kissen zu einem festen Ball zusammengedrückt. Ein Indiz dafür, wie unruhig Sam geschlafen haben muss.

David dreht sich um und starrt in den Spiegel auf der gegenüberliegenden Seite. Dass er alleine da steht, gefällt ihm nicht. Der Gedanke, der ihn in der Nacht lange wach gehalten hat, war wärmer, und hat sich so intensiv in sein Denken gebrannt, dass es ihm schwerfällt, seine erbärmliche Figur im Spiegel zu betrachten.

Eigentlich sollte Sam neben ihm stehen, den Arm um seine Taille gelegt und den Kopf an seine Schulter gelehnt. Beide lächeln glücklich in die Kamera, als würden sie immer noch in der alten Welt leben und ihre größte Sorge bestünde darin, welche ihrer Freunde und Nachbarn sie wohl für ihr alljährliches Sommerfest einladen würden.

Das waren seine Gedanken der Nacht, doch wieder einmal hat sich David selbst zum Narren gemacht und sich einem Trugschluss hingegeben. Nicht zum ersten Mal in seinem Leben hat er an Dinge geglaubt, die in der Realität nur schwer zu verwirklichen sind. Das ist eine ganz besondere Gabe von ihm, sich selbst etwas vorzumachen und ein Bild seiner Welt zu malen, wie nur er sie sehen kann.

Seine traurige Gestalt im Spiegel bringt ihn in die Wirklichkeit zurück. Die Schultern eingesunken, mit hängendem Kopf und traurigem Blick, erinnert er an den alten Mann, der ihn in den letzten Monaten jeden Morgen im Spiegel begrüßt hat.

Fast erwartet er, dass sein Spiegelbild wie ein Harlekin zu tanzen beginnt, mit dem Finger auf ihn zeigt und ihm mit diabolischem Lachen entgegenschreit: »Hab ich es dir nicht gesagt? Du wirst niemals Glück haben, selbst wenn du der letzte Mann auf der Erde bist. Niemals, hörst du?«

David lässt die erbärmliche Gestalt allein im Spiegel zurück und geht ins Wohnzimmer hinunter. Der Geruch des Abendessens liegt noch schwach in der Luft. Die Musik ist laut und dröhnt in seinem Kopf.

Er geht zur Anlage und will Neil den Saft abdrehen, doch stattdessen dreht er ihn lauter, so dass die Bässe in den Boxen zu kratzen beginnen und sein Schädel zu bersten droht.

Er braucht Lärm um sich herum, etwas Lebendiges. Mit schweren Schritten geht er zu der Urkunde an der Wand, die Sam am Tag zuvor bewundert hat.

Das Foto wurde vor einigen Jahren am Marlon Lake gemacht, an dem der alljährliche Angelwettbewerb der Stadt ausgetragen wurde. David erinnert sich daran, dass Darleen direkt hinter dem Fotografen stand und ihm die Zunge heraus gestreckt hatte. Deshalb lacht er auch auf dem Foto. Normalerweise blickt er ernst in die Kamera, doch Darleen meinte damals, sie würde schon dafür sorgen, dass er auf dem Foto für seine Urkunde kein mürrisches Gesicht macht.

Er mag das Bild, hat es immer gemocht, weil es ihn daran erinnert, wie glücklich er einmal gewesen ist. Es erinnert ihn daran, was er einmal besessen hat, ohne es richtig wahrzunehmen.

Den Angelwettbewerb gibt es natürlich nicht mehr, auch Darleen ist nicht mehr da und Davids Lachen ist ebenfalls verschwunden. Heute hat er zudem Sam verloren.

Er setzt sich in einen Sessel, greift nach dem Rest des Weines, der vom Abend noch übrig ist, und leert die Flasche in einem Zug. Warum ist sie bloß gegangen? Was hat er falsch gemacht? Die Fragen stürmen auf ihn ein, als wäre er wieder jung.

Damals, auf der High School, hat er über jede Geste und jedes Wort eines Mädchens nachgedacht. Er hatte sich in seinen Gedanken verlaufen und immer und immer wieder gefragt, was jener Blick oder jenes Augenzwinkern zu bedeuten hatte. Er war besessen von solchen Gedanken und hatte Jahre gebraucht, um sich von dieser Neurose endlich zu befreien.

Doch jetzt, mit dem bitteren Geschmack des Weines im Mund und Sams Geruch in der Nase, kehren diese erdrückenden Gedanken plötzlich zu ihm zurück, als hätten sie ihn nie verlassen.

Er schließt die Augen und geht jedes Wort und jede Bewegung des vergangenen Tages noch einmal durch. Wo war der Fehler gewesen? An welcher Stelle hatte er etwas Falsches gesagt? Wo hatte er – wieder einmal – versagt?

Die Bilder von Sam pulsieren im Takt von Youngs Musik in seinem Kopf. Er presst die Fäuste gegen die Schläfen, als wolle er seinen Schädel zerquetschen. *Was habe ich falsch gemacht?*

Als sich der Wirbel aus Bildfetzen und Musik in lichtlosen Nebel verwandelt, steht David auf, wankt zur Anlage und schaltet sie aus. Augenblicklich ist es so still wie in einer Gruft. Youngs Echo hallt noch einige Augenblicke durch Davids Kopf. Dann ist er alleine.

Er bleibt einige Minuten vor der Anlage stehen. Der Sturm der Bilder und Erinnerungen in seinem Kopf beruhigt sich allmählich, auch sein Herzschlag wird ruhiger, die Hände hören auf zu zittern. Doch die Schmerzen in seinem Kopf bleiben.

Er denkt an den Pier und daran, dass er am Tag zuvor mit Sam dort gesessen hat. Die Geschichte von Bud und Maria kommt ihm wieder in den Sinn. Er kann sogar Sams Stimme in seinen Gedanken hören und vor seinen Augen sieht er das reflektierende Sonnenlicht auf der Klinge des Messers.

Er beschließt, zum Pier zu gehen und zu warten, bis Sam zurückkommt.

***

Als sie zu sich kommt, hat sie das Gefühl zu fallen. Sie dreht sich auf der Stelle, soweit es die Fesseln zulassen. Durch ihre Arme rinnt flüssiges Feuer und verzehrt ihr schreiendes Fleisch.

Mit ihren nackten Füßen spürt sie, dass die Pfütze unter ihr größer geworden ist. Etwas rinnt feucht an den Innenseiten ihrer Schenkel hinab.

Augenblicklich steigt ihr der saure Gestank von Urin und Erbrochenem in die Nase. Der Geschmack in ihrem Mund widert sie an, als hätte sie vergammeltes Fleisch in ihrer Kehle stecken. Sie versucht auszuspucken, doch ihr Mund ist zu trocken. Als sie die Lippen zusammenpresst, bleiben sie aneinander kleben. Die Haut ist rau und aufgesprungen, ihr Gaumen fühlt sich an, als bestünde er aus faserigem Stoff.

Mit einem tiefen, schmerzerfüllten Seufzen blickt sie sich um. Doch ringsum herrscht Dunkelheit. Die Erkenntnis lässt in ihrem Verstand das Geräusch der zuschlagenden Tür aufsteigen.

Jemand war tatsächlich mit ihr in dem Raum. Jemand hatte sie beobachtet. *Etwas …*

Sam verhält sich ganz ruhig, hält den Atem an und lauscht. Das Dunkel um sie herum ist so still wie in einer Gruft, als würde das Leben selbst den Atem anhalten. Alles, was sie wahrnimmt, ist das bestialische Hämmern ihres Herzens. Sie ist sich sicher, dass man es überall im Raum hören kann.

Ihr Blick versucht, die bleichen Konturen ihres Körpers zu entdecken, die Oberarme direkt neben ihrem Kopf, die Brüste unterhalb des Kinns. Doch die Schwärze ist undurchdringlich, als bestünde sie aus einem dunklen Tuch, das jemand über die Welt gelegt hat. Sie scheint alleine in ihrem Gefängnis zu sein. *Und doch …*

Ihre Augen suchen unstet die finstere Wand vor ihr ab. *Irgendetwas …*

Sie hat das absurde Gefühl, dass die Dunkelheit direkt vor ihr etwas dichter ist als neben ihr; als wäre das Dunkel dort stofflicher, lebendiger, ein finsterer Vorhang aus Rauch, der in Wallung gebracht wurde, gerade so, als würde sich etwas direkt vor ihr befinden. *Oder jemand …*

»Du bist wach.«

Sam zuckt zurück. Durch ihre Arme jagen augenblicklich glühende Kugeln, bis hinauf zu den Fingerspitzen und explodieren dort. Sie schwingt wieder nach vorn, ihre Füße verlieren den Halt, dann tauchen ihre Fersen in die stinkende Brühe auf dem Boden. Eine Wolke des Gestanks schwebt wie der Hauch einer verdorbenen Frühlingsbrise um sie herum.

»Na, na, du musst dich doch nicht erschrecken.«

Sams Atem rast durch ihre Kehle, begleitet von unkontrolliertem Grunzen. Ihr Körper spannt sich an, als hätte ihn jemand in kaltes Wasser getaucht.

Sie durchsucht das Dunkel mit blinden Augen, wirft den Kopf nach links, dann nach rechts. Sie kann die Wirbel in ihrem Hals knirschen hören, ihr Schädel scheint dem Bersten nah, so sehr spannt sie ihre Kiefer an.

Für Sekunden gerät ihre Welt vollends aus den Fugen. Sie ist sich sicher, nicht mehr am Leben zu sein, sondern sich in einem besonders grässlichen Alptraum zu befinden, in den die Seelen derjenigen geschickt werden, die eines gewaltsamen Todes gestorben und noch nicht dazu bereit sind, die irdische Welt zu verlassen.

Das ist es, denkt sie und beginnt albern zu kichern. *Ich bin tot. Das ist die einzige Möglichkeit. Das hier kann unmöglich mein Leben sein.*

Der Gedanke beruhigt sie etwas. Die Detonationen ihres Herzens hören auf, zurück bleibt ein ungleichmäßiges Hämmern, das ihren Körper vibrieren lässt.

Gott, lass mich tot sein. Ich habe dich nie um etwas gebeten und stets versucht, nach deinen Worten zu leben. Bitte erfülle mir diesen einen letzten Wunsch. Lass! Mich! Tot! Sein!

Die Stimme aus der Dunkelheit dringt wie flüssiges Feuer in ihren Verstand. Die Worte waren gedämpft, als würde ein Tuch vor den Mund gehalten.

»Wer …«, keucht sie.

Im nächsten Augenblick steigt etwas Saures ihre Kehle hinauf. Sie spuckt aus und spürt, wie ihr stinkende Flüssigkeit übers Kinn läuft. Eitriger Speichel verklebt ihre Lippen.

Die Dunkelheit kichert leise.

Sams Beine machen einen erneuten, schmerzgeplagten Schritt nach hinten. Doch ihre Arme lassen sie wie ein Pendel wieder nach vorn fallen.

»Du bist hübsch, wenn du Angst hast. So hübsch.«

Die Stimme stößt groteske Zischlaute aus, die Sam an eine Schlange erinnern und jedes einzelne Wort begleiten. Immer noch befindet sich etwas vor dem Mund des Unbekannten, so dass sie die Worte kaum verstehen kann.

»Mit der Angst verlieren die Menschen ihre Masken. Das ist das Faszinierende an der nackten, unverfälschten Urangst. Zurück bleibt nur das *reine* Geschöpf.«

Die Dunkelheit gibt ein sabberndes Geräusch von sich, als versuche … das Ding … triefenden Speichel zurückzuhalten. Etwas bewegt sich vor Sam. Sie kann spüren, wie der schwarze Vorhang in Wallung gerät, als würde sich jemand langsam durch dichten Rauch bewegen.

»Soo schön«, dringt es leise aus der Nacht, kaum mehr als ein Tuscheln.

Sams Körper versteift sich, sie hält den Atem an und verbirgt ihr Gesicht hinter einem ihrer Arme.

Etwas tastet sie im Dunkeln ab. Keine direkten Berührungen, doch die feinen Härchen an ihrem Körper kribbeln und stellen sich auf, wo das Dunkel nur wenige Millimeter an ihrem bloßen Körper vorbeistreicht.

»Wer … wer bist du?«

Ihre Stimme ist gepresst, ohne Kraft, zitternd vor Angst. Die Berührung hört auf, das Dunkel zieht sich zurück.

»Keine Angst«, flüstert der Unbekannte, wobei er jedes Wort in die Länge zieht. »Ich werde dich nicht kaputt machen. Du bist viel zu schön … soo schön.«

Zum ersten Mal hört sie ein anderes Geräusch, einen einzelnen Schritt.

»Du brauchst keine Angst zu haben, hübsche Sam.«

Es kennt meinen Namen!

»Ich will nur spielen, werde dich nicht kaputt machen. Du wirst noch gebraucht.«

Die Dunkelheit zieht sich zurück, die Nacht ringsum wird ruhig, nichts bewegt sich mehr. Der schwarze Vorhang schließt sich, die Vorstellung scheint beendet.

Nichts atmet.

Doch kein Licht fällt in ihr Gefängnis, niemand hat die Tür geöffnet. Der Fremde ist immer noch da.

Sam windet sich in ihren Fesseln, versucht, sich zu drehen, tanzt auf der Stelle. Sie hört das trockene Knirschen der Lederriemen und das helle Platschen ihrer Füße in der stinkenden Brühe. Sie wirft den Kopf in den Nacken, dreht ihn so weit, dass sie an ihrem Arm vorbeisehen könnte, wenn sie nicht in Schwärze gefangen wäre.

Der Gedanke, dass der Fremde irgendwo hinter ihr steht und ihren Körper betrachtet, widert sie an.

Er kann mich sehen.

Sie erinnert sich an eine Filmszene: Eine junge Frau alleine mit dem Serienkiller, gefangen in der Dunkelheit eines Kellers. Der Psychopath trug ein Nachtsichtgerät, wie es das Militär benutzt. Die Szene war aus der Sicht des Killers gedreht und hatte in Sam ein beklemmendes Gefühl ausgelöst, als sie sich den Film zusammen mit Mike angesehen hatte. Der Keller in der Wohnung des perversen Killers war durch das Nachtsichtgerät in grünes, körniges Licht getaucht worden. Genauso stellt sich Sam ihren eigenen nackten und verschmutzten Körper aus der Sicht des Fremden vor.

Der Unbekannte scheint ebenfalls eine solche Brille zu tragen, denn er bewegt sich sicher und effizient in der Dunkelheit.

Sam starrt in die Schwärze, in die Richtung, in der das alte Holzregal an der Wand steht. Weiter kann sie ihren Körper nicht drehen.

Ich muss mich zusammenreißen, denkt sie und bemüht sich, den Worten in ihrem Kopf einen ruhigen Klang zu verleihen, doch es will ihr nicht gelingen. Selbst ihre Gedanken atmen zu schnell.

Sam leckt sich über die trockenen Lippen, schluckt und schließt die Augen. Sie konzentriert sich auf ihre Atmung, versucht, diese unter Kontrolle zu bekommen.

Der Wirbel ihrer Gedanken beginnt, sich zu verlangsamen, doch die Bilder, die sie hinter ihrer Stirn sieht, sind immer noch grauenvoll und nicht dazu geeignet, ihre Angst einzudämmen.

Sie hält die Augen geschlossen, versucht, an Mike zu denken – und an David. Der Nachmittag am Anlegesteg, der Geruch des Flusses und das Funkeln der Wellen im Sonnenlicht. Da war ein Reh auf der anderen Seite, und David hatte ihr mit seiner warmen und ruhigen Stimme von den Tieren erzählt, die sich manchmal in die Stadt verirrten. Sie hatte ihm von Maria und Bud erzählt, und davon, was Bud ihr angetan hatte. David …

Sam denkt an die Nacht. Die Berührungen des heißen Fiebers auf ihrer Haut, den herben Geruch von David und den tiefen, warmen See aus Feuer, in den beide eintauchten, als es nur David und Sam gab und sonst nichts, das ihnen Angst machen konnte.

Sie beschwört diese Bilder wie die wertvollsten Erinnerungen ihres Lebens vor ihrem geistigen Auge empor. Ihre Hände umfassen diese Bilder, ziehen sie zu sich heran und drücken sie fest gegen ihre Brust, so wie ein Kind seinen Teddybären in der Nacht an sich pressen würde. Sam will diese Bilder spüren, sie riechen und schmecken und sich von ihnen trösten lassen.

Ihre Atmung geht langsamer, sie dreht sich wieder nach vorn, öffnet die Augen und stiert blind in die Nacht. Ihr Körper ist eine einzige Wunde.

Sie weiß, dass sich vor ihr die Mauer des Kellers befindet. Dunkle, unbehandelte Steine, zusammengehalten von porösem Mörtel, der an manchen Stellen herausgebrochen ist.

Die Mauer ist vor ihr, der Fremde hinter ihr.

Die Welt hört auf, sich zu drehen, ihr Orientierungssinn kehrt zurück. Furcht steigt empor, doch diese Furcht ist ein Instinkt; ein uraltes Gespür, das ihre Sinne schärft.

Sie lässt den Kopf auf die Brust sinken und schließt erneut die Augen. Jetzt gibt es nur noch sie und die Dunkelheit – und das, was sie durch den schwarzen Vorhang anstarrt.

Sie holt tief Luft, schmeckt den Gestank in ihrem Mund wie feuchte Watte.

»Was willst du von mir?«

Ihre Stimme klingt fester, als sie gedacht hat, fast schon hart. Die Worte helfen ihr, sich noch ein klein wenig mehr zu beruhigen. Ihr Herz hämmert noch immer ein wildes Stakkato in ihrer Brust, doch Sam hat sich unter Kontrolle, was sie selbst am meisten überrascht. Gefesselt in völliger Dunkelheit, nackt, in ihren eigenen Ausscheidungen stehend, zusammen mit einem scheinbar Wahnsinnigen, der sie durch das Dunkel hindurch anstiert. Sie beschließt, sich keine Gedanken darüber zu machen, weshalb sie noch nicht den Verstand verloren hat. Dazu würde sie noch genügend Zeit haben, wenn es so weit ist. Bald, vielleicht sogar sehr bald.

Als sie keine Antwort bekommt, dreht sie den Kopf in Richtung des Holzregals. Ihr Oberarm riecht sauer. Die Haut fühlt sich rau und schmutzig an ihrer Wange an.

»Kannst du plötzlich nicht mehr sprechen?«

Der Klang ihrer Stimme wird kälter. Sie weiß, dass sie ein riskantes Spiel spielt, doch was kann schlimmer sein, als wie ein Stück Vieh in einem perversen Schlachthaus an einen Dachbalken gefesselt zu sein? *Er kann dich töten*, schießt ihr durch den Kopf, doch der

Gedanke verpufft wie grauer Nebel, ohne eine Reaktion in ihrem Verstand zu hinterlassen.

»Wenn du das dort hinten tust, was ich denke, bist du ein gottverdammter, perverser Irrer.«

Entsetzt stellt sie fest, dass die Schärfe aus ihren Worten verschwindet. Sie lauscht ins Dunkel, doch der Fremde verharrt regungslos. Kein Stöhnen, keine rhythmischen Geräusche, mit denen er sich selbst bearbeitet. Er scheint einfach nur bewegungslos im Dunkeln zu stehen und sie anzustarren. Sam kann die Elektrizität seiner Blicke förmlich auf Rücken und Hintern spüren. Widerwärtige, kalte Berührungen, die ihre Beine entlang tasten. Der Fremde genießt seine eigene abartige Theatervorstellung.

»Was hast du mit mir vor? Willst du mich vergewaltigen? Ist es das, was du willst? Willst du mich haben? Hänge ich deshalb hier?« Die Worte sprudeln aus ihr heraus, ihre Stimme überschlägt sich und wird von Furcht geleitet. Das darf sie nicht zulassen, wenn sie eine Chance haben will. »Willst du mich töten? Oder einfach nur anstarren? Verdammt, rede mit mir.«

Die Dunkelheit bleibt stumm.

»Verdammtes Arschloch, ich weiß, dass du da bist. Gott, du bist so ein erbärmlicher Feigling. Versteckst dich hinter mir in der Dunkelheit. Hast du nicht genug Mumm, um mir ins Gesicht zu sehen, während ich mit dir rede? Du musst mir ja nicht antworten, wenn du dazu nicht fähig bist. Aber du bist mir verdammt nochmal einen verfluchten Blick schuldig.« Sie hält inne, lauscht erneut. »Verflucht, selbst Würmer haben mehr Courage als du.«

Stille.

Die Situation entlockt ihr ein bitteres Grinsen. Sam schüttelt den Kopf. »Verfluchter Irrer«, flüstert sie und beginnt, mit einem Fuß in ihrem Urin zu plantschen, nur um die Stille zu zerstören.

Obwohl sie sich so hilflos und ausgeliefert wie noch nie zuvor in ihrem Leben vorkommt, spürt sie doch eine innere Stärke in sich, deren Ursprung sie nicht einmal erahnen kann. Diese Stärke ist einfach da, lässt sie Dinge sagen, die sie ihr Leben kosten könnten, und blendet alle schrecklichen Bilder in ihrem Verstand aus, die ihre Situation mit sich bringt.

Eine feine Bewegung hinter ihr lässt sie den Atem anhalten und bringt die Kälte zurück; nur ein Hauch, als würde eine frische Brise in den Raum wehen und die Dunkelheit durcheinanderwirbeln. Dann kehrt das Schweigen zurück.

Sam wartet. Sie dreht den Kopf soweit zur Seite, wie es ihr Nacken zulässt, damit sie jedes noch so kleine Geräusch in ihrer Nähe hören kann. Minuten verstreichen, vielleicht sogar Stunden oder Tage. Ganze Zeitalter; Sam hat ihr Zeitgefühl in der Dunkelheit längst eingebüßt.

»Sag mir wenigstens deinen Namen«, sagt sie schließlich mit leiser Stimme.

Wieder vergehen Zeitalter. Dann bewegt sich etwas hinter ihr. Als die Tür knarrend geöffnet wird, sickert graues Licht wie klebriger Eiter in die Schwärze des Kellers.

Sam versucht, sich noch weiter zu drehen, doch ihre Fesseln hindern sie daran. Der Raum kommt ihr viel kleiner vor, als sie ihn von ihrem ersten Erwachen in Erinnerung hat. Schritte entfernen sich, doch es sind nicht die Geräusche, die Schuhe oder Stiefel auf hartem Beton machen würden. Es hört sich vielmehr an, als ginge jemand mit bloßen Füßen über den harten Steinboden.

Sam stellt sich vor, wie der Fremde zur Tür geht. Dort bleibt er noch einmal stehen und dreht sich zu ihr um. Sofort spürt sie wieder seine Blicke wie feine Nadelstiche auf ihrer Haut.

»Bill«, flüstert eine heisere Stimme. »Nenn mich einfach Bill.«

Dann verschwindet das Grau knarrend und quietschend und lautlose Nacht kehrt zurück.

Bill hält mich gefangen, kichert ihr ausgelaugter Verstand. *Ich hänge in Bill Clintons Keller vom Balken.*

***

Er hat sie erst einmal nackt gesehen, in all den Monaten. Als der Frühling kam, hatte er ihr die dicke Skihose und den Anorak ausgezogen, die ihr ein unsensibler Ladenbesitzer verabreicht hatte, und gegen ein luftiges Sommerkleid getauscht. Damals sah sie umwerfend darin aus, als würde in dem kleinen Raum hinter dem Schaufenster selbst in der Nacht die Sonne scheinen. Im Laufe der Monate allerdings hatte sich eine feine Staubschicht über den Stoff gelegt, die Farben verschluckt und Lilly in ein graues Hausmütterchen verwandelt.

Am frühen Nachmittag war David in den Laden gegangen, hatte ihr neue Kleider ausgesucht und angezogen. Lilly war zwar eine perfekte Frau, eine gute Freundin und Zuhörerin, aber sich alleine anziehen, das konnte sie nicht.

Er hatte ihr die Haare zurechtgemacht, ihr sprödes, starres Gesicht geschminkt und sie zurück an ihren Platz gestellt. Jetzt steht er wieder vor dem schmutzigen Schaufenster und betrachtet Lilly mit der gleichen Leidenschaft, wie er es in den letzten Monaten so oft getan hat. Sie trägt eine enge Jeans und eine weiße Bluse, deren obere Knöpfe er bewusst offen ließ. Eine Lederjacke hatte er leider nirgends finden können, aber ihr Haar ungefähr so gebürstet, wie Sam es trug.

Er steht lange da, die Hände in den Taschen seiner Hose vergraben, den Blick starr auf Lilly gerichtet. Ihm gehen so viele Gedanken durch den Kopf, dass er nicht weiß, wo er anfangen soll zu erzählen.

An anderen Tagen, wenn er zu ihr gekommen war, um ihr von seinem Tag zu berichten, hatte er keine Probleme gehabt, die richtigen Worte zu finden. Mit Lilly zu reden, war für ihn immer eine Leichtigkeit gewesen. Er hatte es genossen, wie sie an seinen Lippen hing und seinen Worten lauschte. David war ihr Held, und sie ließ ihn das an jedem Tag spüren.

Im wahren Leben ist es für David oft unmöglich gewesen, in Gegenwart attraktiver Frauen die richtigen Worte zu finden oder während des Sprechens nicht zu stottern anzufangen. Das ist schon in der Schule so gewesen, als er mit zehn Jahren einmal versucht hat, Tammy Winters zu seinem Geburtstag einzuladen und sie ihn auslachte, weil er zu stammeln begann. Diese Verlegenheit hat sich durch sein gesamtes verkorkstes Leben gezogen und David zu dem gemacht, was andere all die Jahre in ihm gesehen haben.

In Lillys Nähe fühlt er sich dagegen immer sicher. Er weiß, sie wird ihn nicht auslachen, wenn er mal etwas Dummes sagt, und sie wird ihn nicht kritisieren. Bei Lilly kann David immer so sein, wie er wirklich ist – oder zumindest so, wie er gerne sein würde.

Als er ihr jetzt aber auf die Brüste starrt, die sich unter dem Stoff der weißen Bluse abzeichnen, kommt er sich gehemmt und unsicher vor. Vielleicht liegt es nur daran, dass er Lilly so zurecht gemacht hat, dass sie Sam zum Verwechseln ähnlich sieht; vielleicht ist es aber auch die Tatsache, dass er sich von Sam verraten fühlt. Immerhin hat sie gewisse Hoffnungen in ihm geweckt und mit ihm eine Nacht geteilt, wie er sie selbst mit Darleen nur selten erlebt hat.

Dass sie nun einfach verschwunden ist, kann David nicht nachvollziehen. Und genau da liegt für ihn der Verrat. Es gab keine Anzeichen dafür, dass er etwas falsch gemacht hatte oder dass Sam, wie so viele Frauen vor ihr, in ihm einen jämmerlichen Versager sah. Alles war perfekt gewesen, bis hin zu der gemeinsamen Nacht. Ihr Lachen und ihr Interesse an seiner Person schienen echt zu sein. Und trotzdem war sie gegangen.

David ballt die Hände in den Taschen zu Fäusten. Er spürt Zorn in sich aufsteigen; eine kalte Wut, die ihn zittern und Gedanken in ihm entstehen lässt, für die er sich augenblicklich schämt. Doch gleichzeitig hält ihn eine tiefe Trauer gefangen. Die Trauer des Verlustes von etwas – oder jemandem – den er wirklich mag.

Der Schmerz sitzt tief in seinem Magen und führt dazu, dass er sich schlecht fühlt. Am liebsten würde er sich einfach mitten auf die Straße legen, die Augen schließen und einschlafen; die Stadt hinter sich lassen, den Schmerz, die Trauer und die Wut.

Er tritt näher an die Scheibe heran und blickt Lilly in die Augen. Sie starrt an ihm vorbei.

Langsam hebt er die Hand und legt sie auf das Schaufenster. Die Kälte des Glases kribbelt in seiner Handfläche und lässt ihn erschauern.

»Sag mir, was ich falsch gemacht habe.«

Er flüstert, als hätte er Angst, jemand könnte ihn belauschen.

Lilly starrt einfach nur an ihm vorbei. Auch wenn er sie wie Sam angezogen und frisiert hat, so bleibt sie doch immer Lilly. Sie würde niemals so lächeln können, wie Sam es getan hat. David erinnert sich an die Grübchen, die in ihrem Gesicht aufgetaucht waren, als sie gemeinsam lachten; das Weiß ihrer Zähne, das Leuchten ihrer Augen.

Lilly ist einfach nur eine distanzierte Maske, die David nie das schenken kann, was Sam ihm gegeben hat.

Er senkt den Blick, schließt die Augen und genießt die Kühle der Scheibe an seiner Stirn.

»Warum …?«, flüstert er. Zum ersten Mal seit Monaten spürt er Tränen in seinen Augen. »Warum …?«

»Du willst wissen, warum?«

David reißt die Augen auf, wagt es jedoch nicht, den Kopf zu heben. Er starrt auf seine Füße und konzentriert sich auf die Stimme. Für einen irrationalen Moment denkt er, dass Sam zu ihm zurückgekehrt ist. Vielleicht steht sie hinter ihm, mitten auf der Straße, wie sie es schon einmal getan hat, als sie sich kennenlernten. Nur, dass sie damals eine Waffe auf ihn gerichtet hatte.

Doch diese Stimme war nicht die einer Frau. Jemand musste sich an ihn herangeschlichen haben, während er in Selbstmitleid das Gespräch mit einer albernen Schaufensterpuppe suchte.

David fühlt sich wie ein kleiner Junge, den man beim Stehlen erwischt hat. Langsam hebt er den Kopf, tritt einen Schritt zurück und starrt in die Scheibe.

Er versucht, Lilly in ihrer leuchtend weißen Bluse auszublenden und sich auf die Stadt zu konzentrieren, die sich im schmierigen Glas widerspiegelt; die grauen Häuser, die ihm wie verschwommene Schatten erscheinen, vereinzelte Wolken, das Wrack eines Wagens auf der anderen Straßenseite, Abfall, der im Rinnstein liegt.

Niemand steht hinter ihm.

Irritiert blickt sich David um. Er dreht sich einmal um sich selbst, wobei seine Augen die dunklen Eingänge der Häuser und schmalen Toreinfahrten untersuchen. Sein Blick gleitet über blinde Fenster, heftet sich auf den verrosteten Wagen und wandert dann weiter, bis er wieder ins Schaufenster starrt.

Er betrachtet sein Spiegelbild. Eine hagere, erbärmliche Gestalt, die Haare ungekämmt, die Kleidung schmutzig und zerknittert.

Was jedoch Davids Aufmerksamkeit auf sich zieht, ist sein Gesicht. Diese Augen … verschlagen und voller Hohn … er hat plötzlich das Gefühl, dass ihm ein völlig Fremder gegenübersteht.

Über sein Spiegelbild zieht sich ein breites Grinsen.

»Was ist los mit dir? Erkennst du mich nicht?«

David springt keuchend einen Schritt zurück und hebt abwehrend die Arme. Der Kerl im Schaufenster macht dasselbe, doch das Lächeln verschwindet nicht von seinem Gesicht. Stattdessen neigt das Spiegelbild den Kopf zur Seite und betrachtet ihn abwartend.

Unsicher tritt David wieder einen Schritt näher. Der andere tut es ihm gleich. Noch einen Schritt … bis er direkt vor der Schaufensterscheibe steht.

Der andere starrt ihn an, abwartend, mit Augen, die David fremd vorkommen. Das Gesicht, die Haare, die Kleidung … das alles ist er selbst, doch es sind nicht seine Augen, die ihn ansehen.

»Wie oft hast du mit mir gesprochen«, sagt sein Spiegelbild plötzlich und blickt ihm traurig entgegen. »Du hast mir so viel erzählt, ich weiß alles über dich.

Ich weiß, dass du Lilly liebst und dir schon oft vorgestellt hast, es mit ihr direkt im Schaufenster zu tun, wie ein dreckiger Straßenköter. Und jetzt willst du mich auf einmal nicht mehr kennen?«

Die Gestalt schüttelt niedergeschlagen den Kopf. Davids Blick wandert zu Lilly, dann wieder zu seinem Spiegelbild zurück.

»Du musst nicht zu Lilly schauen. Sie ist es nicht, die mit dir redet; ich denke, das dürfte auf der Hand liegen.«

Sein Gegenüber macht eine Pause, scheint zu überlegen, während die Augen David anfunkeln und fixieren. »Du hast ein schlechtes Namensgedächtnis, was?«

Der Mann im Spiegel stemmt die Fäuste in die Hüften und schüttelt theatralisch den Kopf. »Ich bin es. Gerade *du* solltest am besten wissen, wer ich bin.«

David tritt auf die Straße zurück, sein Gegenüber tut es ihm erneut gleich. Zwei alberne Westernhelden, die sich in einem Duell gegenüberstehen.

»Ich bin Frank«, schmettert der Andere plötzlich los. Dann flüstert er mit unbeherrschtem Zischen: »Ich bin du, mein lieber David.«

***

Etwas später sitzt David im Wohnzimmer, trinkt Wein aus einer Flasche und starrt in die Dunkelheit. Er hat die Fensterläden geschlossen. Eine einzelne Kerze neben der Musikanlage taucht den Raum in geisterhafte Schatten.

Neil Young singt in voller Lautstärke. Die Luft vibriert, die Bässe kratzen in den Lautsprechern und verpassen David rhythmische Schläge in die Magengegend.

Durch den Lärm der Musik versucht er, den Tag auszublenden. Er will seine Gedanken mit Alkohol ertränken und die widersprüchlichen Gefühle, die seinen Körper erzittern lassen, mit in die schwarze Grube des Vergessens werfen. Ihm ist kalt, und er fühlt sich so elend wie seit Jahren nicht mehr. Dennoch nimmt er einen großen Schluck aus der Flasche, rülpst, spuckt achtlos neben sich auf den Teppich und versucht, sich auf die Musik zu konzentrieren. Doch Neil Youngs Dramatik ist lediglich die Untermalung für die schrecklichen Bilder, die wie kichernde Dämonen in einer endlosen Parade vor Davids Augen entlang ziehen.

Er hat früher schon mit Frank geredet, nur um nicht den Verstand zu verlieren. Wenn er nicht gerade bei Lilly war, dann erzählte er Frank von seinen Ängsten und Sehnsüchten. Frank ist nie real gewesen und David hat nie eine Antwort erhalten und diese auch nicht erwartet. Frank ist einfach nur sein imaginäres Ich gewesen, das ihm zuhörte und ihn vielleicht verstehen konnte, mehr nicht. Frank ist eine Art Harvey, der Hase gewesen, ein eingebildeter Gesprächspartner, der David dabei half, sich nicht einsam zu fühlen und nicht durchzudrehen.

Frank hat noch nie mit ihm geredet. Frank gibt es nicht. Er ist ein Gespenst, ein Produkt seiner eigenen Fantasie.

Frank ist sein zweiter Vorname. Und jetzt … jetzt ist da etwas im Schaufenster gewesen, das ihn angesehen und mit ihm gesprochen hat. Etwas, das ihn sogar verspottete.

David nimmt einen weiteren Schluck und spürt, wie der Wein am Kinn entlangläuft und den Kragen seines Hemdes durchnässt. Er schüttelt den Kopf, klemmt die Flasche neben sich zwischen Oberschenkel und Sessellehne und schließt die Augen.

Ich verliere den Verstand, denkt er. Tränen treten ihm in die Augen.

Er denkt an Sam und die Zeit mit ihr. Sie hat ihn als seelischen Krüppel zurückgelassen, ihm ein paar schöne Stunden geschenkt, ihn benutzt und dann gnadenlos fallenlassen. Sie hat sein Herz genommen, es gestreichelt und dann erbarmungslos in die Mülltonne geworfen.

David greift erneut zur Flasche, will sie zum Mund führen und … hält inne. Er betrachtet den Wein, der als dunkle Flüssigkeit in der Flasche schwappt. Dann steht er auf, stellt die Flasche mit einem lauten Knall auf den Tisch und geht zur Anlage, um die Musik leiser zu stellen.

Er blickt sich im Zimmer um. Jegliches Leben scheint daraus verschwunden zu sein. Die Schatten wirken düster und traurig.

Er war über Monate allein gewesen und hat in dieser Zeit niemanden vermisst. Selbst Darleen ist nur noch eine gesichtslose Erinnerung. In einigen Wochen würde Sam dasselbe sein; genauso, wie David selbst eines Tages zur Erinnerung wird.

Das Zimmer beginnt, sich zu drehen, die dösenden Schatten scheinen sich aus ihren Ecken zu erheben.

David nimmt die Kerze, wankt vom Wein benebelt durch den Raum und geht die Treppe zum Badezimmer hinauf. Die Wirkung des Alkohols erfüllt ihn wie ein Tuch, das jemand über seine Gedanken gelegt hat und seinen Verstand erstickt.

Scheiß auf Sam, denkt er sich. Der Gedanke tut ihm gut, er fühlt sich richtig an.

Scheiß auf Sam.

»Scheiß auf Sam«, brüllt er lallend der Stille entgegen, geht ins Bad, stellt die Kerze neben dem Waschbecken auf Darleens Schminkregal und stützt sich am Beckenrand ab.

Augenblicklich spürt er, wie ihm übel wird. Die Welt dreht sich wie ein tanzender Irrwisch um ihn herum und er hat Mühe, aufrecht stehen zu bleiben. Sein Mageninhalt bahnt sich einen Weg durch seine Speiseröhre. David hält den Atem an, schluckt und versucht den Reiz zu unterdrücken, doch im nächsten Moment beugt er sich übers Waschbecken und erbricht den Wein und einige Bohnen, die er am Mittag gegessen hatte.

Das Geräusch und der Gestank sind erbärmlich. David stiert auf die roten Spritzer im Becken, die ihm wie Blut vorkommen. Er atmet tief ein und aus, keucht, als wäre er einen Marathon gelaufen, würgt noch einige Male, krümmt seinen Rücken und krallt sich am Beckenrand fest. Doch sein Magen ist leer. David spuckt lediglich bitteren, gelben Speichel aus.

Als er sich wieder beruhigt hat, wischt er seinen Mund mit dem Handrücken ab, zieht die Nase hoch, spuckt noch einmal ins Waschbecken und blickt in den Spiegel darüber.

Frank ist da und starrt ihm lächelnd entgegen.

***

»Scheiß auf Sam? Solch harte Worte aus deinem Mund?«

Franks Blick hält ihn fest. In gespielter Empörung schüttelt Davids Spiegelbild den Kopf.

»Eben noch sitzt du im Dunkeln, säufst dich um das bisschen Verstand, das du noch besitzt, und vergießt

Tränen, weil die Schlampe dich verarscht hat, du sie trotzdem vermisst, und jetzt auf einmal ›Scheiß auf Sam‹?«

David starrt in den Spiegel und taumelt zurück, bis er mit dem Rücken gegen das kleine Regal stößt, das er vor Jahren einmal an der Wand angebracht hatte und in dem Darleen immer Handtücher und Seifenpackungen aufbewahrte. Einige der Schachteln fallen polternd zu Boden.

All das kann David im Spiegel beobachten: Einen tölpelhaften, ausgezehrten Mann, der mit ausgebreiteten Armen gegen das Regal lehnt, als hätte ihn jemand dort festgebunden, Seifenschachteln, die zu Boden fallen und ein großes Badetuch, das über seine Schulter rutscht.

Seltsamerweise liegt auf dem Gesicht des Mannes im Spiegel ein bissiges Grinsen, obwohl sich David sicher ist, eher einen entsetzten Ausdruck zur Schau zu stellen. Er denkt an die Flasche Wein, die er getrunken hat und verflucht sich für seine Disziplinlosigkeit. Doch der Kerl im Spiegel erscheint ihm zu real, als dass David die Erscheinung auf seinen Alkoholrausch zurückführen könnte.

»Ich glaube, du solltest dich erst einmal beruhigen«, lacht die Gestalt im Spiegel, wobei sie immer noch mit ausgestreckten Armen gegen das Regal lehnt. Das Handtuch auf der Schulter ist mittlerweile zu Boden gefallen. »Du hast lange keine Frau mehr gehabt, mein lieber David. Ist dir eigentlich bewusst, aus welchem Grund du so um Sam trauerst?«

David schüttelt unwillkürlich den Kopf. Das grinsende Gesicht im Spiegel tut es ihm gleich.

»Du trauerst nicht um die Frau, sondern nur um das, was sie zwischen ihren Beinen hat, habe ich

Recht? Du trauerst um all die Wonnen, die sie dir noch hätte bereiten können, um das Gefühl, das dich berauscht hat, als du in sie eingedrungen bist, und das dich fast um den Verstand gebracht hat.«

Das Ding im Spiegel – Frank – stößt sich vom Regal ab und kommt langsam auf David zu.

»Du trauerst um diese eine Nacht, die du mit ihr hattest, weil dir dein primitiver Verstand vorgegaukelt hat, dass du die Frau jetzt haben kannst, wann immer und wo immer dir danach ist. Morgens, mittags, in der Nacht, in der Küche, im Wohnzimmer, am Pier – darum trauerst du. Dein Schwanz trauert um die Frau, nicht du.« Frank beginnt zu lachen, stemmt die Hände in die Hüften und schüttelt den Kopf. »Du bist ein kleiner Perverser, mein lieber David, weißt du das?« Er blickt nachdenklich, aber immer noch lachend zu Boden, als könne er selbst nicht glauben, was er gerade erkannt hat. »Du bist ein scheinheiliger Perverser, das bist du, mein Kleiner.« Frank hebt den Kopf und nickt lange und nachhaltig. »Ich bin stolz auf dich, Bruder. Endlich zeigst du mal so etwas wie Männlichkeit.«

David versucht, etwas zu erwidern, doch als ihm bewusst wird, dass er wieder vorm Waschbecken steht, versagt ihm die Stimme. All das, was Frank im Spiegel getan hat, hat auch er gemacht. Er steht vor dem Spiegel, die Hände in die Hüften gestemmt und starrt auf ein schiefes Grinsen, das sein eigenes Gesicht verunstaltet.

»Wir haben doch mehr gemeinsam, als ich dachte.« Frank beugt sich über das Waschbecken, nahe an den Spiegel heran, bis ihre Gesichter nur noch wenige Zentimeter voneinander entfernt sind. David überkommt das absurde Gefühl, säuerlichen Atem zu riechen.

»Und doch …« Franks Gesicht verhärtet sich plötzlich. Die Augen blitzen kalt und verengen sich zu schmalen Sicheln, als würde er über seine nächsten Worte genau nachdenken. »Und doch sind wir so verschieden, wie es Brüder nur sein können.«

Endlich gelingt es David, seine Benommenheit abzulegen. Der Rausch des Alkohols ist längst verflogen, seine Sinne schärfen sich, und er stößt sich vom Beckenrand ab.

»Du bist nicht real«, flüstert er mit rauer Stimme und fährt sich mit beiden Händen durchs Haar. »Du bist nur meine Einbildung. Das warst du schon immer. Dass ich dich jetzt hier sehe …«

David verstummt. Er hat keine Erklärung für Franks Erscheinen. Monatelang hat er mit seinem anderen Ich gesprochen, ihm seine Probleme und Ängste anvertraut, wie er es bei Lilly getan hat. David selbst hat ihn Frank getauft. Dass er jetzt vor dem Spiegel steht und mit sich selbst redet, kann nur bedeuten, dass der Verlust von Sam einen größeren Schaden bei ihm angerichtet hat, als er sich eingestehen will.

»Du willst mich als Einbildung abtun? Das ist natürlich einfach für dich.« Frank beugt sich wieder nach vorn. David spürt, wie sich seine Hände um den Rand des Beckens legen, als er es ihm gleich tut. »Du willst dir also selbst einreden, dass du nur eine Einbildung bist?« Frank lacht. Das Geräusch klingt wie raues Schleifpapier auf Metall. »Ich wusste nicht, dass du so amüsant sein kannst, mein lieber David. Muss wohl am Wein liegen. Du solltest die Finger davon lassen. Alkohol ist die Droge des Teufels, sagt man. Weißt du das nicht?«

Das Lachen verstummt, und zurück bleibt das schiefe Grinsen.

»Wenn ich ein Trugbild bin, dann bist du das auch. Denn du solltest eines niemals vergessen ...« Frank kommt noch näher, diesmal ist der Geruch nach faulem Atem keine Einbildung. »... ich bin du ... und du bist ich!«

David schüttelt energisch den Kopf und versucht zurückzuweichen, doch Franks Blick hält ihn fest. Ihre Nasen berühren sich fast auf dem kalten Glas.

»Verschwinde«, presst David zwischen zusammengebissenen Zähnen hervor. Seine Stimme klingt wie das Zischen einer Schlange. Der Spiegel beschlägt. Er spürt, wie ihm kalter Schweiß auf die Stirn tritt und an seinen Schläfen hinabläuft.

Frank betrachtet ihn einige Sekunden ausdruckslos. Selbst aus den Augen des Dings scheint jedes Leben gewichen zu sein. Dann senkt Frank den Kopf, David ertappt sich selbst dabei, wie er ins Waschbecken starrt. Der Geruch seines Erbrochenen steigt ihm in die Nase und lässt ihn erneut würgen.

»Sag mir eins, David«, hört er ein nasales Flüstern, das direkt in seinem Kopf zu sein scheint. »Sag mir eins. Glaubst du an mich?«

David starrt weiterhin auf die roten Spritzer seiner Kotze. Der Gestank betäubt ihn fast. Er hat das Gefühl, vor einem offenen Grab zu stehen.

»Du existierst nur in meinem Kopf«, presst er hervor und schließt die Augen.

Wie gerne würde er sich einfach hinlegen, einschlafen und die Augen für immer schließen. Er spürt plötzlich, wie seine Beine schwach werden und anfangen zu zittern; vielleicht eine Nachwirkung des Alkohols, vielleicht aber auch einfach nur die Angst davor, dass er tatsächlich im Begriff ist, den Verstand zu verlieren.

»Dann kannst du mir die Frage doch ganz einfach beantworten, da ich ja nur in deinem verdammten, versoffenen Hirn existiere.« Franks Stimme klingt jetzt tief und lauernd. »Glaubst du an mich?«

David schüttelt den Kopf.

»Ich kann nur an etwas glauben, das ich sehen kann.«

Er findet es absurd, dass er sich vor sich selbst zu verteidigen versucht. Wie tief ist er nur gesunken?

»Dann sieh in den Spiegel.«

David schüttelt erneut den Kopf. Er presst seine Augen fest zusammen, wie er es als Kind immer getan hat. Wenn er im Dunkeln Angst hatte, war dies eine Möglichkeit, selbst nicht gesehen zu werden. Ein dünner Speichelfaden tropft von seinen Lippen und vermischt sich mit dem Wein im Waschbecken.

»SIEH MICH AN!«

Das Brüllen pflügt wie die Schneide eines Schwertes durch seinen Kopf und zwingt ihn, in den Spiegel zu sehen. Frank starrt ihn aus glühenden, hasserfüllten Augen an. Sein Gesicht hat sich in die schwitzende Maske eines Wahnsinnigen verwandelt. Tiefe Furchen meißeln ein grausames Muster in die Stirn.

»Sag mir, dass du an mich glaubst, du Narr. Sonst wirst du mich niemals los.«

David stößt sich vom Beckenrand ab, prallt hart gegen die Regalbretter und schafft es im letzten Moment, nicht auf den Seifenschachteln auf dem Boden auszurutschen. Sein Spiegelbild tut exakt das Gleiche, doch auf seinem Gesicht liegt der Ausdruck eines wilden Tieres.

»Verschwinde«, schreit David, greift nach einer Pappschachtel vom Regal und schleudert sie in den Spiegel. »Verschwinde!«

Er stürzt aus dem Badezimmer, prallt gegen die getäfelte Wand des Korridors und schleppt sich in sein Zimmer. Schwer atmend lässt er sich aufs Bett fallen. Ihm ist kalt. In seinem Mund schmeckt er Erbrochenes und Blut.

Mit einem verzweifelten Grunzen legt David seinen Unterarm über die Augen und schließt den Tag aus. Doch in seinem Kopf hört er noch immer Franks hasserfülltes Brüllen. »Glaubst du an mich?«, schreit sein Verstand, immer und immer wieder.

Irgendwann schläft David sabbernd und weinend ein, doch in seiner traumlosen Welt herrscht Franks bestialisches Brüllen, als wäre der Teufel aus der Hölle gestiegen … *»Glaubst du an mich?«*

***

Was sie zuvor gedacht hat, ist nicht wahr, nämlich dass sie sich noch nie so ausgeliefert vorkam wie in diesem Moment.

Sam erinnert sich an einen Jungen, mit dem sie kurz nach dem Abschluss der Schule gegangen war: Wayne Thomson. Ein Junge, den sie nie vergessen hat. Nicht etwa, weil er so intelligent gewesen wäre oder so unglaublich gutaussehend. Er war ein durchschnittlicher Typ gewesen, den kein Mädchen, außer Sam, zweimal angesehen hätte.

Es war einfach so, dass Wayne der erste Junge war, mit dem sie damals geschlafen hatte. Und sie erinnert sich daran, dass der Sex unglaublich war; durchgeknallt, teilweise abartig, aber unglaublich.

Sam hängt in der Dunkelheit und spürt wieder die Pfütze, in der ihre Füße stehen. Den Geruch nimmt sie nicht mehr wahr, er ist Teil ihrer Welt geworden. Sie denkt nicht darüber nach, wovon diese Wandlung der Beginn sein kann. Über ihre Situation nachzudenken, kann dazu führen, den Verstand zu verlieren. Stattdessen denkt sie an Wayne. Alles ist besser, als an Bill zu denken.

Wayne war drei Jahre älter als Sam. Sie hielt ihn damals für den besten Liebhaber, den man sich als junges, unerfahrenes Ding wünschen konnte. Er machte Dinge mit ihr, von denen sie noch nie etwas gehört oder gelesen hatte und war sich in ihrer Naivität damals sicher, dass einige der Praktiken nicht einmal im berühmten Kamasutra zu finden waren. Sie und Wayne waren die Helden der Matratze.

Er stand auf Fesselspiele. Vor allem mochte er es, Sam mit Handschellen an die Pfosten ihres alten Messingbettes zu knechten und dann seine sexuellen Neigungen auf ihr und in ihr auszutoben.

Zu Beginn gefiel Sam, was ihr Freund tat, und sie war mit Feuereifer bei der Sache. Viel Alkohol und ein klein wenig Dope taten ein übriges dazu, ihrem Leben die Maske von sexueller Perfektion zu verleihen. Doch im Laufe der Zeit wurden Waynes Spiele gewalttätiger und abartiger, sodass sie sich schon bald wie ein nacktes Stück Fleisch vorkam, das von einem Schlachter bearbeitet wurde. Wayne befriedigte sie mit allen möglichen Dingen, von denen ihr manche wirklich weh taten. Er liebte es, ihr Wäscheklammern an die Brustwarzen zu klemmen und kam, wenn sie schrie, wie ein wildes Tier auf ihr. Er schlug sie während des Aktes, einmal sogar so fest, dass ihre Nase zu bluten begann.

Sam hat sich damals vorgestellt, dass alle Männer derartige Schweine seien und sie als Frau ihre Rolle in den sexuellen Spielen dieser Geschöpfe erst noch finden und anerkennen muss. Zum Glück lernte sie schon bald Mike kennen, der ihr auf eindrucksvolle Weise zeigte, dass es auch anders im Bett zugehen konnte.

Daran denkt Sam … Sie kann spüren, dass sie allein ist. Bill ist nicht da.

Sie denkt an Wayne zurück und daran, dass sie sich damals noch schmutziger und hilfloser gefühlt hatte als jetzt. Dann denkt sie an ihre Tage mit Mike und an die Nacht mit David. Sie erinnert sich sogar an die Vergewaltigung durch Bud und daran, was sie mit ihrem Messer getan hat.

Unzählige Bilder aus der Vergangenheit schweben wie Geister durch ihren Kopf. Sam ergreift eins nach dem anderen und betrachtet den kleinen Film, der in ihren Gedanken entsteht.

Solange sie denken kann und sich ihr Gehirn nicht mit ihrer Situation auseinandersetzen muss, kann sie sich der Panik erwehren, die dumpf unter ihrer Oberfläche brodelt und nur darauf wartet, auszubrechen. Wenn sie das zulässt, würde sich auch der letzte noch funktionierende Rest ihres Verstandes verabschieden und Bill hätte leichtes Spiel.

Als sie an ihren Peiniger denkt, spürt sie kalte Schauer, die wie feinster Regen über ihren nackten Körper rinnen. Und sie spürt noch etwas. Etwas, das ihr Tränen in die Augen treibt und sie ihre trockenen Lippen zu einer festen, schmalen Linie zusammenpressen lässt.

Ihr Darm schmerzt.

Die ganze Zeit über, in der sie sich an ihre Erinnerungen geklammert hat, waren die Schmerzen bereits da gewesen. Ein feines Ziehen, das ihre Eingeweide auf die Größe eines kleinen Balls schrumpfen ließ.

Doch jetzt verwandeln sich die Schmerzen in Krämpfe. Krämpfe, gegen die ihre Selbstbeherrschung nichts mehr ausrichten kann.

Verfluchte Scheiße, denkt sie verzweifelt, dann stößt sie ein bitteres Lachen aus. Ihre Gedanken waren noch nie so treffend gewesen.

Sie wirft den Kopf in den Nacken, krümmt ihren Körper im verzweifelten Versuch, das Unausweichliche zu vermeiden und zieht abwechselnd ihre Beine nach oben, um den Druck zu vermindern.

Dann stößt sie ein schrilles Heulen in die Dunkelheit, gefolgt von einem tränenerstickten Fluch, wie er noch nie zuvor ihre Lippen verlassen hat.

Sam entspannt sich, lässt ihren Kopf auf die Brust sinken und weint hemmungslos und voller Scham, während ihre Ausscheidungen warm und stinkend an der Rückseite ihrer Schenkel hinabgleiten.

***

Sie erwacht, als die Nacht durch graues Licht verdrängt wird. Als sie die Augen öffnet, sieht sie Staub wie einen schmutzigen Vorhang im Raum tanzen. Der Gestank, der sie wie eine zweite Haut umgibt, erinnert sie an verrottete Tierställe mit nassem Stroh.

Tapsende Schritte nähern sich ihr. Nackte Füße auf Beton, flink und ungleichmäßig.

Sam versucht sich zu drehen. Jemand muss ihre Arme abgehackt haben, denn sie spürt nichts mehr.

Der Stuhl zu ihrer rechten Seite liegt umgestürzt auf dem Boden. Ein Schatten erscheint, sie hört schweres Atmen.

Sam öffnet den Mund, ihre Lippen versuchen Worte zu formen, doch jemand drückt ihr ein Tuch auf Mund

und Nase. Plötzlich riecht es wie in einem Krankenhaus. Als Kind hat sie den Geruch gehasst. Das sind ihre letzten Gedanken, bevor sie leblos in ihren Fesseln zusammensinkt.

***

»VERSCHWINDE!«

David presst die Fäuste gegen die Schläfen, als versuche er, seinen Kopf zu zerquetschen. Durch seine Gedanken hallt ein leises Kichern. Bösartig und verhöhnend; so grausam, als käme es von einem kleinen Kind.

»Verschwinde, verschwinde«, singt eine helle, nasale Stimme in seinem Verstand, dann wird sie dunkler – und gefährlicher: »Ich habe dir über Monate zugehört, musste mir dein Gezeter und deine Selbstzweifel anhören, habe dich weinen gehört, nach Gott rufen und ihn um den Tod anbetteln. Ich war nur Mittel zum Zweck für dich, und jetzt, wo ich dir lästig werde, wo du Angst vor mir hast, soll ich verschwinden? Einfach so?«

Wieder das Kichern.

David war am Morgen auf dem Boden neben dem Bett aufgewacht. Die Decke lag über seinen Füßen, das Kopfkissen fest gegen seine Brust gedrückt.

Die Schmerzen in seinem Kopf waren schier unerträglich gewesen, ob sie nun vom Wein herrührten oder von seiner bizarren Unterhaltung mit Frank. Doch sobald er aufgestanden war und schwankend im Zimmer stand und das Spiel von Staub und mattem Tageslicht in den Ritzen der Fensterläden betrachtete, hatte das Kichern begonnen. Erst leise, nicht mehr als ein fernes Echo, das auch der Wind vor dem Haus hätte sein können. Dann hatte sich das Feixen allmählich in die raue Stimme von Frank verwandelt. Das Kichern steigerte sich über Hohn und Spott zu kindlichen Schmährufen, mit denen Frank seine Gedanken malträtierte.

David rennt von einem Zimmer ins nächste. Frank folgt ihm wie ein grausamer Schatten.

»HÖR AUF«, brüllt David, stolpert, prallt mit der Schulter gegen den Türrahmen der Küche, rappelt sich auf und lässt sich auf einen der Stühle am Küchentisch fallen. Die Welt um ihn dreht sich und flimmert wie eine Straße in heißer Sonne.

»Womit soll ich aufhören, mein lieber David? Mit dir über Sam zu reden? Ich denke, du stehst auf die Schlampe.«

Wieder das Kichern, das David an das Lachen eines verrückten Clowns erinnert. Dann trällert eine helle Stimme: »Schlampe … Schlampe.«

»Was willst du?«

Davids Stimme sinkt zu einem Hauchen. Er schmeckt das Salz seiner Tränen auf den Lippen.

»Ich will, dass du an mich glaubst«, antwortet die Stimme ihm mit ernstem Ton. »Ich kann dir zeigen, wo Sam ist. Ich weiß, wo du sie findest.« Ein kindisches Kichern, wie das eines kleinen, bösen Jungen, der eine Katze quält. »Glaub mir eines, mein lieber David. Sam geht es gar nicht gut. Sie denkt an dich und wartet darauf, dass ihr Held in glänzender Rüstung und mit strammstehender Lanze kommt, sie zu befreien.«

Frank beginnt zu lachen. Prustend und ordinär, als befände er sich in einer feucht-fröhlichen Männerrunde in einer von Zigarettenrauch geschwängerten Kneipe. »Mit strammstehender Lanze, ist das nicht gut, David?«

Franks Lachen verwandelt sich in viehisches Grölen. David springt auf, stürmt aus der Küche und ins Wohnzimmer, wo er über einen Sessel stolpert und hart auf den Boden schlägt. Die Schmerzen in seinem Kopf explodieren.

»Sam geht es nicht gut und sie verzehrt sich nach deiner strammstehenden Lanze.«

Franks Worte steigern sich zu heiserem Johlen. David hat das Gefühl, dass etwas in seinen Kopf eingedrungen ist und sich dort rasend schnell fortbewegt.

»Was hast du mit ihr gemacht?«, presst er zwischen seinen Zähnen hervor. Speichel läuft ihm übers Kinn, sein Atem riecht, als hätte er faule Eier gegessen.

»Ich kann es dir zeigen, mein lieber David. Noch habe ich nichts mit ihr gemacht. Noch geht es der Schlampe gut. Oder sagen wir *relativ gut*.«

David ist sich der absurden Situation bewusst. Er liegt weinend auf dem Teppich, ein Bein auf der Lehne des Sessels liegend, und rauft sich die Haare, um eine Stimme aus seinem Kopf herauszureißen, die nur für ihn existiert. Trotz der Groteske, zu der sein Leben mutiert ist, und trotz der Scham, die er sich selbst gegenüber empfindet, antwortet er der Stimme in seinem Verstand: »Was … was muss ich tun?«

Tränen fließen über seine Wangen und hinterlassen helle Schlieren in seinem schweißüberströmten Gesicht. Mit den Fingernägeln hat er sich tiefe Kratzer an Stirn und Wangen zugefügt. Er spürt Blut an seinen Fingern und den Geschmack von Salz und Kupfer in seinem Mund.

»Was muss ich tun?«

Seine Stimme wird zu einem Flüstern und er erbricht gelbe, stinkende Gallenflüssigkeit auf den Teppich.

Frank

»Du musst mir nur sagen, dass du an mich glaubst.«

David wird an das Zischen von Wasser auf einer heißen Ofenplatte erinnert.

»Du kannst dir nicht vorstellen, welche Macht menschlicher Glaube besitzt. Sag mir nur, du glaubst an mich, und …«

Die Stimme wird leiser und betont jedes Wort, als versuche sie, einem kleinen Kind die Geheimnisse der Welt zu erklären. David spürt Erbrochenes unter seiner Wange.

»… ich werde dir zeigen, wo Sam ist. Möchtest du das? Möchtest du wissen, wo deine Sammy ist und ob es ihr gut geht?«

David nickt hilflos. Seine Augen sind geschlossen, der saure Geruch steigt ihm in die Nase und lässt seine Gedanken träge werden.

»Und danach wirst du mich los sein.«

Die letzten Worte dringen nur langsam in seinen Verstand. Sie erscheinen ihm wie der geheimnisvolle Gesang eines dämonischen Rituals, dessen Bedeutung man mit menschlichen Erkenntnissen kaum erfassen kann. Frank schweigt und David hebt langsam den Kopf vom Boden. Er liegt in den Schatten des dunklen Zimmers, die Möbel um ihn herum wirken gigantisch. Die Gedanken an Sam vermischen sich mit dem Gestank seines Erbrochenen. David sieht sie am Pier sitzen, gegen den Pfeiler gelehnt, ein Bein angezogen, während ihr Blick den Himmel absucht und das Sonnenlicht einfängt. Sie bewegt langsam die Lippen, erzählt ihm etwas, vielleicht von Bud und Maria. Doch David kann sie nicht hören. Sie dreht den Kopf, bewegt sich so schwerfällig wie in Zeitlupe, sieht ihn an und schenkt ihm ein trauriges Lächeln. Er glaubt, einen stummen Vorwurf in ihrem Blick zu erkennen; eine stille Frage, die ihr Gesicht wie einen seidenen Schleier verbirgt und einen düsteren Schatten über ihre Augen fallen lässt. Wieder spricht Sam zu ihm. Ihre Lippen bewegen sich kaum merklich. Diesmal kann David ihre Worte verstehen. Sie schneiden so erbarmungslos wie die Klinge eines Skalpells durch seinen Verstand und lassen ihn erzittern.

»Hilf mir …«

Er beginnt zu schreien, schlägt den Kopf auf den harten Boden und versucht, Sams anklagenden Blick zu verdrängen. Tränen rinnen über sein Gesicht und er spuckt Galle, Speichel und Blut auf den Teppich.

»Ich glaube an dich«, presst er schließlich hervor und lässt sein Gesicht in die stinkende Lache sinken. »Ich glaube an dich.«

Er hebt kraftlos den Kopf und wiederholt die Worte mit tonloser Stimme, als wären sie ein Mantra. Seine Kehle schmerzt, und in seinem Kopf tobt ein Sturm, angefüllt mit Bildern, Empfindungen und Ängsten. Dazwischen kann er schallendes Gelächter hören.

David sinkt auf den Boden zurück, seine Lippen formen noch immer Worte, deren Sinn er nicht versteht. Im nächsten Moment spürt er plötzlich kräftige Hände, die ihn an den Armen packen und nach oben reißen.

***

Als Sam erwacht, hat sich etwas verändert. Orientierungslos blickt sie sich im finsteren Grau ihres Kerkers um. Nebel scheint durch den Raum zu ziehen und die Mauern zu verschlingen.

Wenn sie jetzt den Kopf zur linken Seite dreht, kann sie nicht mehr das Regal sehen. Rechts von ihr befindet sich plötzlich eine Wand. Düstere, grob behauene Steine mit dunklen Flecken, die Sam an getrocknetes Blut erinnern.

Erst jetzt fällt ihr auf, dass sie nicht mehr an dem Balken hängt. Stattdessen liegt sie auf einem harten Tisch aus faserigem Holz. Ihre Arme sind zur Seite ausgestreckt und mit Ketten fest auf die Tischplatte gefesselt.

Sie hebt den Kopf, soweit es die Schmerzen in den Schultern zulassen, und stiert auf das matte Funkeln der einzelnen Kettenglieder. Ihre Arme scheinen betäubt zu sein. Sie spürt weder das kalte Eisen, noch die Schmerzen, die sie peinigten, als sie noch wie ein Stück Fleisch an dem Balken hing.

Der Versuch, die Finger zu bewegen, misslingt. Sam hebt ihren Kopf ein Stück höher, sodass ihre Wirbel wie dürre Zweige knacken, und betrachtet den Rest ihres Körpers. Sie ist immer noch nackt, ihre Brüste scheinen graue Flecken zu sein.

Als sie erkennt, dass ihre Beine in gespreizter Stellung, ebenfalls mit Ketten, auf dem Tisch gefesselt sind, spürt sie, wie schreiende Panik in ihr aufsteigen will. Sie versucht, ihre Beine zu bewegen, doch mehr als das Becken anzuheben, ist ihr nicht möglich. Sie überdehnt ihr Genick, versucht, hinter sich zu blicken; die Schmerzen in ihrem Kopf machen sie fast blind.

Die Tür ihres Kerkers muss offen stehen, doch Sam kann lediglich die Decke über sich erkennen. Was sie sieht, irritiert sie und rückt ihre Welt ein klein wenig mehr in Schieflage.

Sie starrt auf eine hohe, gewölbte Decke, wie man sie in Kirchen finden kann. Zwischen dunklen, fleckigen Steinen sind schwarze Balken eingezogen. Nackte Glühbirnen in Drahtkäfigen hängen in gleichmäßigen Abständen davon herab und schwanken ganz leicht, als würden sie von einem Windstoß bewegt. Im Geflecht der Käfige kann Sam dicke Spinnweben und die leblosen Körper schwarzer Insekten erkennen.

Sie wirft den Kopf zur Seite, versucht, mehr von ihrem Gefängnis zu erkennen. Doch der Raum scheint leer zu sein, die Wände sind schwarz und schmutzig.

Plötzlich verharrt sie, hält den Atem an und lauscht. Sie ist nicht allein. Etwas schleicht durch den Raum. Sam kann spüren, dass sich die staubige Luft wie ein Vorhang bewegt. Ein kalter Windhauch streift ihren Körper, lässt sie erschauern.

Dann steht plötzlich Bill vor ihr.

Ein heiseres Krächzen steigt aus ihrer Kehle empor, das an das verzweifelte Lachen einer alten Frau erinnert.

Bill steht neben dem Tisch und beugt sich mit dem starren Grinsen einer Latexmaske zu ihr herunter.

»Freust du dich denn nicht, mich zu sehen?«

Seine Stimme klingt dumpf, von der Maskerade blockiert. Dass sich seine Lippen beim Sprechen nicht bewegen, lässt Sam an uralte Alpträume erinnern, in denen grausige Flickenpuppen mit ihr gesprochen haben.

»Ich freue mich auf jeden Fall, dich zu sehen.« Er neigt den Kopf und seine Augen hinter den Schlitzen in der Maske gleiten über Sams nackten Körper. Sie kann ein gieriges Glitzern in den Löchern erahnen.

»Wie sehr ich mich freue«, keucht die Maskerade.

Sam saugt die makabre Verkleidung des Peinigers mit ihren Blicken in sich auf. Kalter Schweiß läuft von ihrer Stirn in ihre Augen und lässt die Sicht verschwimmen.

»Was … was willst du?« Ihre Stimme klingt, als würde sie aus einem anderen Raum zu ihnen dringen.

»Die Zeiten sind schlecht, hübsche Sam«, schnauft Bill und sieht ihr wieder ins Gesicht. »Ich bin ein Mann, du eine Frau. Wir sind vielleicht die letzten Menschen auf der Erde. Was also soll ich von dir wollen?«

Bill legt den Kopf schief und starrt sie ausdruckslos an. Das schwachsinnige Grinsen der Maske lässt Sam in einen Strudel der Absurdität fallen. Die Augen, die sie durch zwei winzige Löcher in den Pupillen von Bill Clinton anstarren, funkeln matt. Ihr Blick wandert langsam von Bills weißem Clownsgesicht zu seinem Körper. Er ist nackt, sein erigiertes Glied stößt gegen die Kante des Tisches. Sam spürt, wie sich ihr Magen zusammenzieht.

»Wir sind nicht die letzten …«, versucht sie zu erwidern, doch ihre Stimme ist nicht mehr als ein raues Keuchen.

Bill beugt sich etwas weiter zu ihr herunter. Der Geruch von Gummi und Schweiß steigt Sam in die Nase.

»Du redest von David, habe ich Recht? David, dem Verlierer, der immer noch glaubt, ihm gehöre die Stadt.« Ein Kichern erklingt hinter dem stummen Mund, das sich wie das Zischen eines Teekessels anhört. »David, der eine wundervolle Frau sein Eigen nennen kann und sie dann einfach gehen lässt. David, der mit Puppen redet? Verlierer David, von dem redest du?« Bill schüttelt den Kopf. »David habe ich im Griff, hübsche Sam. Die Stadt gehört ihm nicht mehr; ebenso wenig wie du.«

Die Gestalt richtet sich auf und starrt über Sam hinweg zur Wand. Sie reibt ihre Handflächen aneinander, schlanke, weiße Hände, die wie der Rest des nackten Körpers im Zwielicht des Raumes seltsam bleich wirken.

»Du solltest David aus deinen Gedanken streichen. Er ist kein richtiger Mann. Hat er dir je von Darleen erzählt?« Bill schüttelt erneut den Kopf und stößt tadelnde Zischlaute aus. »Darleen war so eine hübsche Frau – und eine heiße Schlampe dazu. Ich meine, sie konnte immer noch allen Männern den Kopf verdrehen, verstehst du, so eine richtig heiße Schlampe. Dan Thomson von gegenüber, zum Beispiel, der war richtig scharf auf sie. Immer, wenn Darleen sich um ihre verdammten Blumen kümmerte, kam er aus dem Haus und wusch seinen dämlichen Wagen; und das nur, weil er so immer wieder einen Blick hinüberwerfen und Darleens prallen Arsch bewundern konnte.« Sam spürte die Wut hinter der grinsenden Maske. »Und Darleen, dieses billige Miststück, hat das genau gewusst, trug an heißen Tagen ihre engsten Shorts und bauchfreie Tops, die noch ein Stück weiter nach oben rutschten, wenn sie sich zu ihren Blumen herunterbeugte. Wahrscheinlich hat sie sich vorgestellt, wie Thomson sie direkt auf der Haube seines scheiß Lincoln nimmt und die ganze Nachbarschaft ihnen dabei zusieht. Das war Darleen, so eine war sie. Und David, dieser Hofnarr, hat es genau gewusst. Aber er hat nie etwas gesagt, hat seine Darleen nur dümmlich angegrinst und sich dabei vorgestellt, wie er es neben den beiden auf dem Lincoln Thomsons Schlampe Meg ordentlich im Dreck besorgte.« Bill blickt zur Decke und nickt so heftig, dass die Maske Falten schlägt. Er keucht, sein Atem geht hektisch. »Oh ja, das ist die romantische Geschichte von David, dem geilen Versager, und Darleen, seiner noch geileren Schlampe.«

Er beginnt zu grunzen, ballt die Hände zu Fäusten und öffnet sie wieder. Sein hagerer Brustkorb hebt und senkt sich so schnell, als sei Bill einen Marathon gelaufen. Sein Glied hüpft wie der Kopf einer Schlange auf und ab und schlägt immer wieder gegen den Tisch.

»Wer braucht David, den Puppenspieler? Ich bin jetzt hier, und ich sage dir, wenn ich mit dir fertig bin, wirst du selbst die Erinnerung an David verloren haben.« Er kichert und fährt sich an den Kopf, als würde er sich durch das graue Gummihaar streichen. »Ich bin ein richtiger Mann, hübsche Sam. Davon wirst du dich gleich überzeugen können.«

Seine Hand gleitet an seinem Körper hinab, umfasst sein Glied und fängt an, daran zu reiben; vor und zurück, vor und zurück …

Sam dreht den Kopf auf die andere Seite. Speichel und bittere Gallenflüssigkeit laufen aus ihrem Mundwinkel.

Im nächsten Moment erscheint Bill erneut in ihrem Blickfeld. Als Sam bemerkt, wie er auf den Tisch steigt, schließt sie die Augen.

»Wie lange habe ich darauf gewartet.«

Seine Stimme ist nur noch ein Flüstern, roh und voller Gier.

Sam kann spüren, wie er sich auf ihren linken Oberschenkel setzt, sein Glied über ihre angespannte Haut gleiten lässt. Sie hat das Gefühl, dass sich eine glitschige Schlange über ihren Körper windet.

»Ich musste dich erst mürbe machen, du warst zu stark.« Die letzten Worte versinken in hungrigem Hecheln. »Ich habe selten eine so starke Frau wie dich gesehen. Soo stark. Du bist eine Kriegerin, weißt du das?«

Bill schiebt seinen Körper weiter ihr Bein hinauf. Sam kann die Feuchtigkeit seiner Erektion auf ihrem Oberschenkel spüren. Sie verfolgt den Weg seines Gliedes in Gedanken und hört auf zu atmen, als die Feuchtigkeit ihren Intimbereich erreicht. In ihren Gedanken entsteht ein finsteres Loch, in das sie sich hineinstürzt.

Das Gewicht von Bills Körper auf ihrem Bein verschwindet. Dafür erkunden zwei kalte, zitternde Hände plötzlich ihre Oberschenkel, wandern zu ihrem Hintern, schieben sich zwischen Tisch und Haut und beginnen zu massieren.

»Soo lange …«

Sam beginnt zu würgen und spuckt etwas Salziges aus, das ihre Kehle hinaufsteigt. Die Hände gleiten zu ihren Schenkeln zurück, streichen an den Innenseiten hinab und drücken die Beine noch weiter auseinander, als es die Fesseln ohnehin schon tun.

Das Gestell des Tisches beginnt zu knarren, Bills Keuchen verwandelt sich in heftiges Röcheln, dann fällt sein gesamtes Gewicht auf Sams geschwächten Körper und raubt ihr die Luft.

Im nächsten Moment spürt sie, wie sie von feuchter Hitze ausgefüllt wird, wie sich ihr Becken verkrampft und versucht, das Unausweichliche zu verhindern. Ihre Hände ballen sich zu harten Fäusten, sie spürt ihre Fingernägel ins Fleisch ihrer Handflächen schneiden, riecht sauren Atem und spürt Speichel, der auf ihre Brüste tropft und ihr Gesicht benetzt. Wie ein

Schwall heißen Giftes steigt Erbrochenes in ihren Mund, erfüllt sie mit Gestank und Ekel und läuft an ihrem Kinn hinab, zu ihren Mundwinkeln hinaus und brennend in ihre Nase. Ihr Unterleib wird hart, verwandelt sich in undurchdringlichen Fels, doch Bill stößt und pumpt und bewegt sich in rhythmischer Perversion, die Maske grunzt und keucht und erinnert Sam an eingesperrte Hunde.

Aus ihrem eigenen Mund dringen blubbernde, abgehackte Schreie, in ihrem Schädel explodiert etwas und lässt gleißendes Feuer zurück. Die Welt ist nur noch ein leuchtender, stinkender Fleck, der sich in ihrem Verstand ausbreitet und sie jegliche Schmerzen ignorieren lässt.

Sie wirft sich in die dunkle Grube ihrer Gedanken, greift nach der Schwärze, doch die Finsternis weicht vor ihr zurück, verhöhnt sie mit Bills nasaler Stimme.

Er flüstert etwas, stammelt unsinnige Worte, rülpst und hechelt wie ein altes Weib.

Irgendwann, nach Jahren des Ekels und der Schmerzen, verkrampft sich Bills Körper, seine Lenden zucken, als würden Ameisen über seinen nackten Hintern kriechen. Er stößt noch ein paar Mal hart und schonungslos in sie hinein, als versuche er sie zu pfählen. Widerwärtige Nässe füllt Sams Inneres wie morastiger Sumpf aus.

Dann ist es plötzlich vorbei.

Das Gewicht des grauenhaften Clowns auf ihrem Leib verschwindet und lässt kalte Nässe zurück. Heiße Feuchtigkeit zwischen ihren Beinen lässt sie erneut würgen. Sie spürt etwas die Innenseite ihrer Schenkel hinab rinnen, ob Blut oder Bills Sperma, kann sie nicht sagen. Sam vermutet beides. Ihr Unterleib brennt.

Sie reißt die Augen auf, starrt an die Decke über ihr und ringt keuchend nach Atem. Ihr Mund ist weit geöffnet, immer wieder spuckt sie bittere Flüssigkeit aus.

Bill erscheint über ihr. Sein Atem geht schnell, sein Körper ist in Schweiß gebadet, die Hände zittern, als sie nach der Maske tasten und sie zurechtrücken.

»Hat es dir David auch so besorgt?«, flüstert die Gestalt erschöpft. Dann sieht Sam eine Faust ihr Sichtfeld ausfüllen und einen grellen Blitz, der sich zwischen ihren Augen entlädt; Bill und das Schamgefühl werden von Dunkelheit verschluckt.

***

David starrt auf das Glas in seiner Hand. Der Whiskey funkelt im Schein der Kerzen wie die Wellen eines Meeres im Mondlicht. Flüssiges Feuer brennt in seinem Magen, kämpft sich seine Kehle hinauf und hinterlässt einen verrotteten Geschmack im Mund.

Davids Gedanken drehen sich. Seine Sicht ist verschwommen. Er spürt Tränen in seinen Augen, die ihm kühl über die Wangen laufen. Die Welt um ihn herum scheint ihn immer wieder einzusaugen und dann achtlos auszuspucken.

Es ist still im Haus. Er lehrt das Glas in einem Zug und schenkt sich neu ein. Die Flasche, die er sich vor einigen Wochen im Supermarkt besorgt und bisher noch nicht angerührt hat, ist fast leer.

»Trinken heißt vergessen«, flüstert eine Stimme, und David nickt.

Er will nur noch vergessen. Die Fassade seines Lebens, die er sich nach dem Untergang aufgebaut hatte, ist in einem Sturm aus widersprüchlichen Gefühlen, Schmerzen und Ängsten wie eine Strohhütte in sich zusammengefallen und hat ihm offenbart, was sein Leben all die Monate wirklich wert gewesen ist. Er hatte sich naiven Illusionen hingegeben und selbst belogen. Seine Erinnerungen an Darleen und sein Leben mit ihr hatten ihn aufrecht gehalten und ihn an etwas glauben lassen, das es schon lange nicht mehr gibt und nur noch in seinem Kopf existiert.

Zeitweise konnte er nicht mehr zwischen seinen Tagträumen, seinen innersten Wünschen und der schrecklichen Realität unterscheiden. Die Welt, die er sich aufgebaut hat, mit all ihren Hoffnungen, hatte ihn beschützt, wie eine Mutter, die ihr Kind in einem dunklen Zimmer einsperrt, und blind für die Wahrheit gemacht; nämlich, dass er alleine ist. Dass er einer der letzten Menschen auf der Erde ist und es für ihn weder Hoffnung noch Erlösung geben wird. Es gibt keine Darleen mehr und keinen Garten, in dem sie sich um ihre Blumen kümmert und ihm erklärt, wie diese zu ihren Namen gekommen sind.

Sam hat in ihm trügerische Hoffnungen genährt und seinen naiven Illusionen neue Nahrung gegeben. Doch gleichzeitig hat ihr Verschwinden ihm vor Augen geführt, auf welch bröckeligen Fundamenten sein selbst erbautes Reich steht.

David ist allein, und er wird für immer allein bleiben. Der letzte seiner Art, ohne Aussicht auf Hoffnung und Leben. Für ihn ist das Leben ein langsames Sterben gewesen, ohne dass er sich dessen bewusst war. So gut es ging, hatte er die Wahrheit verdrängt und sich an selbst gemalte Bilder von Sonnenschein und Lachen in seinem Kopf geklammert. Bilder, die dem naiven Verstand eines kleinen Jungen hätten entsprungen sein können, der sich standhaft weigert zu akzeptieren, dass es den Weihnachtsmann nicht gibt.

Er trinkt das Glas zur Hälfte aus, schließt die Augen und genießt das Feuer. »Trinken ist vergessen«, wiederholt er lallend und blickt auf.

Die Gestalt, die ihm gegenüber sitzt, wirkt verschwommen, als stünde eine Glasscheibe zwischen ihnen, an der Regenwasser hinunterläuft.

David weiß, dass seine trübe Sicht vom Whiskey herrührt; dem Whiskey und seinen Tränen, die sein Gesicht kühlen. Er ist dankbar, dass er die Gestalt nicht deutlich erkennen kann. Die Grenze zum Wahnsinn ist lediglich eine schmale Linie. Aber im Grunde ist ihm der Umstand, dass er sich selbst gegenüber sitzt, egal geworden.

Sein Verstand ist berauscht vom Alkohol und seine Empfindungen ein seichtes Gewässer, das kein Sturm der Welt aufzuwühlen vermag. David hat sich mit dem Sterben arrangiert.

Er blickt Frank in die Augen. Er weiß, dass die Gestalt Frank heißt, denn er hat ihn selbst so getauft. In all den Monaten hat Frank nur in seinem Kopf existiert, ist für ihn da gewesen und hat ihm zugehört, wenn er jemanden zum Reden brauchte.

Jetzt sitzt Frank ihm gegenüber. David blickt ihm ruhig in die Augen und nickt, wobei sich sein Kopf schwer wie Beton anfühlt und er das Gefühl hat, die Welt würde sich zur Seite neigen.

»Du hast Recht.« Mit einem lauten Seufzen leert er sein Glas erneut. »Ich will vergessen.«

Durch das Brennen in der Kehle klingt seine Stimme gepresst, als würde ihm jemand den Hals zudrücken. Seine Worte klingen wie das Schnarren eines Kobolds. Frank betrachtet ihn durch den Schleier hindurch mit ausdruckslosem Gesicht, als würde eine Puppe jenseits der Scheibe sitzen. Lediglich seine Augen scheinen vor Spott zu glitzern. »Du wirst nur das vergessen, was David wusste«, antwortet er und breitet die Hände aus, als sei seine Aussage das natürlichste auf der Welt. »Und das wird nicht viel sein.« Die Puppe stößt ein Lachen aus, das auch ein Husten sein könnte. »Du wirst die Schmerzen und die Einsamkeit der vergangenen Monate vergessen. Und du wirst vergessen, was Sam dir angetan hat.«

»Sam …«

David flüstert den Namen, lässt den Kopf hängen und starrt auf die Tischplatte mit ihren dunklen, feuchten Ringen, die das Whiskeyglas darauf hinterlassen hat.

»Vergiss sie«, keift Frank und schlägt mit der Hand auf den Tisch. »Sie ist es nicht wert, dass du dich grämst. Sie hat dich belogen und benutzt. So wie all die anderen in deinem Leben – so wie Darleen. Willst du dich wirklich daran erinnern?«

David schüttelt stumm den Kopf. Er reibt das Glas zwischen seinen Handflächen, der Rest des Whiskeys glitzert verführerisch.

»Na, siehst du. So eine Schlampe ist es nicht wert, dass man sich ihrer erinnert.«

Frank lehnt sich nach vorn, legt die Ellbogen auf den Tisch und faltet die Hände ineinander. Plötzlich kann David ihn klar erkennen. Ein eisiger Schauer schießt wie eine Gewehrkugel durch seinen Körper.

»Ich werde dafür sorgen, dass du dich an eine völlig andere Sam erinnerst.« Ein Lächeln verzerrt Franks Gesicht zu einer hässlichen Maske. »Du wirst Sam so sehen, wie du es dir tief in deinem Innern wünschst.«

Er lehnt sich wieder zurück, verschränkt die Arme vor der Brust und betrachtet David mit diesen unheimlichen, funkelnden Augen. David denkt absurderweise an einen Schneemann, dem man als Augen Diamanten anstatt Kohlestücke in den Kopf gedrückt hat.

»Alles, was du dafür tun musst, ist, mir zu vertrauen.«

David greift nach der Whiskeyflasche, doch Franks Hand legt sich auf seinen Arm und hält ihn zurück. Die Berührung ist kalt und hart, als würde sich die Hand eines Verstorbenen auf ihn legen.

»Vertraust du mir, David?«

Ihre Blicke treffen sich. Es sind dieselben Augen, die er so oft im Spiegel gesehen hat und die ihm so fremd vorgekommen sind. Augen, vor denen er sich fürchtet.

Sein benebeltes Gehirn gaukelt ihm vor, erneut in einen Spiegel zu schauen. Vielleicht kann er sich einfach umdrehen und gehen, so wie er es sein Leben lang getan hat. Davids Blick wandert zu seiner Hand, die nur wenige Zentimeter von der Flasche entfernt von Franks hartem Griff gehalten wird. Dann sieht er Frank – sich selbst – wieder in die Augen.

Nein, diesmal würde er nicht einfach so weggehen können. Seinem Spiegelbild konnte er den Rücken kehren, doch Frank ist nicht länger in einem Spiegel gefangen. Er hat sich der Fesseln von Davids Phantasie entledigt und ist aus seinem Unterbewusstsein wie ein Phoenix aufgestiegen. Ein düsteres, geisterhaftes Wesen, das ihm überall hin folgen würde, egal, wie weit David auch laufen würde. Nein, sich umdrehen und einfach fortgehen funktioniert nicht mehr.

David versinkt langsam in der ruhigen See, die seine Gedanken erfüllt. »Ich vertraue dir«, flüstert er unverständlich. Seine Zunge scheint zu groß für seinen Mund zu sein, so dass es ihm unmöglich ist, klare

Worte zu formulieren. Noch während er den Satz ausspricht, hat er dessen Sinn bereits wieder vergessen. Die Welt ist zu einem stillen, grauen Ort geworden, so, wie man sie oft in sinnlosen Träumen besucht; ein Ort ohne Handlung, ohne Gefühle und Gerüche. David will die Augen schließen und schlafen, doch als Franks Griff seinen Arm plötzlich frei gibt, zuckt er zusammen und starrt sein Gegenüber mit großen Augen an.

»Das wollte ich hören, mein lieber David.«

Frank erhebt sich und kommt um den Tisch herum auf ihn zu. Davids Augen sind zu träge, um den scheinbar fließenden Bewegungen des anderen folgen zu können. Frank taucht wie ein Schatten neben ihm auf.

»Das wollte ich hören. Und jetzt …« Er verschwindet wieder aus seinem Sichtfeld, doch im nächsten Augenblick spürt David kalte Berührungen auf seinen Schultern. »… jetzt lass mich dir zeigen, was schöne Erinnerungen sind.« Franks Worte verwandeln sich in gieriges Zischen. »Ich werde dir Sam zeigen. So, wie du sie sehen willst. So, wie jede Frau auf der Welt sein sollte.«

Kalte Hände legen sich um Davids Hals. Die Hitze des Alkohols verwandelt sich in klirrendes Eis, das durch Davids Körper wandert und seinen Verstand für einen schrecklichen Moment aus der Betäubung reißt. Ein kurzer, entsetzlicher Augenblick, der David aus den Wogen eines schwarzen Meeres an die Oberfläche katapultiert und ihm die schonungslose Wahrheit in all ihrer Scheußlichkeit offenbart.

Er will schreien, mit seinen Händen nach dem kalten Griff an seinem Hals suchen und sich daraus befreien, doch grausame Kräfte beginnen, ihm die Luft zu rauben.

David reißt den Mund auf, versucht verzweifelt, nach Atem zu ringen. Ein heiseres Pfeifen entsteigt seiner Kehle, seine Füße beginnen, unter dem Tisch auf den Boden zu trommeln, finden ein Tischbein und stoßen den Tisch nach hinten.

Das helle Klirren des Whiskeyglases, das auf dem Boden zerschellt, hört er bereits nicht mehr. Er denkt ein letztes Mal an Sam, während sich die Welt um ihn herum in einen farblosen, stillen Fleck verwandelt, der immer kleiner wird und schließlich in der Ferne verschwindet.

Dann verliert er seine letzten Erinnerungen, auch die, dass das letzte, was er in seinem Leben gehört hat, sein eigenes schallendes Gelächter gewesen ist.

***

Als Sam erwacht, badet sie in einem See aus Schmerzen. Ihr Becken brennt, als hätte sie jemand in eine Pfütze reinster Säure gelegt. Sie spürt etwas Feuchtes zwischen ihren Beinen. Ihre Schläfe pocht in wildem Stakkato. Sie hat das Gefühl, dass sich der Orkan ihrer Gedanken gewaltsam einen Weg ins Freie zu bahnen versucht. Die Bilder in ihrem Kopf sind so schnell, dass ihr schwindelig wird.

Schlagartig kommt sie zu sich und starrt in undurchdringliche Finsternis. Ihre Angst lässt sie an jede einzelne Sekunde zurückdenken; Bills schwerer, schwitzender Körper, seine animalischen, abgehackten Bewegungen auf und in ihr, sein Atem, der sie an den Geruch kranker Tiere erinnerte, und sein viehisches Keuchen, als er endlich seine Ladung in sie hinein pumpte. Sam weiß, dass da plötzlich Bills harte Faust war, die sie an der Schläfe traf.

Sie wirft den Kopf herum, lauscht und stellt voller Entsetzen fest, dass sie wieder an dem Balken aufgehängt wurde. Ihre Arme drohen fast aus den Gelenken zu reißen. Die ledernen Fesseln an ihren Handgelenken schneiden in die alten Wunden und lassen sie erneut bluten.

Sam friert. Die tiefe Furcht vor den Erinnerungen der letzten Stunden verwandelt ihren Körper in ein zitterndes Stück Fleisch. Sie fragt sich, wie lange sie weggetreten war. Zeit spielt in ihrem Gefängnis keine Rolle mehr, doch nach den Schmerzen in ihrem Intimbereich zu urteilen, kann nicht viel Zeit vergangen sein. Für einen Augenblick ekelt sie sich vor sich selbst; vor ihrem nackten Körper, der wie Schlachtvieh von der Decke hängt, vor dem Gefühl widerlicher Befleckung zwischen ihren Beinen und vor Bills kalten, rohen Berührungen auf ihrer Haut, die sie immer noch wie sich windendes, schleimiges Gewürm spüren kann.

Dann kommt der Hass, lodernd und brüllend, und lässt mit seiner erschreckenden Intensität den Sturm an Empfindungen und Gedanken in ihrem Kopf abflauen. Trotz der Kälte in ihrem Körper und einer Angst, wie sie sie noch nie zuvor in ihrem Leben verspürt hat, wird sie plötzlich ruhig.

Das Hämmern in ihrem Schädel und das Stakkato ihres Herzschlages treten in den Hintergrund und werden zu etwas, das zwar da ist, aber von etwas im Zaum gehalten wird, das für Sam ebenso neu ist wie die ungeschlachte Angst, die ihren Körper noch immer zum Zittern bringt. Da ist diese tiefe Ruhe in ihr. Ihre Gedanken kommen fast vollständig zum Stillstand. Sam konzentriert sich darauf, ihren Verstand so effektiv wie einen Computer auszulesen. Sie findet Schamgefühl und eine bleierne Müdigkeit, die sie dazu auffordert, einfach die Augen zu schließen und sich der Dunkelheit hinzugeben. Doch da ist noch etwas anderes und Sam konzentriert all ihre Gedanken auf dieses eine Gefühl, das ihr so verlockend wie der ferne Gesang der Sirenen erscheint: brennend kalter Hass.

Sie lauscht in die Nacht. Ihr Gefühl sagt ihr, dass sie allein in dem Raum ist. Doch ihre geschärften Sinne raten ihr, auf jede Bewegung im Dunkeln zu lauschen. Sie ist sich sicher, sie würde spüren wenn sich die Luft um sie herum durch den Flügelschlag einer Fliege bewegt.

Unzählige Minuten verharrt Sam regungslos in der Finsternis. Ihr Atem geht flach, sie hängt totengleich in den Schatten, gefangen in ihren Fesseln, die frisches Blut über ihre Arme fließen lassen.

Irgendetwas stimmt nicht mit ihren Händen. Ihre Arme sind fast taub und fühlen sich an, als würden Ameisen unter der Haut krabbeln. Sam dreht den Kopf, sieht ihren rechten Oberarm als grauen Schemen direkt vor sich. Mehr kann sie nicht erkennen. Als ihre Augen dem Schatten des Armes nach oben zu den Händen folgen, verliert sich ihr Blick in der Schwärze. Und doch … Etwas ist anders als vorher.

Sie beginnt ihre Hände zu bewegen. Jemand scheint mit glühenden Messerspitzen auf ihre Schultern einzustechen. Die Schmerzen fressen sich wie Feuer bis zu ihren Handgelenken hinauf. Sam reibt sie aneinander, krümmt die Finger, soweit es ihre Betäubung in den Knochen zulässt. Das Reiben ihrer Gelenke scheuert die Wunden noch mehr auf. Blut tropft ihr auf Stirn und Lippen. Der Geschmack ihres eigenen Blutes lässt sie würgen.

Dann spürt Sam, was anders ist.

In Gedanken stößt sie einen euphorischen Schrei aus, doch über ihre Lippen kommt nur ein leises Krächzen. Sie kann ihre Handgelenke problemlos in ihren Fesseln bewegen. Ihr Körper beginnt unkontrolliert zu zittern. Sie muss sich zur Ruhe zwingen und aufhören, in der Pfütze ihrer eigenen Ausscheidungen zu tänzeln. Sie braucht einen klaren Verstand.

Nur mit Mühe schafft sie es, ihr Verlangen zu unterdrücken, wild und schreiend an ihren Fesseln zu zerren. Das würde den winzigen Funken Hoffnung, der gerade ihre Gedanken erhellt, schnell wieder zum Erlöschen bringen. Stattdessen schließt sie die Augen, atmet einige Male tief ein und aus und beginnt schließlich, mit gleichmäßigen, kontrollierten Bewegungen ihre Handgelenke gegeneinander zu reiben und gleichzeitig in den Fesseln zu drehen. Sie kann spüren, wie die Schmerzen der Schnitte abklingen, als der Druck nachlässt. Die Bewegungen fallen ihr leichter und lassen sie innerlich wie ein kleines Mädchen kichern. Sie schafft es sogar, ihre Hände trotz der Schmerzen in ihren Armen anzuspannen und zu Fäusten zu ballen.

Bill war so geil, dass er schlampige Arbeit geleistet hat, schreit sie in Gedanken und verflucht ihre ausgedörrte Kehle dafür, dass sie ihre Gefühle nicht in die Dunkelheit kreischen kann.

Sie beginnt wieder zu tänzeln, streckt sich, soweit es die Schmerzen zulassen, nach oben, um ihre Gelenke zusätzlich zu entlasten. Tatsächlich trägt sie für einige kostbare Augenblicke ihr gesamtes Gewicht auf den Zehenspitzen, so dass ihre Hände frei sind und der Druck der Lederriemen in den Wunden ihrer Gelenke noch etwas mehr nachlässt. Mit jeder Bewegung spürt sie, wie sich die Fesseln ein Stückchen weiter lösen. Kalter Schweiß läuft in ihre Augen und Speichel tropft von ihren rissigen Lippen herab, doch sie arbeitet unermüdlich weiter, jeden Schmerz in Schultern, Armen oder Becken ignorierend. Dann lösen sich plötzlich ihre Hände voneinander. Sie hält inne, starrt ungläubig in die Nacht und formt ihre rechte Hand zu einem winzigen Hohlraum, indem sie die Finger eng aneinander presst. In der nächsten Sekunde gleitet ihre Hand aus der Lederschlaufe.

Mit einem kichernden Grunzen beginnt Sam mit der freien Hand die zweite Fessel zu bearbeiten, die schon nach kurzer Zeit so locker ist, dass sie ihre linke Hand mit einem unterdrückten Schmerzensschrei aus ihrer Bande ziehen kann. Sam sackt wie eine leblose Puppe in sich zusammen und schlägt hart auf dem kalten, mit Urin und Kot übersäten Steinboden auf. Widerlicher Gestank steigt ihr in die Nase und lässt sie augenblicklich würgen, Tränen laufen ihre Wangen hinab. Doch zwischen all dem erfüllt ihr heiseres Lachen das düstere Verlies wie das irre Kichern eines alten Weibes.

Sie hat sich noch nie so gut gefühlt wie in diesem Augenblick. Die Tatsache, dass sie nackt ist und in einer schmierigen Brühe ihrer eigenen Ausscheidungen liegt, tut ihrem Enthusiasmus keinen Abbruch. Sie versucht, sich aufzurichten. Ihre Arme zittern und entbehren jeglichen Gefühls. Als sie ihre Handgelenke zu massieren versucht, hat sie das grauenvolle Gefühl kaltes, totes Fleisch zu berühren. Sie spürt feuchtes Blut und tiefe Schnitte, ihre Gelenke sind angeschwollen, als hätte sie jemand mit mehreren Lagen nassen Stoffes umwickelt. Trotzdem liegt ein Lächeln auf Sams Gesicht. Ihre Mundwinkel zucken, sie friert. Ihr Körper ist eine einzige, blutende Wunde. Doch ihr Lächeln verschwindet nicht, jemand hat es in ihr geschundenes Gesicht gemeißelt.

Sie richtet sich auf. Die Welt dreht sich für einige fürchterliche Sekunden. Mit geschlossenen Augen taumelt sie wenige Schritte nach hinten, wobei ihre Arme haltsuchend ins Leere greifen. Sie denkt an das staubige Regal an der Wand und den alten Stuhl. Auch den harten Holztisch, auf dem Bill sie vergewaltigt hat, ruft sie sich in Erinnerung. Doch nichts davon kann sie ertasten.

Als sie es endlich schafft, das Schwindelgefühl zu besiegen, fährt sie sich mit beiden Händen durch die Haare, die sich schmutzig und feucht anfühlen, und beginnt die pochenden Schmerzen hinter ihren Schläfen zu massieren. Ihre Arme sind kraftlos und taub. Den eigenen Kopf zu berühren, erscheint ihr fremdartig.

Schließlich hat sich Sam so weit unter Kontrolle, dass sie versuchen kann, sich zu orientieren.

Der Raum ist so düster wie eine Gruft. Die Dunkelheit erscheint ihr stofflich, so dass sie mit dem Gedanken spielt, danach zu greifen und sie wie einen schweren Vorhang auseinanderzureißen.

Mit unsicheren Bewegungen geht sie einige Schritte nach vorn. Nach wenigen Metern spürt sie klammen, rohen Stein. Sie ruft sich erneut die Bilder ihres Gefängnisses in Erinnerung, die für den Rest ihres Lebens in ihrem Verstand gespeichert sein werden.

Nach vorn gebeugt bewegt sie sich an der Wand entlang nach links. Die Steine der Mauer kommen ihr gigantisch vor, mit bröckelnden Wölbungen und rauen Vertiefungen, als wäre an manchen Stellen der Stein abgebrochen oder verrottet. Als sie eine Ecke des Raumes erreicht, tastet sie sich weiter, wobei ihre Finger durch grobe Spinnweben gleiten, die an ihren Nägeln hängenbleiben. Dann spürt sie das morsche Holz des Regales und hätte vor Freude am liebsten laut aufgeschrien. Ihre tastenden Hände fahren über das staubige Glas von Flaschen und Tiegeln, über leere Kartons und vertrocknete Stofffetzen.

Das Bild ihres Kerkers, so wie sie es in Erinnerung hat, steht wie ein grauenvolles Gemälde vor ihren Augen. Sie tastet sich weiter an der Wand entlang, bis sie die nächste Ecke erreicht. Ihr Atem geht schneller, ihre Bewegungen werden sicherer. Der Stein des Gemäuers scheint an dieser Wand trockener zu sein. Sam spürt Staub zwischen ihren Fingern, dann hartes, faseriges Holz.

Sie versucht, die Finsternis mit ihren Blicken zu zerschneiden, tastet mit ihren Händen über das Holz, bis sie das klamme Eisen eines Schlosses spürt. Als sich ihre Finger um den altertümlichen Griff einer Klinke legen, verharrt sie.

Bitte, flüstert sie in Gedanken und hofft darauf, dass Bill in seiner ekstatischen Gier mit der Tür ebenso fahrlässig umgegangen ist, wie mit ihren Fesseln.

Sie schließt erneut die Augen, presst sie so fest zusammen, dass sich das Pochen der Schmerzen in ihrem Kopf in einer grellen Explosion entlädt. Dann drückt sie langsam die Klinke herunter …

***

Sam hält die Augen geschlossen. Ein Schrei kämpft sich ihre Kehle hinauf; sie hat Mühe, ihre Erleichterung nicht laut hinauszubrüllen. Sie reißt die Augen auf und starrt auf einen Spalt grauen Lichts, der in ihr Gefängnis fällt und den Raum aus seinen Schatten zerrt. *Du Narr, Bill! Du gottverdammter, geiler Narr!* Sam presst ihre Lippen zu einer dünnen Linie zusammen, um ein Lachen zu unterdrücken. Tränen benetzen ihr Gesicht, doch diesmal sind es keine Tränen des Schmerzes.

Sie reißt die Tür auf, hält die Luft an und lauscht. Ihr Blick fällt auf einen Korridor, dessen Wände aus den gleichen, monströsen Steinquadern bestehen wie der Raum, der ihr Kerker war. Sie lauscht eine Minute, ohne zu atmen. Dann eine weitere Minute.

Als alles ruhig bleibt, tritt sie einen Schritt von der Tür zurück und dreht sich um. Was sie sieht, schnürt ihre Kehle zusammen.

An der Wand zu ihrer Linken kann sie das Regal erkennen, das ihr die Richtung zeigte. An der Wand rechts steht ein langer Holztisch mit Fesseln aus Stahl. Sam kann dunkle Flecken auf der Platte erkennen, bei denen es sich nur um ihr eigenes Blut handeln kann. Der alte Holzstuhl, den sie bei ihrem ersten Erwachen gesehen hat, liegt mitten im Raum, nur wenige Zentimeter neben einer glänzenden Pfütze. Über der Brühe kann Sam die dünnen Lederschnüre sehen, die von einem schweren, dunklen Balken von der Decke hängen.

Sie sieht an sich hinab, betrachtet ihren verdreckten, nackten Körper und dreht ihre Hände vor den Augen. Die Fesseln haben tiefe Schnitte in den Gelenken hinterlassen. Sam kann frisches Blut erkennen, aber auch braunen, harten Schorf und Wundsekret, das sich wie eine dünne Schicht darüber gelegt hat. Ihre Hände vermitteln den bizarren Eindruck, als hätte sie ein schlechter Puppenmacher mit groben Stichen an die Arme genäht. Sam wirft einen letzten Blick in ihr Gefängnis und will sich gerade abwenden, als sie unter dem Tisch ihrer Vergewaltigung die Einkaufstüte aus dem Bekleidungsgeschäft erkennt. Sie will fort aus diesem Raum, fort von diesem Haus, in dem Bill sie wie ein Stück Vieh gehalten hat, doch der Anblick der Tüte ruft ihr ins Gedächtnis, dass sie nackt ist und friert.

Mit schnellen Schritten läuft Sam zum Tisch, vermeidet jeden Blick auf die Holzplatte und die schwarzen Flecken darauf, und zieht die Tüte aus dem Versteck hervor. Diesmal kann sie ein helles Lachen nicht unterdrücken. Bill hat ihre Kleider wie Abfall in die Tüte gesteckt. Mit Sicherheit waren sie auch als solcher gedacht gewesen, so wie Sam zu Abfall geworden wäre, nachdem er mit ihr fertig war. Mit fahrigen Handbewegungen reißt sie ihre Hose, Unterwäsche und die weiße Bluse aus der Tüte. Ihr Slip ist ebenso zerrissen wie die Bluse. Bill muss sie ihr in zügellosem Verlangen vom Leib gerissen haben. Dennoch zieht sie die Sachen an und fühlt sich zum ersten Mal seit … *wie lange war sie hier gefangen?* … wieder als Mensch.

Während sie die Hose zuknöpft, fällt ihr Blick auf die Wand hinter dem Tisch. Sie hält in ihrer Bewegung inne und starrt auf einen dunklen Schriftzug, der stümperhaft mit schwarzer Farbe auf den nackten Stein gepinselt ist. An einigen Buchstaben rinnen finstere Tränen an der Wand herab, was der scheußlichen Bedeutung der Worte eine zusätzliche, perverse Tiefe verleiht.

Hurenfleisch, zur Ehre des Todes von Gott,
dem Allmächtigen

Sam spürt wie ihre Sicht von Tränen verschleiert wird. Die Worte sind im Dämmerlicht des Raumes kaum zu erkennen und doch brennen sie sich mit grausamer Intensität in Sams Gedächtnis ein.

Mit den Tränen kommt der Hass. Eine Verbitterung, die sich zu heißer Wut steigert und ihre Gedanken klar und präzise werden lässt.

Ihre Augen wandern noch einmal durch den Raum, während sie sich anzieht. Sie weiß, dass sie sich beeilen muss, doch eine kalte, psychische Ruhe hält sie aufrecht, wie Fäden eine Marionette halten. Die Hoffnung, ihre Waffe zu finden, erfüllt sich nicht. Die Lederjacke ist ebenfalls verschwunden.

Einen letzten Blick auf die Fesseln werfend, wendet Sam sich ab und tritt in den Korridor hinaus. Eine tiefe Stille liegt über dem Gebäude. Die einzigen Geräusche stammen von ihren nackten Füßen auf dem harten Steinboden.

Der Korridor führt zu einer Treppe, die direkt aus Felsgestein gemeißelt zu sein scheint. Ein verrostetes Geländer hängt locker in seiner Verschraubung. Sam wird an die Gewölbe eines mittelalterlichen Burgnachbaus erinnert, den sie als Kind mit ihrer Schulklasse einmal besichtigt hatte. Am Fuß der Treppe bleibt sie stehen und blickt nach oben. Sie kann einen steinernen Torbogen am Ende der Stufen erkennen und dahinter einen Raum, aus dem das graue Licht wie Sirup die Felsstufen herunter sickert.

Sam greift nach dem Geländer und gerät ins Straucheln, als die Verschraubung sich aus dem Mauerstein löst und feiner Staub zu Boden rieselt. Erneuter Schwindel ergreift sie und lässt sie innehalten.

So sehr sie sich auch auf ihren Körper und Verstand zu konzentrieren versucht, so muss sie sich doch eingestehen, dass sie sich in einer weit schlechteren Verfassung befindet, als sie angenommen hat. Sie setzt sich auf die Stufen, schließt die Augen und atmet tief durch.

Nachdem die Welt ringsum zu tanzen aufgehört hat, beginnt sie, langsam die Treppe emporzusteigen. Die Stufen sind glatt und ausgetreten, die Kanten des Gesteins von unzähligen Füßen abgerundet. Der Geruch von alten, leer stehenden Häusern liegt wie ein Schleier in der Luft.

Als Sam die oberste Stufe erreicht, verharrt sie still und presst sich gegen die raue Steinwand. Noch immer herrscht ein fast greifbares Schweigen vor. Sie spürt, wie sich die Klaue der Panik suchend durch ihren Leib tastet. In ihrem Gefängnis war es still gewesen. Alles, was sie in den letzten Tagen oder Jahren gehört hat, waren Bills vor Irrsinn triefende Stimme und sein erregtes Keuchen, während er sich an ihr verging. Sich jetzt durch ein Haus bar jeglicher Geräusche zu bewegen, treibt Sam an den äußersten Rand ihrer Belastbarkeit.

Sie tritt durch den Torbogen und blickt sich erstaunt um. Der Raum ist ungefähr dreimal so groß wie ihr Kerker und wird von zwei hohen Spitzbogenfenstern erhellt, durch deren geschliffenes Glas schmutziges Tageslicht träge auf im Kreis angeordnete Tische fällt. An einer Wand stehen mehrere Bücherregale und weitere, mit weißen Decken überzogene Tische.

Am gegenübergelegenen Ende des Raumes kann Sam eine schmale Holztür erkennen, die scheinbar ins Freie führt, denn direkt darüber befindet sich ein kleines, kreisrundes Fenster. Ihre Neugierde wird jedoch von einer hohen, mit Ornamenten verzierten Flügeltür geweckt, die von deckenhohen Bücherregalen flankiert wird. Ein Blick über die antiquarisch anmutenden Buchrücken verrät, dass es sich zum großen Teil um theologische Schriften handelt. Dazwischen erkennt sie neuere Bücher über Familienberatung, Jugendzentren und Historien verschiedener Kirchen.

In Sam steigt ein schrecklicher Verdacht auf.

Sie greift nach den glänzenden Messingklinken der Flügeltür. Ein feines Knarren zerteilt die Stille des Gebäudes wie das mürrische Schnarchen eines Schlafenden. Kalte, abgestandene Luft schlägt ihr entgegen, dazu der uralte Geruch von Schimmel, Holz und Weihrauch.

»Der Bastard hat mich in eine Kirche geschleppt«, flüstert sie und starrt in den Chorraum. Durch ein Rosettenfenster fällt trübes Licht in feinen Strahlen auf den Boden.

Sam tritt einen Schritt in den Chor und blickt eine breite Treppe hinab, die zum Altarraum der Kirche führt. Die erhabenen Blicke von Heiligenstatuen scheinen sich allesamt auf sie zu richten. Durch riesige, in Blei gefasste Buntglasfenster fließt schimmeliges Tageslicht ins Innere der Kirche und legt eine feingesponnene Decke aus tanzendem Staub über dunkle Holzbänke, Steinbecken und Kandelaber mit weißen Kerzen. Die hohen Stützbogen des Mittelganges bleiben in der Dunkelheit verborgen.

Ein tiefes, ergreifendes Schweigen herrscht in dem hallengleichen Raum, wodurch die imposante Größe nur noch erdrückender auf Sam wirkt. *Bill hat mich vor den Augen Gottes geschändet.* Sie denkt an den ketzerischen Schriftzug an der Wand ihres Kerkers. Bill hat mit diesen Worten nicht nur Sam erniedrigen wollen, vielmehr hat er damit sein Aufbegehren gegen Kirche und Gott zum Ausdruck gebracht. Er hat sich lustig darüber gemacht, dass die Menschen selbst in den Tagen, als die Katastrophe begann und nicht mehr aufzuhalten war, ihren Weg zu Gott und seinen Gebetshäusern gesucht hatten. Der Schriftzug war seine persönliche Genugtuung dafür, dass Gott sowohl ihn als auch den Rest der Menschheit im Stich gelassen hat. Er hat das Haus Gottes in eine perverse Höhle des Bösen verwandelt.

Sam ist versucht, weiter in die Kirche einzudringen. Sie spürt plötzlich eine tiefe Ruhe in sich, doch sie weiß, dass diese nicht von der Würde des Kirchenhauses herrührt. Es ist vielmehr der lodernde Hass auf Bill, der ihren Verstand rational funktionieren lässt und ihre tiefsitzende Furcht mit einer Maske kaschiert.

Plötzlich fühlt sie sich beobachtet. Nicht von menschlichen Augen, sondern von Gott selbst, der auf sie herabblickt und in ihre Gedanken eindringt. Hass ist an einem Ort wie diesem nicht erwünscht, und doch glaubt sie, eine stumme Zuneigung von jener Präsenz zu erhalten, die jeden Winkel und jeden Erker der Kirche ausfüllt und sie mit einer Kraft erfüllt, die sie während der Zeit ihres Martyriums verloren zu haben glaubte. Hass ist keine Lösung, doch manchmal kann er eine göttliche Droge sein.

Irgendwann, wenn all dies vorbei ist und sie wieder zu ihrer eigenen, inneren Ruhe gefunden hat, wird sie zurückkommen und mit Gott reden. Und Gott wird auf sie warten, um über sie zu richten, dessen ist sie sich sicher.

Sam starrt auf eine graue Büste der Jungfrau Maria, die ihren Sohn in den Armen hält, und nickt leicht. Die Ruhe und die Kraft kommen von ihr, und mit ihrem Schutz wird Sam diese verdammte Stadt verlassen können.

Sie dreht sich um, geht in den Gemeindesaal zurück und schließt leise die Flügeltür hinter sich. Selbst das leise Klicken des Schlosses hallt wie ein Gewehrschuss durch das Schweigen der Kirche. Sams Blick fällt auf die kleine Holztür in der gegenüberliegenden Wand.

Zeit zu verschwinden, denkt sie, geht zur Tür und öffnet sie mit einem energischen Ruck. Sie wusste, dass die Tür unverschlossen ist. Maria hat es ihr gesagt.

Außerdem hat Sam nun kapiert, wie Bills Verstand funktioniert. Er ist sich seiner Beute sicher. Wer sollte ihn auch in dieser verlassenen Stadt an seinen orgiastischen Handlungen hindern? Warum sollte er Türen versperren, wo es doch nur ihn und die Frau, das Hurenfleisch, gibt?

Als sie ins Freie tritt, empfängt sie die bleigraue Dämmerung eines sterbenden Tages. Der Himmel hängt als blasse Kuppel über der Stadt und die Häuser beginnen, sich in die Schatten der einsetzenden Nacht zurückzuziehen.

Sam steigt die Stufen einer Holzveranda hinunter und bleibt auf einem mit weißem Kies ausgelegten Weg stehen. Als sie sich umdreht, ragt die Kirche wie ein lauernder Schatten über ihr auf. Die Spitze des Glockenturms scheint sich von ihrer Position aus in das milchige Tuch des Himmels bohren zu wollen. Die hohen Fenster des Gebäudes starren auf sie nieder. Sie glaubt, einen stillen Vorwurf in den blinden Blicken der Fenster deuten zu können. Ein Vorwurf, dass sie es wagt, Bills unheilige Zeremonie zur Ehre eines toten Gottes zerstört zu haben? Sam dreht sich um und lässt ihren Blick durch den Garten der Pfarrei wandern. Rosenbüsche schmiegen sich um einen grauen Lattenzaun, an den Ecken des Grundstückes ragen jeweils mächtige, uralte Eichen in den Himmel, deren Wipfel sich leicht im Wind neigen und miteinander zu flüstern scheinen.

Beim Anblick der alten, knorrigen Stämme wird Sam an die biblischen Säulen erinnert, die den Himmel von der Hölle trennen. Der Raum dazwischen, in diesem Fall der Garten, war der kleinen Rasse der Menschen zugedacht.

Sie bezweifelt, dass der verantwortliche Pfarrer der Kirche etwas Derartiges im Sinn hatte, wenn er auf den Stufen der Veranda stand und seinen Garten betrachtete. Der Mann hatte aber offensichtlich auch das Ende der Welt nicht überlebt, um sich solchen Gedanken hingeben zu können.

Sam geht zum Gartentor und tritt auf eine schmale Straße hinaus, die in einem großzügigen Bogen um die Kirche herum zur Hauptstraße führt. Der Gedanke, dass Bill eben diesen Weg genommen hat, wenn es ihn danach gelüstete, sein Hurenfleisch zu benutzen, lässt sie schaudern.

Wie oft ist er wohl hier entlang gegangen, auf der schmalen Straße, hat das Tor geöffnet und ist, einem perversen Sünder gleich, zwischen den Säulen der Erde entlang spaziert? Wie lange war sie seine Gefangene?

Sie beginnt zu laufen. Der Asphalt hat die Wärme des Tages gespeichert. Sam hat das Gefühl, mit ihren bloßen Füßen über einen warmen Teppich zu laufen. Als sie die breite Hauptstraße der Stadt erreicht, bleibt sie stehen und zieht sich in den Schatten des Kirchturms zurück. Mit dem Rücken gegen die Wand gepresst, beobachtet sie die leere Straße.

Einige Autowracks stehen wie weggeworfenes Spielzeug am Straßenrand. Regen und Sonne haben damit begonnen, die Farben der Karosserien mit einer grauen, schmierigen Schicht und die Scheiben mit grünem Moos zu überziehen. Vor einem kleinen Gemischtwarenladen steht ein Kinderwagen, auf dem Boden liegt die verwaiste Leine eines Hundes. *Was mag wohl mit dem Tier geschehen sein*, geht es Sam durch den Kopf.

Aus einem zerborstenen Fenster im ersten Stock des Hauses hängt eine graue, zerrissene Gardine heraus, gerade so, als würde das Haus in Todesqualen seine ledrige, dunkle Zunge herausstrecken. Die Schaufensterscheiben der übrigen Geschäfte sind dunkel und reflektieren den abendlichen Himmel als groteskes, düsteres Schauspiel. Papier und Einkaufstüten liegen auf der Straße, als wäre erst vor kurzem eine Parade vorbei gekommen. Die Stille, die über die Dächer kriecht und aus den dunklen Gassen sickert, erscheint Sam wie ein lebendiges Wesen. In Anbetracht des ewigen Schweigens der Stadt, wagt sie kaum zu atmen. Ihre Augen spähen in jeden Hauseingang, durch die Vorgärten der Häuser und streichen über die blinden Fensterfronten, auf der Suche nach einer verdächtigen Bewegung. Doch die Stadt ist verlassen und gleicht einem apokalyptischen Kunstwerk, einem letzten Mahnmal der Menschheit.

Vorsichtig tritt Sam aus den Schatten der Kirche und spürt augenblicklich die drückende Wärme des Tages, die noch immer wie ein Film über dem Asphalt liegt.

Sie blickt die Straße rauf und runter und versucht, sich an etwas zu erinnern, das David ihr gezeigt hat. Doch die Gegend ist ihr fremd. Ihr wäre die kleine Kirche mit Sicherheit zuvor schon aufgefallen, als sie mit David zusammen zum Anlegesteg gegangen war.

Unsicher beschließt sie, in die Richtung zu laufen, die sie, ihrem Empfinden nach, ins Stadtzentrum führt. *Ich brauche eine Waffe*, denkt sie. Noch bevor sie den Gedanken in Worte fassen kann, erblickt sie das

Schild einer Eisenwarenhandlung. Das Haus ist alt und duckt sich zwischen zwei modernen Bürogebäuden, mit einem Dach, das sich in der Mitte durchbiegt. Es ist einer der typischen Dinosaurier, die sich in der alten Welt erfolgreich und hartnäckig gegen die Moderne zur Wehr gesetzt haben. Nichts sieht Sam im Moment lieber als das kleine, windschiefe Gebäude, das wahrscheinlich eines der ersten Häuser der Stadt gewesen ist.

Sie blickt sich noch einmal um und läuft dann geduckt über die Straße auf den Eingang des Ladens zu.

Sie fühlt sich, trotz des Rausches ihrer Freiheit, so schutzlos und nackt, als würde sie noch immer in ihren Fesseln am Balken im Kerker hängen. Doch als sie die Eingangstür der Eisenwarenhandlung erreicht und mit dem Ellbogen die Scheibe in Höhe des Türknaufs einschlägt, strömt eine verloren geglaubte Stärke durch ihren geschundenen Körper. Sie fühlt sich wie ein Kind zur Weihnachtszeit, als sie den Laden betritt. Ihre Schritte wirbeln Staub auf, der in den schmalen Lichtstreifen, die durch das verschmutze Schaufenster in den Laden fallen, einen kläglichen Tanz vollführt. Der warme Geruch von altem Holz, Stoffen, Farben und Kunststoff liegt in der Luft. Die Regale wirken wie verzerrte Schatten, von den unzähligen Werkzeugen und Eisenwaren ihrer ursprünglichen Form beraubt. Schilder, die an dünnen Ketten von der Decke hängen, zeigen Sam den Weg zu jenen Dingen, die von Interesse für sie sind. Sie greift sich einen ledernen Werkzeuggürtel, den sie sich wie ein Holster um die Hüfte schlingt, und beginnt, die Taschen und Schlaufen mit Schraubendrehern und Meißeln zu bestücken. In die größten Schlingen steckt sie einen Latthammer, wie ihn Dachdecker benutzen, sowie einen soliden Fäustel, der sich perfekt in ihre Hand schmiegt und ihr für Sekunden einen wahren Rausch an Macht vermittelt.

Beim Laufen schlagen die Holzstiele der beiden Hämmer gegen ihre Schenkel. Doch jede einzelne Berührung lässt ihre Verwundbarkeit etwas mehr schrumpfen und gibt ihr jene Sicherheit zurück, die ihr, als sie in diese Stadt kam, ihre Waffe gab.

Der Gedanke, dass sie, bekleidet mit Jeans und einer zerrissenen Bluse, dazu den Werkzeuggürtel wie ein Waffenholster um die Hüfte geschlungen, eine ziemlich komische Figur abgeben würde, bringt sie zum ersten Mal seit Tagen wieder zum Lächeln. Nicht das irre Kichern primitiver Freude, wie es sie während ihrer Flucht überkommen hat, sondern ein ehrliches, befreiendes Grinsen, das sie endlich wieder als Frau und Mensch fühlen lässt.

Sam spielt mit dem Gedanken, sich einen stabilen Vorschlaghammer als Hauptwaffe zuzulegen. Doch als sie versucht, das Werkzeug vom Regalboden zu heben, verwirft sie den Plan schnell wieder und gibt sich mit ihrem handlichen Arsenal zufrieden.

Auf dem Weg zurück zur Eingangstür erblickt sie eine elektrische Nagelpistole. Sie nimmt das Gerät in die Hand, betrachtet es von allen Seiten und nickt anerkennend, während sie sich wünscht, dass irgendjemand einmal die Idee gehabt hätte, diese Pistole mit einem Akku oder einer Batterie auszustatten. Dennoch verleiht ihr das bloße Gewicht des Gerätes in ihren Händen ein Gefühl der Unbesiegbarkeit.

Als sie wieder auf die Straße hinaustritt, ist der Himmel grauer als zuvor, während der Horizont zu glühen beginnt und die Silhouette der Bürohäuser auf der anderen Seite des Flusses mit goldenem Schimmer überzieht. *David*, denkt Sam voller Schwermut, als sie an ihren Tag am Pier zurückdenkt; an das Reh und ihre Geschichte über Bud und Maria, die sie ihm erzählt hat, an das Schweigen einer toten Stadt, die einmal voller Menschen in Anzügen, teuren Wagen und Designerklamotten gewesen ist.

Der Tag scheint Jahre zurückzuliegen und doch ist ihr die Erinnerung an Davids sanftes Gesicht und seine zurückhaltende Art so deutlich in Erinnerung, als hätten sie sich erst vor wenigen Minuten das letzte Mal gesehen. David ist der einzige, der ihr helfen kann. Sam beginnt, sich plötzlich Sorgen um ihn zu machen. Was ist, wenn Bill sich nicht nur auf weibliches Fleisch konzentriert?

David ist kein Kämpfer, so viel hat Sam in der kurzen Zeit, in der sie sich kannten, herausgefunden. Er ist ein wundervoller Zuhörer, ein Freund, auf den man sich verlassen kann, und ein begnadeter Liebhaber. Aber er ist kein Kämpfer. Bill hingegen ist die Ausgeburt des Wahnsinns, und ein Kampf zwischen diesen beiden Männern würde nur einen Sieger kennen.

Sam geht zur Straßenmitte und blickt in alle Richtungen. Am Ende der Straße kann sie die Ruinen der Bürogebäude erkennen. Finstere Schatten, die wie die zerfetzte Kulisse eines Horrorfilms anmuten. Sie glaubt sogar den schwachen Geruch des Flusses in der Nase zu haben. In der anderen Richtung führt die Straße tiefer in die Stadt hinein.

Sie beschließt, vom Fluss weg in Richtung Zentrum zu gehen. Irgendwann würde sie sich an etwas erinnern und so den Weg zu David finden. Trotz ihrer bizarren Bewaffnung wächst die Sorge um ihren Freund mit jedem Schritt.

***

Als Sam durch die Straßen geht, den Dackdeckerhammer mit der klauenartigen Spitze in einer Hand, denkt sie an den Tag in New York zurück.

Ihre Tante hatte den nagelneuen Plymouth in Lower Manhattan auf dem Parkplatz einer Grundschule abgestellt. Von dort aus waren sie zur nächsten Metrostation gelaufen, ihre Tante mit leuchtenden Augen, in einem albernen Neil-Young-T-Shirt, und Sam mit der Unsicherheit eines Kindes, das sich zum ersten Mal in ihrem Leben einer derart gigantischen Stadt ausgesetzt sah. Je näher sie dem Zentrum der Metropole kamen und die Häuser größer und funkelnder wurden, umso unwirklicher erschien Sam der Tag. Sie hatte sich verloren und einsam gefühlt, auch wenn die Tante keine Sekunde von ihrer Seite gewichen war und in besonders dichtem Gedränge sogar Sams Hand genommen hatte.

New York war ihr wie eine kunstvoll gestaltete Geisterbahn erschienen, nur zu dem einen Zweck erschaffen, junge, naive Mädchen in die finsteren Gänge mit ihren scheußlichen Gespenstern zu locken. Sie hatte sich damals geschworen, sich nie wieder in die Schluchten einer fremden Stadt zu begeben, erst Recht nicht in die Fänge eines so gefräßigen Monsters, wie New York es war.

Davids Stadt ist nicht mit New York zu vergleichen, dennoch fühlt Sam sich ebenso verloren und zerbrechlich, wie sie es damals an der Hand ihrer Tante tat, nur mit dem Unterschied, dass sie diesmal zu keinem Konzert geht. Vielmehr sucht sie in diesem Labyrinth aus Straßen, Gassen und verwaisten Plätzen den Weg zu dem einzigen Menschen, der ihr in ihrem Leben geblieben und der vielleicht sogar schon nicht mehr am Leben ist.

Sam versucht, diesen letzten Gedanken zu verdrängen. Ihre Mutter hatte ihr einmal während eines Gespräches gesagt, dass schlechte Gedanken in jeder Lebenslage kontraproduktiv seien und den klaren Verstand, der den Frauen eigen sei, zu etwas verkommen lasse, das sie nicht mehr kontrollieren können. Doch in einer Welt wie dieser, kann selbst der absurdeste Gedanke zu schrecklicher Gewissheit heranreifen, so kontraproduktiv er auch erscheinen mag.

Bill ist ein Monster, er versteckt sich in dieser Stadt. Und David … David ist kein Kämpfer.

Sam wünscht sich plötzlich wieder nach New York zurück – mitten in eine Horde geschäftiger, rücksichtsloser Menschen, die sie anrempeln, die alle gleich aussehen, gleich riechen und zu einer einheitlichen grauen Masse verschmelzen. Sie wünscht sich die Berührung der Hand ihrer Tante, die Vorfreude auf das Konzert in Augen, die für einen Abend wieder jung aussehen, und ein geschmackloses T-Shirt, das sich dicht neben ihr durch den Ameisenbau der Metropole schiebt. Sie will mit dieser grauen Masse verschmelzen, Teil von ihr werden und sich anonym von ihr forttragen lassen. Alles, nur weg von dieser Stadt. Weg von diesem Leben und weg von der kalten Furcht, die ihre Schritte lähmt und beginnt, sich in eine ausgewachsene Panik zu verwandeln.

Sam tritt aus den Schatten einer Seitenstraße, wobei sie über die zersplitterten Trümmer von Möbeln klettern muss, die jemand aus dem Fenster geworfen hat. Auf einer zerfetzten Couch glaubt sie Blutspritzer zu sehen, dunkel, als hätte jemand in einem Anfall von Wahn Farbe verschüttet. Sie klettert darüber hinweg, ohne die Bilder zu beachten, die in ihrem Kopf entstehen.

Sie geht bis zur Mitte der Kreuzung – wie sie es immer tut – und bleibt unter einer schwankenden Ampel stehen. Den Hammer noch immer in der Hand haltend, dreht sie sich einmal im Kreis, betrachtet die Umrisse der Häusertürme jenseits des Flusses, die nur noch schemenhaft zu erkennen sind, und erstarrt dann für einen kurzen Augenblick, als sie sich in die andere Richtung dreht. Sam kennt diese Straße. Hier war sie mit David. Hier hatte sie ihn mit ihrer Waffe bedroht.

Sie starrt auf das schmutzige Schaufenster, in dem Lilly steht und blickt sich dann nach allen Seiten um.

Ein kühler Wind ist aufgekommen und treibt Papier und Gras vor sich her. Das Rascheln klingt wie Schritte, die sich ihr aus den dunklen Gassen zwischen den Häusern nähern. Sam kann sich an ihre zweite Begegnung mit David erinnern. Diesmal stand sie hinter der Waffe, im Gegensatz zu ihrem ersten Zusammentreffen am Anlegesteg.

Langsam geht sie auf das Schaufenster zu und blickt auf Lilly. Die Puppe trägt Jeans und eine weiße Bluse, deren oberste Knöpfe offen stehen und den Ansatz harter, gleichmäßiger Plastikbrüste zeigen. Als Sam sie das letzte Mal sah, trug Lilly ein ausgebleichtes Sommerkleid. Jetzt sieht sie ihr zum Verwechseln ähnlich.

David war hier, denkt sie und kann ein Lächeln nicht verhindern. Und doch hat der Gedanke, dass David eine Schaufensterpuppe so angezogen hat wie sie selbst, etwas Beunruhigendes an sich.

Lilly starrt sie durch den Schmutz des Schaufensters an. Sam überkommt das absurde Gefühl, dem leblosen Blick der Puppe standhalten zu müssen. Für einige bizarre Augenblicke glaubt sie, eine stumme Anklage in den wundervollen blauen Augen zu erkennen, als wären Lilly und sie Rivalinnen. Nur mit Mühe gelingt es ihr, sich von der Puppe loszureißen. Sie blickt die Straße hinauf und weiß plötzlich, wo sie David finden kann.

Einen letzten Blick über die Schulter zu den Bürobauten am Fluss werfend, setzt sich Sam in Bewegung. Instinktiv nimmt sie den zweiten Hammer in die andere Hand. Wie immer, wenn sie durch eine stille, tote Stadt geht, benutzt sie den Mittelstreifen der Straße.

Das Leben ist ein harter, oftmals unfairer Lehrmeister, doch es bringt einem Dinge bei, die zum Überleben notwendig sind.

***

Davids Haus ist dunkel, die Fensterläden geschlossen. Sam spürt, wie sich eine klamme Faust auf ihre Kehle legt. Als sie vor einigen Tagen ging, hatte sie nicht damit gerechnet, das Haus jemals wiederzusehen. Damals wollte sie das Haus, David und die Stadt als wunderbare Erinnerung zurück behalten. Und jetzt hat sie tatsächlich das Gefühl, als würde sie zum ersten Mal seit Monaten nach Hause kommen.

Das Gartentor steht offen, der verwilderte Garten liegt starr und dunkel in den Schatten des Hauses. Als Sam mit leisen Schritten die Stufen zur Haustür hinaufsteigt, scheint ihr Herz einige Schläge lang auszusetzen. Die Tür ist nur angelehnt, schwacher Lichtschein fällt kränklich auf die Veranda und verendet dort.

Unwillkürlich nimmt Sam eine kauernde Haltung ein. Ihre Hände umfassen die Hämmer so fest, dass sich ihre Knöchel weiß verfärben.

So, wie sie David kennengelernt hat und einschätzt, würde er die Haustür niemals offenstehen lassen. Vorsicht und mehrfache Kontrolle gehören zu den obersten Geboten in dieser toten Welt; ohne ist ein Überleben unmöglich. Die offene Tür kann nur bedeuten, dass sich Sams finsterste Gedanken, die sie bisher erfolgreich im Zaum halten konnte, bestätigen.

Bill ist hier gewesen …

Sie stößt die Tür mit dem Fuß nach innen und bewegt sich einen Schritt zur Seite, um einem möglichen Angriff ausweichen zu können. Das Licht stammt von einigen Kerzen, die auf einer niedrigen Kommode im Flur so aufgestellt sind, dass jeder Raum ein klein wenig erhellt wird.

Das erste, was ihr auffällt, ist ein intensiver Gestank, der wie eine Wolke ins Freie dringt. Sam wird an verdorbene Lebensmittel, Fäkalien und vergossenes Bier erinnert. Irgendetwas stimmt nicht. Die Räume liegen in einer bedrohlichen Stille, die Luft erscheint ihr wie ein Schleier, der sich über Wände und Decken gelegt hat.

Sam schleicht bis zur Kommode und hätte fast laut geschrien, als die Kerzen durch den Windstoß, den sie verursacht, zu flackern beginnen und grässliche Schatten über die Wände huschen.

Sie presst ihren Körper gegen die Wand neben der Tür, die ins Wohnzimmer führt, und lauscht. Dann beugt sie sich soweit zur Seite, dass sie den Raum überblicken kann. Die Hämmer werden eins mit ihren Händen. Sie sieht die Couch, auf der sie zusammen mit David gesessen hat, das Regal mit seinen und Darleens Lieblingsbüchern, die Urkunde an der Wand. Alles wirkt modelliert, wie in einem Museum, jeglichen Lebens beraubt.

Als ihr Blick auf die Musikanlage fällt, schnürt sich ihre Kehle enger zusammen. In Gedanken kann sie Neil Youngs traurige Stimme hören, melancholische Worte und schwermütiges Mundharmonikaspiel, das in diesem Augenblick nur für sie erklingt.

Die Erinnerung dauert nur wenige Sekunden, die aber ihr Herz zu zerreißen drohen. Dann wird es wieder still, und ihre Gedanken schwimmen in einem Meer aus dunklen Ahnungen und kalter Furcht.

Sie durchquert das Wohnzimmer, späht in die Küche, wo Davids Vorräte unordentlich auf dem Boden verstreut liegen. In der Mitte des Raumes kann sie das schwache Glänzen einer dunklen Pfütze erkennen. Der Gestank raubt ihr fast den Atem und erinnert sie an feuchte Tierställe.

In einer Ecke liegen Kleider auf einem Haufen. Sam erkennt Davids Hose, die er am Anlegesteg getragen hat. Jemand hat seine Notdurft darauf verrichtet. Der Anblick lähmt sie für einen kurzen Moment. Die Stärke und Entschlossenheit, die sie aus dem Kerker der Kirche fliehen ließen, geraten für einen fürchterlichen Augenblick ins Wanken. Doch dann klärt sich ihr Verstand wieder, und die Schärfe ihrer Sinne bringt die innere Ruhe zurück, die sie in Davids Haus geführt hat.

Sie geht durch das Wohnzimmer zum Flur zurück und bleibt neben den Kerzen stehen. Erneut erwachen Monster an Wänden und Decken zu gespenstischem Leben.

Die Treppe in den ersten Stock liegt in grauen Schatten. Sam ficht einen inneren Kampf mit sich, dann steckt sie einen der Hämmer in den Werkzeuggürtel zurück und greift mit der freien Hand nach einer Kerze. Sie lässt das flüssige, heiße Wachs auf das Holz der Kommode tropfen, um sich nicht die Finger zu verbrennen.

Am Fuß der Treppe liegt die Tür zu Davids Schlafzimmer. Sie steht offen und als Sam den Raum mit der Kerze erhellt, stellt sie ohne Überraschung fest, dass er leer ist. Davids Bett ist zerwühlt und Kleider, Bücher und Konservendosen bedecken den Boden wie ein scheußliches Gemälde.

Sie glaubt zu wissen, wo sie David finden wird. Eine schreckliche Ahnung drückt auf ihren Brustkorb und hindert sie am Atmen. Vorsichtig steigt sie die Treppe hinauf, wobei die Stufen leise unter ihren nackten Füßen knarren. Das Geräusch erinnert sie an das schläfrige Schnurren von Katzen.

Der Kerzenschein gleitet Stufe um Stufe nach oben und reißt den Flur der oberen Etage aus seinen finsteren Schatten. Immer wieder blickt sich Sam um, in der Gewissheit, dass ihr irgendetwas auf leisen Sohlen die Treppe hinauffolgen würde. Als sie den Absatz erreicht, hält sie die Kerze wie eine Fackel über ihren Kopf. Das Licht spiegelt sich silbergrau im Stahl des Hammers in ihrer Hand.

Ihr Blick fällt auf die Tür des Gästezimmers, in dem sie geschlafen hat. Eine feine, kaum vernehmliche Stimme flüstert ihr zu, dass sie David dort findet. Eine Stimme – penetrant und voller diabolischem Hohn.

Die Tür ist geschlossen. Sam beginnt, auf Zehenspitzen darauf zuzugehen. Sie wird an Träume aus ihrer Kindheit erinnert, in denen sie durch endlose Korridore gelaufen ist. Die darin befindlichen Türen hatten sich, egal wie schnell sie auch rannte, immer weiter entfernt und die Korridore sich wie ein endloser Schlauch durch ihre Träume gewunden und sie nicht selten schreiend und weinend erwachen lassen.

Die Erinnerung daran nimmt derart reale Züge an, dass sie sich kaum noch in der Lage sieht, ihre Hand auszustrecken und die Tür zu öffnen.

Ein feines Schnarren flüstert durch das Haus. Im selben Augenblick wird Sam von einer finsteren Wolke aus erhitzter Luft und faulem Gestank erfasst. Sie lehnt sich gegen den Türrahmen und hält die Kerze vor ihr Gesicht, als könne die Flamme die Pest bannen, die sich lautlos auf sie zu bewegt.

Was Sam sieht, lässt ihren Atem stocken.

Das flackernde Kerzenlicht kriecht widerwillig über eine bizarre Landschaft aus Unrat, Müll und dreckiger Kleidung. Verbeulte Blechkonserven liegen in Nestern aus fleckigen Hosen und zerfetzten Hemden, auf denen Sam die dunklen Flecken von Blut erkennen kann. Zerknülltes und zerrissenes Papier bedeckt Boden und Mobiliar, an den Wänden sind Spuren von Fäkalien zu erkennen, die jemand mit den Händen dort verteilt hat. Sie kann Worte in kindlicher Schrift auf der altertümlichen Tapete erkennen, geschrieben mit braunem, verschmiertem Brei.

Hurenfleisch. Und an einer anderen Wand, unterhalb der Decke: *Der tote Gott.*

Das hungrige Summen von Fliegen erfüllt das Zimmer wie das Flüstern von Geistern. Sam kann ihre buntschillernden Körper am Rande des Kerzenscheins erkennen. Sie kriechen über dunkle Haufen, die teilweise von Papier und Einkaufstüten bedeckt sind. Durch die Fliegen bewegt sich das Papier, als befände sich etwas Lebendiges darunter. Sie kriechen über die Botschaften an den Wänden und laben sich am Gestank der Exkremente.

Sam hat das Gefühl, das die Luft in dem Raum flimmert, so wie heißer Asphalt in der Sonne.

Als sie über die Schwelle tritt, glaubt sie, eine andere Dimension zu betreten. Die Luft ist trocken und heiß und stellt sich ihr wie eine lebendige, pulsierende Wand entgegen. Das Kerzenlicht schafft es nur schwer, bis in die Ecken des Zimmers zu fließen, als weigere sich die Dunkelheit, dem Licht zu weichen. Das Papier raschelt unter ihren nackten Füßen, Fliegen steigen schwirrend auf und verzerren die fiebrige Atmosphäre des Raumes.

Sams Blick gleitet unstet durch das Zimmer, sucht das Bett, in dem sie mit David geschlafen hat, findet es und verharrt dort.

Für Augenblicke bleibt die Welt um sie herum stehen, die lebendige Luft des Raumes verwandelt sich in eine undurchdringliche Wand bösartiger Präsenz. Sams Herzschlag ist das einzige Geräusch, gleichmäßig und sterbend wie eine Uhr, die dem Ende entgegenläuft.

Auf dem Bett liegt David, auf dem Rücken, nackt. Sein Glied hängt schlaff zwischen seinen gespreizten Beinen, ein Arm hängt über die Bettkante, der andere bedeckt die Stirn. Seine Brust hebt sich ruhig und regelmäßig. Der saure Gestank von Alkohol vermischt sich mit dem von Fäkalien und Urin.

Sam tritt einen Schritt näher. Eine leere Whiskeyflasche rollt raschelnd über zerrissenes Papier. Dann bleibt sie stehen. Die Freude darüber, David zu sehen, verwandelt sich innerhalb weniger Augenblicke in eine Kälte, deren Ursprung sie zunächst nicht bestimmen kann. Sie hebt den Arm mit der Kerze höher, so dass sich gelber, flackernder Schein über das Bett und David ergießt.

Mit ausdruckslosem Gesicht betrachtet Sam den Mann, dem sie sich hingegeben und dem sie vertraut hat; den Mann, der in ihr zum ersten Mal seit Mike Gefühle weckte, von denen sie glaubte, dass sie zusammen mit dem Rest der Welt untergegangen waren.

Seine Haut schimmert so weiß wie Porzellan im Kerzenlicht, fast wie die eines Toten. Doch es ist nicht Davids nackte Haut, die ihren Blick derart fesselt.

Ihre Augen wandern über seine gespreizten Beine über seine Genitalien hinauf zur Brust und von dort den ausgestreckten Arm entlang, der über den Rand des Bettes hinausragt. Davids Finger bewegen sich leicht, als würde er im Schlaf nach etwas greifen.

Sams Blick gleitet weiter; hinab in den grauen Bereich neben dem Bett, wo sich das Kerzenlicht in ein mattes Glühen verwandelt. Dort, auf dem Boden, inmitten Davids schmutziger Kleidung, liegt … Bill!

Sams Verstand beginnt Bilder zusammenzusetzen. Kleine Teile, die sie selbst zerrissen hat, weil sie sich die ganze Zeit über weigerte, der Wahrheit ins Auge zu sehen. Dunkle Bilder, die ihre Gedanken in hartes Eis verwandeln. Die Stimme ihres Peinigers, gedämpft durch die Maske, aber dennoch eine Stimme, die sie kannte. Sein nackter Körper, der sich im Keller der Kirche an ihr rieb, der tief in sie drang und sie auf dieselbe Weise ausfüllte, wie David es in ihrer gemeinsamen Ekstase einige Nächte zuvor getan hat. Der Geruch des nackten Körpers auf ihr, der zwar nach nassen Tieren stank, doch zweifelsohne die Note von David trug.

Wie sehr hatte ihr Verstand sie belogen? Anstatt die Wahrheit zu erkennen, hatte Sam das Bild zerrissen, das sich in ihr formte, und in die hinterste Nische ihres Geistes gebannt.

Doch jetzt, da sie Bills blasses Gesicht verzerrt im Schein der Kerze auf dem verdreckten Boden liegen sieht, muss sie sich dem eisigen Grauen stellen, das ihr bewusst macht, welch ein Narr sie gewesen ist.

Ihr Blick wechselt zwischen Bill und David.

Bill …

David …

Bills dämliches Clownsgesicht hat sich in ein verbittertes Grinsen verwandelt. Die Höhlen seiner Augen starren ihr leer und tot entgegen.

Etwas geschieht mit Sam. Mit der Kälte wird eine Stille geboren, die sie mit dem Schweigen der Welt eins werden lässt. Sie betrachtet das neu entstandene Bild mit einer erschreckend klaren Intensität, streicht mit den Händen darüber, spürt feine Risse und Unebenheiten, riecht den Gestank von Verrat und Selbstverachtung und fühlt die Aura des Bösen, welche das Bild umgibt.

Ihr Blick heftet sich auf David. Sie hebt die Kerze, lässt flackernden Schein wie eine hauchdünne Decke über seinen Körper gleiten. Er sieht so rein und makellos wie ein Engel aus. Seine Haut scheint aus Alabaster geformt, selbst sein schlaffes Glied erinnert Sam im Kerzenlicht an ein abstraktes Kunstwerk. Und doch, trotz des scheinbaren Engels, den David vorgab zu sein, steigt kalter, lähmender Hass in ihr auf. Ihre Gedanken beginnen, sich zu verlangsamen und auf ein einziges Bild zu konzentrieren. Sie wird sich des Hammers in ihrer Hand bewusst, der Griff scheint sich wie eine Schlange in ihrer Handfläche zu winden, bereit, jederzeit zuzustoßen.

Sam tritt einen Schritt näher. Die Schatten an den Wänden wachsen und beugen sich wie Geister über das Bett.

Davids blasse Haut verwandelt sich in kränkliches Gelb. Der Gestank, der aus Wänden und Decke zu tropfen scheint, erfüllt Sams Mund wie etwas Lebendiges. Ein weiterer Schritt ... Sie hebt den Hammer ... Der Kerzenschein spiegelt sich schwarz in der stählernen Spitze wider.

Ihr Fuß stößt gegen eine weitere leere Flasche, die klappernd gegen den Messingfuß des Bettes rollt. Das Geräusch zerfetzt die Stille des Zimmers wie das Brüllen eines Dämons.

David nimmt den Arm vom Gesicht, fährt sich mit der Hand über die Augen und stößt ein schauriges Stöhnen aus. Seine Stimme klingt heiser. Er zieht die Beine an, richtet sich auf, indem er sich auf die Ellbogen stützt, und blinzelt, als er sich mit erschöpftem Gesicht im Raum umsieht. Dann entdeckt er Sam, und seine Augen weiten sich zu blutunterlaufenen Tellern, die das wächserne Gesicht durchlöchern.

Für Sekunden starren sie sich an.

Die alte Stille der Welt ist zurückgekehrt. Keiner von ihnen scheint zu atmen; selbst ihre Herzen haben aufgehört zu schlagen. Wieder gibt es nur David und Sam, wie schon am Pier, wie in jener einen Nacht, in der sich ihre Körper in hilflosem Verlangen vereint hatten.

Dann spielt ein diabolisches Grinsen um Davids Mundwinkel. Die Teller seiner Augen verwandeln sich in zwei dunkle Halbmonde. »Hallo, Sam. Ich wusste doch, dass du nicht genug von mir bekommen kannst.«

***

In Sams Verstand spielt sich ein Szenario ab, das so verlockend wie der Gesang von Sirenen ist. Sie sieht sich auf das Bett zugehen, hört trockenes Papier unter ihren Füßen rascheln und spürt den Morast menschlicher Fäkalien zwischen ihren bloßen Zehen. Der Gestank von Unrat, Alkohol und Schweiß bringt sie zum Würgen. Sie hustet, spuckt bittere Gallenflüssigkeit aus und hebt den Hammer hoch über ihren Kopf. Die Hand, in der sie die Kerze hält, zittert unkontrolliert und erweckt teuflische Trolle an Wänden und Decke zum Leben.

David starrt sie mit einer Mischung aus Faszination, Gier und furchtsamer Erkenntnis an. Schweiß perlt auf seiner Stirn und zerstört die Erscheinung des Engels; plötzlich ist er nur noch ein verkommener Dämon.

Sam hebt den Hammer noch höher, soweit es ihre geschundenen Arme zulassen, die Spitze nach vorn, nur einen Meter von David entfernt. Das perverse Parfum tierischen Gestankes hüllt sie wie ein zu enger Mantel ein. Dann fährt der Hammer nieder, in einer einzigen, fließenden Verbeugung, zerteilt elegant den stinkenden Mantel der Wirklichkeit. Der Hammer und Sam vollführen einen grazilen Tanz.

Doch nichts davon geschieht …

Sam starrt auf David, der sie lüstern angrinst. Seine Lippen sind rissig, die Zähne wirken wie gelbe Stümpfe.

Sam sieht von oben auf sich herab. Die Sichtweise verleiht dem Grauen, das sie in dem Raum belauert, die harmlose Note eines billigen Filmes. Sie sieht sich selbst dastehen, erstarrt wie eine groteske Statue, in einer Hand eine flackernde Kerze, in der anderen einen Hammer, der ihr Sicherheit und Vertrauen schenken sollte. Vor ihr liegt David, der in diesem Augenblick wie ein zu groß geratenes Kind erscheint. Sein nackter Körper wirkt merkwürdig dünn, die Haut so klar wie Porzellan.

Ehe Sam eingreifen kann, wendet sich die andere *Sam* ab und beginnt zu rennen. Das Kerzenlicht springt irrsinnig durch die Tür in den Flur hinaus, leckt zügellos über die Bilder an den Wänden und verschwindet schließlich am Treppenabsatz, als die andere Sam in wenigen Sätzen polternd das Erdgeschoss erreicht.

Zurück in der Dunkelheit bleibt ein keuchender David, nackt, stinkend und mit schwarzen Fäkalflecken verdreckt. Sein ausgezehrter Leib erhebt sich kichernd und schwerfällig vom Bett, verliert das Gleichgewicht, schlägt mit bleichen Totenarmen durch die alkoholgetränkte Luft und landet fluchend und schreiend auf knisterndem Papier, stinkenden Wäschehaufen und einem schmierigen Brei seiner eigenen Ausscheidungen.

Sam folgt ihrem anderen Ich, lässt David jaulend und kichernd auf dem Boden zurück. Sie erreicht *Sam*, als diese in die Nacht hinausrennt, vereint sich mit ihr und flieht in die tote Stadt.

Das Heulen einer hungrigen Bestie verfolgt sie wie heißer Atem.

Lilly

Der Vorhang hebt sich. Frank und ich – wir starren uns an, unsere Blicke in einer schreienden Symphonie des Wahnsinns vereint.

Ich wärme mich am Fieber seiner Augen. Frank tut dasselbe. Gott, wie ich ihn liebe. Frank ist wie ich. Ich bin wie Frank. Wir sind eins, und wir sind auf der Jagd. Wir werden die tote Welt zum Schreien bringen, werden die Lieder von Chaos und Zerstörung singen, während wir über die Gräber unwürdiger Opfer tanzen.

Frank und ich.

Du bist mein Bruder.

Die Jagd beginnt, das Fieber explodiert …

***

Der Raum ist dunkel und riecht nach vermoderter Wäsche. Mittlerweile hat sich die Nacht über die Stadt gelegt und drückt sie noch etwas tiefer in die Schatten ihres eigenen Untergangs.

Sam sitzt in einer Ecke und hat die Knie nahe an ihren Körper gezogen. Sie friert. Mit der Dunkelheit kriecht eine Kälte durch die Straßen, die sie daran erinnert, wie die Welt wirklich ist; tot, leer … und kalt.

Durch ihren Kopf schwirren Erinnerungen wie die schillernden Fliegen in Davids Zimmer. Sam sieht Bilder aus ihrer Kindheit, die ihr stets lieb und teuer gewesen sind. Geburtstage, an denen sie wie eine Prinzessin im Mittelpunkt stand und jeder, der sie sah, ihr einen feuchten Kuss auf die Wange drücken musste. Sam – damals noch Sammy – hatte es gehasst. Doch heute würde sie ihr Leben dafür geben, noch einmal geküsst zu werden und die Haare zerzaust zu bekommen.

Sie denkt an Tage in der Schule. Daran, wie sie sich mit Cindy Evans geprügelt hatte und beide zur Strafe den gesamten Schulhof säubern mussten, was den ganzen Nachmittag dauerte. Worüber sie sich gestritten hatten, weiß Sam nicht mehr, aber von jenem Tag an sind Cindy und sie die besten Freundinnen gewesen. Diese Freundschaft hatte bis in ihre Collegejahre Bestand und endete, als Cindy eines Tages ihren wahren Charakter offenbarte und Sam einen Jungen abspenstig machte, den diese sehr gemocht hatte. Mark Taylor ist sein Name gewesen, mehr weiß Sam heute nicht mehr über ihn.

Mark erscheint wie ein Gespenst in ihren Gedanken. Sie kann sich daran erinnern, dass es den Jungen einmal gab und dass er ihr in einer lange zurückliegenden Zeit viel bedeutet hatte. Aber sie kann sich nicht mehr an sein Aussehen erinnern. Er ist nur noch ein Name und ein dazu gehörender Schatten.

Es kommt ihr gerade so vor, als hätten mit dem Ende der Welt auch die Menschen in ihrem Leben ihre Gesichter verloren, als seien lediglich ihre blassen Geister zurückgeblieben.

Sam versucht, sich an Mike zu erinnern. Es sind erst acht Monate vergangen, seit er aus ihrem Leben gerissen wurde. Eines Morgens wachte sie auf und er war fort – einfach so, wie all die anderen. Sam hat nie verstanden, was geschehen ist, und sie hat auch nie danach gefragt. Wen hätte sie auch fragen sollen? Einen Gott, den es allem Anschein nach nicht gibt? Die alte Frau im Spiegel? Sam hat nie wissen wollen, was mit der Welt geschehen ist. Sie wusste von Anfang an, dass es besser für sie war, nicht zu viel zu wissen. Acht verdammte Monate hat sie gut damit gelebt. Das Unwissen hat sie wahrscheinlich am Leben gehalten.

Acht Monate …

Sam schafft es nicht, sich an Mike zu erinnern. Die Tatsache treibt ihr Tränen in die Augen. Sie versucht, sich an sein Lächeln zu erinnern. Hatte er Grübchen und zeigte seine Zähne beim Lächeln? Oder verzog er seinen Mund lediglich zu einem Schmunzeln? Wie roch er, wenn er sie im Arm hielt? Wie fühlte sich seine Berührung an?

Sam verbirgt ihr Gesicht zwischen den angezogenen Knien und schließt die Augen. Sie will nicht alleine sein. Nicht jetzt. Sie will noch einmal an ihrem Geburtstag geküsst werden und sich anschließend die feuchte Spucke von den Großeltern und Tanten von der Wange wischen müssen. Sie will sich noch einmal mit Cindy prügeln und den Schulhof säubern müssen; einen Schulhof, so groß wie die Welt. Und sie will wissen, wer Mark war, wie er aussah, und was sie damals an ihm gefunden hat. Und wie Mike roch und noch ein letztes Mal von Mike geliebt werden. Noch einmal in seinen Armen liegen und sich nicht um die letzten Atemzüge einer sterbenden Welt kümmern müssen. Es gibt so viel, das Sam im Moment tun möchte. Alles, nur nicht alleine sein.

Je mehr sie sich zu erinnern versucht, desto schwerer fällt ihr das Atmen, als würde ihr jemand langsam aber beständig die Kehle zudrücken. Wie gerne würde sie jetzt einschlafen. Den Kopf gegen die Wand lehnen und die Welt einfach hinter sich lassen. Kein Mensch würde sie vermissen, keine Cindy, kein Mark und kein Mike. Nicht einmal David würde sie fehlen.

David ...

Der Gedanke an ihn reißt sie erbarmungslos in die Wirklichkeit zurück. Ihr Blick wandert unstet durch den Raum. Durch die staubigen Fenster fällt der bläuliche Schein von Mondlicht und überzieht alles mit bleichen Schleiern.

Sie weiß, dass David hierher kommen wird, früher oder später. Er kommt immer hierher. Es ist der einzige Ort, der David noch geblieben ist. Und Sam wird auf ihn warten.

Sie hätte die Stadt verlassen können. Immer am Fluss entlang, immer nach Westen, so, wie sie es geplant hatte. Doch etwas hält sie fest. Irgendetwas, das sie nicht bestimmen kann. Hass? Stolz? Oder einfach nur die Gier nach Genugtuung, die allen Menschen eigen ist?

Sam denkt darüber ebenso wenig nach wie über das Ende der Welt. Es ist besser so, denn wenn sie damit anfängt, würde sie die Stadt innerhalb der nächsten Stunde verlassen. Zu viele Gedanken können sich zu Vernunft entwickeln. Und etwas sagt ihr, dass alles, was sie getan hat, seit sie in die Stadt gekommen ist, nicht mit Vernunft erklärt werden kann. Warum sollte sie sich also jetzt von überflüssigen Attributen der Menschen leiten lassen? Da waren Gefühle wie Hass, Stolz oder Gier bessere Begleiter – besonders, wenn man überleben will. Vielleicht auch eine gesunde Portion Irrsinn. Doch so weit will Sam nicht denken.

Sie spürt, wie ihre geisterhaften Erinnerungen an die alten Tage verblassen. Zurück bleiben nur der staubige, nach vermoderten Teppichen riechende

Raum, sie selbst und das kränkliche Licht des Mondes.

David wird kommen, da ist sie sich sicher. David weiß, wo er sie findet – und Sam wird da sein …

***

Ich kann sie riechen. Die Stadt hat ihren Duft angenommen. Jede Ecke, jeder Stein – ihr brunftiges Parfum schwängert die Nacht und weist mir den Weg.

Ich wusste, dass sie zurückkommt. Aus ihrem Körper sickert ein Fieber, das mich fast um den Verstand gebracht hat, als sie wie ein bleicher Engel vor mir stand. Ihre Glut hat den Raum wie ein lebendiges, williges Wesen erfüllt und die Jagd eröffnet.

Die Frau will gefunden werden. Sie braucht den Kitzel der Verfolgung, den Schauer der Hatz und die Gewissheit, dass sie ihrem Jäger schutzlos ausgeliefert ist. Die Frau will genommen werden. Hart, brutal, wie räudiges Getier. Sie will ihre Ekstase durch die Straßen der toten Stadt schreien und die Nacht mit ihren gierigen Säften beflecken.

Ich komme, kleine Frau. Ich werde dich finden. Deine Säfte zeigen mir den Weg. Ich weiß, wo du bist.

Inmitten des steinernen Friedhofs werde ich meine Beute erlegen. Endgültig …

Der Geruch wird stärker. Die Luft vibriert vor bestialischem Verlangen.

Ich komme, kleine Sammy, ich komme …

***

Sam hat sich den Raum, als es heller war, genau angesehen und eingeprägt. Sie weiß, wo die Regale an den Wänden stehen, die Tische mit Kleidung und Unterwäsche, wo die Schuhe stehen und sich die Verkaufstheke mit der altmodischen Registrierkasse befindet.

Jetzt, da sich die Nacht über die Stadt gesenkt hat, scheint sich der Raum zum Sterben niedergelegt zu haben. Schwarze Schatten ragen wie die Ruinen einer Modellstadt aus dem blauen Schimmer des Mondlichtes empor.

Doch auch wenn sie den Raum jetzt nicht mehr erkennen kann, so existiert ein exakter Plan in ihrem Kopf, auf den sie ihre Gedanken zu konzentrieren versucht. Keine Erinnerungen mehr an Tage, die besser waren, aber die es so nie wieder geben wird. Keine Kindergeburtstage mehr, kein Schulhof und kein Streit mit Cindy, kein Mark und auch kein Mike. Nur dieser Raum. Dieser warme, dunkle Raum, der nach vermoderter Wäsche und Schimmel riecht. Dazu Sams Plan, den sie wie eine billige Bleistiftzeichnung vor ihren Augen sieht, und die Gewissheit, dass David auf dem Weg hierher ist.

Sam hat den Werkzeuggürtel abgelegt, da sie befürchtet, er könnte sie an schnellen Bewegungen hindern. Außerdem will sie sich nicht durch das Klappern der Werkzeuge verraten. Sie hat an strategisch günstigen Stellen die Schraubendreher verteilt, so dass sie im Notfall immer eine Waffe zur Verfügung hat. Alles ist auf ihrem Plan eingezeichnet.

Sie weiß, dass David gefährlich ist. Er hat den Verstand verloren und sich zu einem Monster in Menschengestalt entwickelt. Sie muss auf alles vorbereitet sein. In dieser Nacht geht es um keine harmlose Rauferei mit Cindy Evans. Hier steht ihr Leben auf dem Spiel und Sam hat nicht vor, sich so schnell aufzugeben.

Sie sitzt noch immer gegen die Wand gelehnt, direkt neben der Verkaufstheke und starrt in den bläulichen Dunst der Nacht. Ihr Blick sucht ein Versteck nach dem anderen auf, in welchen sie die Werkzeuge deponiert hat. Was sie vor ihrem inneren Auge sieht, gefällt ihr. Sie glaubt sogar zu erkennen, wie das Mondlicht von dem gehärteten Stahl der Schraubendreher reflektiert wird. Die beiden Hämmer liegen beidseits neben ihr auf dem Boden. Fast zärtlich berühren ihre Hände den kalten Stahl. Das größte der Werkzeuge, einen Meißel, hat sie in Lillys Stirn gerammt.

Von ihrer Position aus kann sie die Schaufensterpuppe nicht sehen, doch sie hat sie so gedreht, dass die tödliche Waffe von der Straße aus zu erkennen ist. David soll wissen, dass Sam auf ihn wartet. Sie will ihn wütend machen und ihn in seinem männlichen Stolz verletzten. Sie will, dass er die Beherrschung verliert und sich von niederen Instinkten treiben lässt, immerhin wurde seine einzige Freundin, die ihn monatelang am Leben gehalten hat, geschändet und entweiht, denn ein weiterer Schraubendreher steckt gut sichtbar und obszön zwischen Lillys schlanken, wohlgeformten Plastikbeinen, als sei sie über Nacht mit einem erigierten Glied gesegnet worden.

Sam weiß, wie riskant ihr Spiel ist. Doch ein Leben in einer Welt, in der David auf ewig ihr Jäger sein wird, stellt für sie die größere Gefahr dar. Will sie leben, muss sie sich der Bestie stellen und den ungleichen Kampf für sich entscheiden. Eine einfache Rechnung mit einer noch einfacheren Antwort.

Sam lauscht. Das macht sie bereits seit … *wie lange ist sie schon hier?*

Das Mondlicht fließt ruhig und sanft durch das staubige Schaufenster. Der Himmel ist eine einzige, schwarze Front, ohne die herannahenden Streifen eines neuen Morgens. Sie hat Zeit, vielleicht einige Stunden noch, vielleicht auch nur ein paar Minuten.

Sam lehnt den Kopf wieder gegen die Wand, schließt die Augen und versucht, ihre Atmung zu beruhigen. Sie denkt an ihren Plan, diese von einem Kind gemalte Karikatur. Die Stadt bleibt still, so still wie die Tiefen einer vergessenen Gruft.

***

David kommt, als es zu regnen beginnt. Der blaue Lichtschimmer des Mondes ist verschwunden und einem schleierhaften Grau gewichen.

Es fällt Sam schwer, den Mann, der sie wie Schlachtvieh von der Decke hängen ließ und vergewaltigte, noch als *David* zu bezeichnen. David war ein sensibler, zurückhaltender und einfühlsamer Mann gewesen, der es in kurzer Zeit geschafft hat, zumindest einen kleinen Teil ihres Herzens zu erobern. Jene Kreatur, die jetzt draußen auf der Straße steht und ein wildes Heulen in die Nacht stößt, ist nicht David.

Sam kann den Regen als fließende Schatten am Schaufenster herunterlaufen sehen. Kleine, dunkle Punkte, die wie tanzende Derwische über Wände und Decke huschen. Dazwischen glaubt sie, einen finsteren Schemen ausfindig zu machen. Eine makabre Gestalt, deren Schatten wie Nebel auf der Wand zerfließt.

Die Gestalt beginnt zu jaulen. Es erinnert an tollwütiges Getier und hallt auf schauerliche Weise durch die leeren Straßen der Stadt. Sam zuckt unter den unmenschlichen Lauten zusammen, gleichzeitig sieht sie, wie der Schatten der Kreatur auf der Wand deutlicher und realer wird.

Er kommt näher! Ihre Hand legt sich um den Griff eines der Hämmer. Sie kann die platschenden Schritte nackter Füße auf der Straße hören. Dann wirft sich der Schatten mit voller Wucht gegen das Schaufenster.

Für Bruchteile von Sekunden vibrieren die bläulichen Lichtschatten an den Wänden und der Raum scheint seine Struktur zu verlieren. Sam schreit auf und presst sich mit den Rücken hart gegen die Wand. Im nächsten Moment hält sie den Atem an. Sie darf sich nicht verraten. Schweiß läuft ihr in die Augen und lässt sie blinzeln. Sie blickt zu Lilly. Der Meißel ragt wie ein bizarres Horn aus deren Stirn hervor. Nur wenige Zentimeter von dem bleichen Plastik der Puppe entfernt kann sie Bill erkennen, lediglich durch eine dünne Scheibe von ihr getrennt.

Bill! Es ist Bill! Nicht David! David ist …

Ehe Sam ihre Gedanken beenden kann, schlägt Bill mit den flachen Händen donnernd gegen die Scheibe. Ein wildes Knurren, das an Bluthunde erinnert, drängt das gleichmäßige Prasseln des Regens in den Hintergrund.

In Gedanken stellt sich Sam vor, wie Bill seine geschändete Lilly betrachtet. Immer wieder donnern die Schläge durch den Raum, begleitet von Keifen und Jammern, zuletzt von traurigem Winseln.

Dann verschwindet der Schemen vor dem Schaufenster plötzlich, zurück bleibt das fließende Gemälde des Regens an den Wänden. Im nächsten Augenblick wird die Nacht von einem markerschütternden Schrei zerrissen. Sam schließt die Augen, um den Lärm auszublenden. Dann hört sie mit Entsetzen, wie die Tür des Ladens geöffnet wird. Das Prasseln des Regens wird lauter und erinnert an das Rascheln des Papiers auf dem Boden von Davids Haus.

Die Tür schwingt leise quietschend nach innen. Das schwarze Rechteck wird von einer noch schwärzeren Gestalt bedeckt, die für Sekunden jeglichen Schimmer im Raum löscht. Sams Hand umfasst den Latthammer mit grausamer Härte. Die Kreatur tritt einen Schritt über die Schwelle und verharrt dort. Sie schnüffelt und stößt dabei grunzende Laute aus, die nichts mit einem Menschen gemein haben.

Sam starrt auf das nackte, graue Geschöpf, das mitten im Raum steht und langsam seinen Blick durch die Dunkelheit wandern lässt. Erst jetzt erkennt sie voller Zorn, dass das Geschöpf nicht völlig nackt ist. Es trägt Sams alte, geliebte und zerschlissene Lederjacke. Nur die Jacke, sonst nichts. Als letzte Verhöhnung.

Nun ist das Wesen plötzlich wieder David. Die schmächtige Gestalt und die zerzausten Haare erinnern Sam an jenen Mann, dem sie sich in heißem Verlangen hingegeben hat.

David wendet sich von ihr ab und tritt in die Auslage des Schaufensters. Eine Zeit lang betrachtet er die grausame Entweihung, die Sam der Puppe angetan hat. Dabei neigt er immer wieder den Kopf zur Seite, als könne er nicht verstehen, was er da sieht, schnüffelt und fährt mit zitternden Fingern die kalten Konturen Lillys nach.

Sam beobachtet mit stiller Faszination das makabre Schauspiel. Ihr Magen ist eine Grube aus hartem Eis, ihre Kehle zugeschnürt. Tränen steigen ihr in die Augen, während ihr Blick wie gebannt auf Davids Rücken und die Lederjacke gerichtet ist.

Sie weiß nicht, ob es Tränen uralter Furcht sind oder ob sie vom Verlust herrühren, den ihr David zugefügt hat. Ihr bleibt keine Zeit, intensiver darüber nachzudenken. Noch während ihre freie Hand die Tränen fortwischt, stößt David ein neuerliches Heulen aus, das von den Wänden des Raumes gierig aufgesogen und mit brachialer Gewalt zurückgeworfen wird.

David stürzt sich auf Lilly, seine Hand krallt sich in die Perücke, die Sams Ebenbild perfektionieren sollte, während er mit der anderen Hand den Meißel aus der Stirn der Puppe zieht. Mit einer weitausholenden, affektierten Geste schleudert er das Werkzeug in eine dunkle Ecke des Ladens. Dann reißt er den Schraubendreher, der Lillys Schambereich gespalten hat, aus dem harten Plastikleib. Doch ehe er diesen ebenfalls voller Wut von sich werfen kann, hält er inne und betrachtet mit scheinbar stillem Entzücken, was er in Händen hält. Nach einigem Zögern greift er das Werkzeug wie eine Waffe und dreht sich langsam um sich selbst.

Sam weiß, dass seine Augen versuchen, die Nacht zu zerteilen. Sie kann nur hoffen, dass er diesbezüglich immer noch mit menschlichen Schwächen versehen ist. Als sich ihre Blicke für wenige Momente treffen, überzieht sich ihr Körper mit einer dünnen Schicht aus Eis. Für Sekunden ist sie sich mit seltsamer Gelassenheit sicher, tot zur Seite zu fallen und das Spiel verloren zu haben, bevor es überhaupt begonnen hat. In diesen wenigen Augenblicken bemerkt Sam auch den bestialischen Gestank, der wie ein Umhang hinter David in den Laden geweht ist. Billiger Alkohol, Urin und schmutziger Schweiß.

David scheint sie über Stunden anzustarren. Sein Blick bohrt sich tief in ihren Körper, gräbt sich unter ihre Haut und zerteilt Nerven und Muskelgewebe, bis er endlich ihre Seele erreicht hat und diese auf ewig verdirbt. Das Gefühl, wie Schlachtvieh gefesselt vom Balken in der Kirche zu hängen, könnte nicht entsetzlicher sein. Dann wendet er sich von ihr ab, sein jagender Blick lässt sie frei und durchsucht weiterhin die Dunkelheit.

Sam kann sehen, wie sich die Finger seiner freien Hand öffnen und schließen, öffnen und schließen. Ein tiefes Brummen erfüllt den Raum, ähnlich dem heimtückischen Knurren eines Raubtiers. Die Luft vibriert und verzerrt die Realität.

Schließlich dreht sich David um, schleicht durch das Dämmerlicht des Schaufensters und verschmilzt mit den Schatten in der gegenüberliegenden Ecke des Raumes. Sam hört ihn atmen, schwerfällig, als sei er ein alter Mann, der beim Schlafen keine Luft bekommt.

Sie richtet sich langsam auf. Ihre Bewegungen kommen ihr behäbig und bleiern vor. Mit dem Rücken presst sie sich gegen die Wand und schiebt sich langsam nach oben, bis sie auf Beinen steht, die mit Gummi gefüllt zu sein scheinen. Sie konzentriert sich auf ihre Atmung, versucht, durch den offenen Mund Luft zu bekommen.

In der Schwärze, keine fünf Meter von ihr entfernt, zeichnet sich David als düsteres Gespenst vor einer schwarzen Regalwand ab. Er bewegt sich geduckt, wie ein Raubtier, das sich seiner sicheren Beute nähert. Sie kann hören, wie er schnüffelt.

Sam stößt sich von der Wand ab. Ihre freie Hand sucht so lange wie möglich Kontakt mit der glatten Tapete. Dann steht sie frei im Raum. Sie kam sich nicht mehr so schutzlos vor, seit sie die Kirche und ihr Gefängnis verlassen hat. Es gibt nichts mehr, das ihr Sicherheit bietet. Sie steht haltlos und ohnmächtig, wie ein kleines Kind, das sich in ein Raubtiergehege gewagt hat.

Der Teufel bewegt sich wenige Meter vor ihr durch die Nacht. Sam macht einen weiteren Schritt. Ihre Knie zittern, wie sie es früher getan haben, wenn sie ihre ersten Verabredungen mit Jungen hatte. Damals bebten sie vor Aufregung, diesmal vor nackter, uralter Angst, die sie zu lähmen droht.

Der Raum beginnt, sich zu drehen. Sam blinzelt und schluckt eine bittere Flüssigkeit herunter, die ihr durch die Kehle in den Mund gestiegen ist. David grunzt. Er greift ins Regal und reißt mehrere Hemden heraus. Das trockene Rascheln von Stoffen zerstört die ruhige Melodie des Regens. Eines der Hemden behält er in der Hand. Sam kann hören, wie er daran schnüffelt.

Ein weiterer Schritt … Jetzt steht sie im dunklen Flimmern der Regentropfen auf dem Schaufenster, ihrer letzten Sicherheit, der Schwärze, beraubt. Wenn David sich jetzt umdreht, wird er sie sehen können.

Sams Hand wird taub, so fest klammern sich ihre Finger um den Stiel des Hammers. Ihr Blick fällt erneut auf Lilly – ein schwarzer Dämon vor dem verwaschenen Grau der Nacht.

Sam ist sich sicher, dass ihr Herzschlag sie verraten wird. In ihrem Kopf explodieren Granaten, als würde ein Krieg ihren Verstand verwüsten. Sie hebt den Hammer.

David bleibt stehen. Plötzlich ist er eine weitere, starre Puppe, die jemand vor Monaten in eine Ecke des Ladens gestellt hat. Die Arme zur Seite hin ausgestreckt, den Kopf zur Seite geneigt. Sein nackter Körper scheint mit uraltem Staub bedeckt. Ein düsterer Engel, der sich den Rest der Welt Untertan macht.

»Hallo, Sammy.«

Das heisere Flüstern pflügt wie eine Feuersbrunst durch den Raum. Ihren Kindernamen aus dem Mund dieses Monsters zu hören, zieht ihr für einige Augenblicke den Boden unter den Füßen weg. Sie hat das Gefühl zu fallen. Fast wünscht sie sich zu fallen, in eine tiefe, stille Grube, fort aus dieser grauenvollen, dämonischen Welt, an einen Ort, an dem es keine Teufel namens *David* gibt und wo sie sich endlich schlafen legen kann. Doch der Abgrund öffnet sich nicht, um sie zu erlösen. Die Realität bleibt – ein harter, schwitzender Alptraum. So steht sie mitten in Lillys Laden, während die Regentropfen an der Schaufensterscheibe hinablaufen und schwarze, wuselnde Würmer über ihren zitternden Körper huschen lassen.

David dreht sich langsam um. Die Lederjacke knirscht. Er steht wie ein steinerner Götze finster und unheimlich in den Schatten des Raumes.

»Wie leicht du zu durchschauen bist.«

Ein leises Kichern sickert aus den Schatten des Ladens, tastet mit krallenbewehrten Klauen nach Sam und bildet eine stinkende Pfütze in ihrem Verstand.

»Ich wusste sofort, wo ich dich finde. Dazu brauchte ich nicht einmal deinen brunftigen Gestank, der allen Frauen wie ein Schatten folgt.«

Sam will etwas erwidern. Sie weiß, dass David auf eine Antwort wartet. Sie will ihn anschreien, ihm ihren Hass vor die Füße spucken und das Blut ihrer Wunden, die er ihr zugefügt hat, wie Gift in ihre Worte legen. Doch ihre Kehle ist trocken, die Zunge angeschwollen.

»Warum bist du nicht weggelaufen?« Davids Stimme klingt traurig, so als würde ein kleiner Junge seine Mutter fragen, wieso es keinen Weihnachtsmann gibt. »Du hattest die Chance, die Stadt zu verlassen. Warum hast du es nicht getan?« David tritt einen Schritt aus den Schatten. Sein nackter Körper verwandelt sich in graue Asche, sein Gesicht bleibt im Dunkeln. »Ich sage dir warum, kleine Sammy.«

Er knirscht mit den Zähnen, ein Geräusch, als würde feiner Sand über Stein reiben. Sam sieht die Hand mit der Waffe, die ein eigenes Leben zu besitzen scheint, beseelt von einem einzigen Gedanken: sie zu töten!

»Weil du davon gekostet hast.« David greift nach seinem Schwanz und winkt ihr damit zu. Dabei stößt er grunzende Laute aus, die Sam an im Dreck wühlende Schweine erinnern.

»Du hast davon gekostet und kannst nicht genug kriegen.« Er stößt mit seinen Lenden in pumpenden Bewegungen nach vorn und bläst ein raues Wiehern in die Nacht. »Wenn du dich jetzt sehen könntest, kleine Sammy. Die Sehnsucht steht dir ins Gesicht geschrieben. Du willst wieder davon kosten … und wieder. IMMER WIEDER!«

Die letzten Worte gehen in wildem Kreischen unter. David reißt sich die Lederjacke vom Leib, lässt seine Hüften in lasziven Bewegungen kreisen und schleudert Sam die Jacke entgegen. Sie fliegt wie ein Schatten an ihr vorbei und landet raschelnd in einem der Regale. Dann springt David mit einem Satz ins graue Licht der Schaufensterscheibe, als würde er das Rampenlicht einer eigens für ihn entworfenen, abartigen Bühne suchen. Er steht nackt und blass mitten im Raum. Seine Erektion hält er wie eine Waffe in seiner Hand, die Spitze auf Sam gerichtet.

Sie weicht einen Schritt zurück. Ein Wirbel aus saurem Gestank folgt David und treibt ihr Tränen in die Augen. Ihn anzusehen lässt sie an ihrem Verstand zweifeln. Sie sieht den hageren, großgewachsenen Körper vor sich, seine fast haarlose Brust, Arme, die dünn und lang sind und ein Gesicht, das an einen harmlosen Jungen aus der Nachbarschaft erinnert. Doch diese Erscheinung ist nur eine Maske, die sich das Böse übergestreift hat. Darunter kann Sam stinkende Perversion und rohe Verhöhnung erkennen. In Davids Augen glüht ein fanatisches Fieber, seine Gesichtszüge sind in viehischem Irrsinn entstellt. Er steht vornüber gebeugt vor ihr, den Kopf gesenkt und die zu schmalen Linien verengten Augen fixierend auf seine Beute gerichtet.

Nein, sie kann diese Kreatur unmöglich *David* nennen! Das, was wie ein grauer Schatten vor ihr aufragt und den Gestank eines Grabes mit sich trägt, ist ein Dämon, der sich das, was von David übriggeblieben ist, wie einen Anzug übergeworfen hat. Sam weiß, dass David nicht mehr lebt, sie kann es in der zügellosen Gier der Augen erkennen. Davids Blick war warm und fürsorglich. Als sie in seinem Haus gewesen ist, hat sie sich vorgestellt, wie er mit diesem Blick seine Darleen angesehen und dabei nur sie gesehen hat, nichts anderes. Der Blick dieses Teufels hingegen hat nichts Menschliches mehr an sich. Jeglicher Verstand dahinter ist ausgelöscht und hat debiles, von animalischen Urtrieben geleitetes Denken zurückgelassen.

»Willst du nicht noch einmal lecken? Noch einmal vom Saft des Lebens kosten?«

David schwankt von einer Seite zur anderen und zurück. Sein Glied in seiner Faust ist hart und steil nach oben gerichtet und glänzt feucht im bleiernen Licht der Nacht. Doch Sam konzentriert sich auf die Augen des Monsters. Sie erkennt Lüsternheit darin, gepaart mit einer kaum zu zügelnden Ungeduld. Sie weiß, dass ihr nur Sekunden bleiben. Sekunden, die sich zu einer Ewigkeit ausdehnen. Das Knistern des Regens verstummt, das Dröhnen ihres Herzens direkt unter der Schädeldecke verebbt, selbst ihre hektische Atmung wird lautlos.

Nur David und sie ... Der Hass wie brennende Welten in seinen Augen. Sein Schwanz, feucht und fest in einer bleichen Faust. Eine grausame Statue, wie man sie an den Portalen der Hölle wiederfinden kann.

Dann explodiert die eine Sekunde, die ihnen geblieben ist. Von nun an tanzt Sam benommen und berauscht zugleich durch einen dunklen, grauenvollen Alptraum.

David stößt einen heiseren Schrei aus, der dem Gebrüll eines Ochsen gleicht. Sam vernimmt lediglich ein tiefes Brummen in ihrem Schädel. Im nächsten Augenblick springt er nach vorn, geduckt wie ein räudiger Hund, mit dem Feuer seiner Augen sein Opfer verzehrend. Die Schwärze der Nacht reflektiert in dumpfem Glitzern auf dem Stahl des Schraubendrehers, als David damit in Sams Richtung stößt. Sein Glied schwingt wie der Schwengel einer Glocke zwischen seinen dürren Beinen hin und her.

Sam weicht intuitiv zurück, reißt dabei einen Tisch mit Hosen um und lässt sich in die Schatten eines Regals fallen. Längst hat ihr Verstand abgeschaltet. Alles, was sie tut, bestimmt ihr Körper in makabrer Eigenregie. Sie hört Davids grunzendes Fluchen, als er gegen den umgestürzten Tisch stößt und ins Straucheln gerät. Das Rascheln von Stoffen ist zu hören, dann das helle Klatschen seiner Hand, als er sich irgendwo festzuhalten versucht.

Sam kriecht rücklings hinter das Regal, wobei der Hammer mit lauten, metallischen Schlägen rhythmisch auf den Boden knallt.

»Du verfluchte …«, presst David zwischen zusammengebissenen Zähnen hervor.

Sam sieht ihn am Ende des Regals auftauchen, ein drohender, düsterer Schatten, der einen trägen, anmutigen Tanz vollführt. Sie kommt auf die Füße, obwohl ihre Knie unkontrolliert zittern. Die Wunden an ihren Handgelenken brechen auf und Blut tropft von Ihren Fingerspitzen.

»Ich kann dich riechen, kleine Sammy-Schlampe«, zischt David so leise, dass es fast vom Regen übertönt wird.

Sam spürt einen Heizkörper im Rücken, zieht sich mit der freien Hand daran hoch, bis sie ebenso gebeugt dasteht wie die Kreatur, die einmal David gewesen ist. Es gibt nur noch den einen Weg. Sie denkt nicht darüber nach, sieht sich selbst als hilflosen Protagonisten in einem schlechten Theaterstück. Sie verlässt ihren zitternden Körper, wie sie es schon in Davids Haus getan hat, und beobachtet mit sterbender Schwermut, was auf der bizarren Bühne geschieht. Sie springt nach vorn, den Hammer, dessen Stiel mit ihrem eigenen Blut besudelt ist, hoch über den Kopf erhoben. Ob sie schreit, weiß Sam nicht; auch nicht, ob sie atmet.

Der Schatten vor ihr wird größer, scheint plötzlich den gesamten Raum auszufüllen. Sam läuft gegen eine Wand von animalischem Gestank. Die Schatten des Ladens verschwinden für einen kurzen Augenblick, alles wird zu einer einheitlichen schwarzen Woge, die sich Sam entgegen stellt. Sie rennt geradewegs in die Hölle hinein.

Dann lässt sie den Hammer nach unten sausen, stößt den harten Stahl in den stinkenden Schatten, spürt Widerstand und hört ein helles Kreischen. Holz bricht, als David gegen eine Regalwand fällt, vermoderter Staub wirbelt auf. Dann verschwindet die Schwärze vor Sams Augen. Sie hastet an der Seite des Regals vorbei, hinter dem sie Zuflucht gefunden hat, steigt über einen dicken Teppich aus Stoffen und vermoderter Kleidung. Sie orientiert sich am dunklen Rechteck des Schaufensters, während der Schatten der Bestie hinter ihr in der Dunkelheit verschwindet.

Lilly ragt wie ein stummer Gedenkstein vor dem finsteren Grau der Nacht empor.

Etwas packt Sam. Ein fester Griff um ihrem Knöchel, hart und unnachgiebig. Sie schreit auf und spürt einen kurzen Stich, dann rollen infernalische Wellen des Schmerzes durch ihr Bein, vergiften ihren Körper und explodieren in einem bunten Feuerwerk in ihrem Kopf.

Sie stolpert über den Tisch, den sie zuvor umgestoßen hat. Dadurch löst sich Davids Griff, dennoch tritt Sam nach ihm, trifft aber nur das harte Holz des Tisches, das unter ihrer Kraft mit einem dumpfen Krachen zerbricht.

David beginnt zu stöhnen. Sam rappelt sich auf und taumelt durch das Zwielicht des Fensters auf die Verkaufstheke zu. Direkt neben der Registrierkasse hat sie einen der Schraubendreher deponiert. Ihr Fuß scheint in flüssigem Feuer zu verbrennen, als sie auftritt. Ihr Bein gibt nach, genau in dem Moment, als ihre Hand nach dem Werkzeug zu greifen versucht. Sam prallt hart mit der Schulter gegen die Theke. Instinktiv tastet sie mit der Hand nach ihrem Fuß und spürt frisches Blut, das aus einer Wunde am Knöchel sickert.

Im nächsten Moment wird sie von kräftigen Händen gepackt und vom Boden gezerrt als wäre sie eine Puppe. Davids triumphales Heulen droht ihre Trommelfelle zu zerreißen. Seine Hände krallen sich wie die Fänge eines Raubtieres in Arme und Brust. Hilflos wirbelt Sam durch die Luft, der Hammer rutscht aus ihrer schweißnassen Hand und poltert gegen den Tresen. Ehe sich Sam bewusst wird, was geschieht, dreht sich der Raum in einem wilden Chaos aus Farben, Dunkelheit und Gestank um sie herum. Sie wird durch die Dunkelheit gewirbelt, sieht das graue Rechteck der Schaufensterscheibe vor sich, dann wieder undurchdringliche Nacht, dies alles begleitet vom feuchten Gestank nach Schweiß und Urin, der David wie einen Schleier umhüllt.

Das Schaufenster taucht erneut vor ihren Augen auf, darin die hoch aufgerichtete Gestalt von Lilly, der einzigen Zuschauerin ihrer kleinen burlesken Aufführung. Dann werden Sam und Lilly eins. Sam schließt die Augen, fällt hart auf das Podest der Schaufensterauslage, oben wird zu unten, graues Licht wirbelt wie ein riesiges Blatt im Wind um sie herum.

Für Sekunden wird es still um Sam. Sie liegt auf dem Rücken, ihr Körper ist eine einzige Wunde. Den Schmerzen hat sie es zu verdanken, dass sie es schafft, nicht vollends die Besinnung zu verlieren. Als sie die Augen wieder aufreißt, starrt sie zur Decke hinauf. Sie kann Davids wahnsinniges Geheul hören. Im Augenwinkel sieht sie seine groteske Gestalt in der Dunkelheit tanzen.

Lilly ist verschwunden, das Schaufenster leer. Doch einen Teil der Puppe hält Sam in der Hand. Mit der verständnislosen Überraschung eines kleinen Kindes betrachtet sie den kalten Plastikarm, den sie Lilly bei ihrem gemeinsamen Sturz aus der Schulter gerissen hat. Der Kunststoff erscheint inmitten des Chaos und der bleifarbenen Finsternis seltsam bleich, als würde er von innen her leuchten. Was Sams Blick jedoch augenblicklich fesselt, ist das dumpf glänzende Stück Stahl, das aus dem Ende des Armes ragt … die Schraube, mit der Arm und Schulter verbunden waren.

Sams Griff verstärkt sich fast automatisch. Während sie ihre Hand in die von Lilly legt, als seien sie alte Freundinnen, die sich nach langer Zeit wieder treffen und sich begrüßen, legt sich die andere Hand um Lillys Unterarm. Im Hintergrund kann sie Davids Bellen hören, das schauerlich in dem kleinen Raum widerhallt. Er johlt wie ein irrsinniges Kind, das den Weihnachtsmann foltert. Die Schmerzen sind vergessen. Sam dreht den Kopf, damit sie den Schatten der Kreatur erkennen kann.

David schleicht langsam näher; geduckt und vorsichtig, jedoch mit der hungrigen Gewissheit einer Bestie, die sich ihres Opfers sicher ist. Sein Jaulen ist zu erschöpftem Keuchen verebbt. Die feinen Linien des Regens auf dem Schaufenster streicheln beinahe zärtlich über seinen teuflischen Körper und lassen ihn wie ein makabres Kunstwerk erscheinen.

Sam dreht sich langsam und lautlos auf die Seite, zieht ihre Beine an. Lillys Arm wird zu einem festen Teil von ihr. Davids graue Masse kommt näher, ragt über ihr auf wie der Schatten des Höllenfürsten selbst. Der Gestank faulen Fleisches begleitet ihn.

»Du gehörst mir, kleine Sammy-Schlampe«, flüstert David kaum verständlich. Speichel tropft auf Sam. »Ich werde dich solange vögeln, bis du nur noch Staub bist.« Er kichert.

Sam packt Lillys Arm noch fester. Die Haut an ihren wundgescheuerten Handgelenken bricht noch weiter auf und taucht ihre Unterarme in glänzende

Schwärze. Sam schreit, jedoch nicht vor Schmerz. Sie stößt all ihre Anspannung, all ihren Hass und all ihre Angst in einem einzigen, wilden Schrei in die tote Welt hinaus. Sie spannt ihre Beine an, ignoriert den stechenden Schmerz in ihrem Fuß und schnellt nach oben. Ihr Sprung ist eine einzige, fließende Bewegung, ihr lang ersehnter Solotanz auf der Bühne, währenddessen sie mit Lillys Arm ausholt, als würde sie beim Baseball einen Homerun schlagen. Die Luft singt ein dumpfes Lied, als sie wie von einem Schwert zerteilt wird. Doch ist es kein verdammtes Spiel und auch kein Ball, den die eiserne Schraube in Lillys Arm trifft.

David stößt ein gurgelndes Keifen aus, als der Stahl sich in seine Schläfe bohrt. Sam wird von ihrem eigenen Schwung von den Beinen gerissen, prallt gegen Davids nackten Körper, beide fallen und schließlich landet Sam hart auf dem Leib jener Kreatur, die die Hölle von David übrig gelassen hat.

David stöhnt, als hätte sie ihm gerade den Orgasmus seines Lebens verpasst. Schnell rollt sie sich vom heißen Fleisch ihres Peinigers herunter, stürzt zum Verkaufstresen und greift nach dem dort deponierten Schraubendreher. Davids Keuchen nimmt sie nur noch unbewusst wahr, ebenso die Tatsache, dass sie Lillys Arm, der ihr das Leben gerettet hat, mit einem lässigen Fußtritt zur Seite schiebt und sich mit beiden Knien auf Davids Brust fallen lässt. Die Kreatur stößt die Luft in ihren Lungen mit einem einzigen nach Aas und Whiskey stinkenden Schwall aus.

Als sich Sams Arm mit dem Werkzeug hoch über ihren Kopf hebt, tut er dies, ohne dass sie etwas dazu tun muss. In einer Welt, in der sich Wahnsinn nur noch durch das Auslöschen des Verstandes ertragen lässt, fährt Sams Arm in einer eleganten Bewegung nach unten. Warmes Blut, das ihr ins Gesicht spritzt, und Davids entsetzte Schreie versetzen sie in einen Rauschzustand, der sie all das überleben lässt, was diese Nacht für sie bereitgehalten hat.

Davids Stöhnen wird zu einem Röcheln. Sams Arm fährt in perfekten, gewandten Bewegungen von oben nach unten. Von oben nach unten … Das perfekte Finale ihres schreienden Theaterstückes.

Letzte Worte aus Davids Mund. Ein Flüstern, das Sam nicht mehr verstehen kann. Sie glaubt, ihren Namen zu hören, während ihr Arm fortwährend und präzise die Luft zerteilt. Dann wird es still in dem Raum. Nur noch der Regen und Sams keuchender Atem sind zu hören.

Davids ist verstummt, doch sein Stöhnen hallt noch immer in Sams Verstand wider. Laute aus den Tiefen der menschlichen Hölle. Irgendwann in der Nacht verstummen auch diese. Zurück bleibt der traurige Gesang des Regens, als würde die Welt ihrer Oper leisen Applaus spenden.

***

Als Sam erwacht, hat der Regen aufgehört. Sie liegt mitten auf der Straße, direkt neben dem verblassten Mittelstreifen, in einer von Mondlicht glänzenden Pfütze. Ihr Haar verdeckt in nassen Strähnen ihr Gesicht, die Bluse klebt auf ihrer Haut.

Als sie sich aufrichtet, spürt sie augenblicklich die Schmerzen in ihrem Fuß. Mit einem Schlag kehren die Erinnerungen zurück. Sie schaut sich um, ihr Blick fällt auf den Laden, der still und verlassen im Schatten des Hauses liegt. Das Schaufenster ist leer, eine verschwommene, schwarze Fläche. Lilly ist verschwunden. Sam erinnert sich daran, dass sie David – oder was immer es war, das sie angegriffen hat – mit dem harten Plastikarm der Puppe niedergeschlagen hat. Sie hat mit ihren Knien auf seinen nackten Brustkorb gesessen, auf ihn eingeschlagen und die Luft aus seinen Lungen gepresst. Danach kann sie sich an nichts mehr erinnern.

Sie betrachtet ihren Fuß, an dem David sie mit dem Schraubendreher aus Lillys Intimbereich verletzt hat. Die Wunde ist nicht so schlimm, wie sie gedacht hat. Der Knöchel ist geschwollen und hat eine blaue Färbung angenommen, direkt unterhalb des Gelenks klafft ein dunkles Loch, das mit geronnenem Blut verkrustet ist.

Sam versucht aufzustehen, tritt auf den verletzten Fuß und wappnet sich auf eine erneute Welle unaussprechlicher Schmerzen. Doch im Vergleich zu den Grausamkeiten, denen sie in den letzten Tagen ausgesetzt war, kommt ihr das Stechen im Fußgelenk wie eine Liebkosung vor.

Reglos steht sie auf der Straße, nass und frierend, mit an den Seiten herabhängenden Armen. Die Stadt ist still geworden. Kein Keuchen mehr, kein Heulen und keine Schreie. Auch nicht in ihrem Kopf. Ihr Verstand ist ebenso still wie die Stadt; tot, wie der Rest der Welt.

Der Horizont beginnt, sich zu verfärben. Nicht mehr lange und ein neuer Tag würde anbrechen. Ein Tag, den nur noch Sam zu Gesicht bekommt – kein David mehr und kein Bill – einfach nur noch Sam. *Sammy-Schlampe,* wie David sie genannt hat.

Beim Gedanken an David – jenem David, den sie ein klein wenig gemocht hat – zieht sich ihr Herz zusammen. Es kann unmöglich sein, dass dieser David, der sie auf derart zärtliche Weise liebte, derselbe war wie die Kreatur in dem Laden oder ihr Peiniger in der Kirche. Sams Verstand weigert sich, diese Tatsache zu akzeptieren. Und sie hindert ihn nicht daran. Manchmal ist es leichter, mit einer Lüge zu leben.

Wenn es Tag ist, will Sam die Stadt verlassen; weiter nach Westen ziehen, dorthin, wo sie ihre Schwester zu finden hofft. Eine weitere Lüge, das weiß sie. Ihre Schwester wird nicht dort sein. Niemand wird dort sein. Doch jeder Mensch braucht ein Ziel vor Augen, das ihn leitet, sei es auch noch so unvorstellbar.

Sam blickt sich noch einmal um. Die Stadt ist ein schlafender Koloss. Still, schrecklich und jederzeit bereit, aufzuspringen und sich auf sie zu stürzen. Ihr Blick fällt auf das Schaufenster. Irgendwo in der Dunkelheit des Ladens liegt ihre Lederjacke, das einzige, das ihr aus dem alten Leben geblieben ist. Doch dort in der Dunkelheit ist auch David.

Sie geht die Straße entlang, langsam und mit leisen Schritten. Ihr Kopf schmerzt. Sie weiß, dass ihre Knie den Dienst quittieren werden, wenn sie schneller geht. Sam läuft in Richtung Supermarkt, einen der wenigen Wege, die sie von David kennt. Er nannte die Mall sein Vorratslager.

Als der große Parkplatz mit den hohen Fahnenmasten und dem dunklen Bau in seiner Mitte hinter einer Gruppe von Bäumen auftaucht, hat Sams Fuß wieder angefangen zu bluten. Sie geht ohne jede Vorsicht auf den Eingang des Marktes zu. Der Kampf mit David hat ihre letzten Kraftreserven gekostet. Warum sollte sie ihre Anwesenheit noch verbergen? Wenn es ein weiteres Monster wie David in der Stadt geben sollte, würde sie an ihrem Schicksal nichts mehr ändern können. Ein zweiter David hätte leichtes Spiel mit ihr.

Sie schiebt die Holzplatte zur Seite, mit der er den Eingang verbarrikadiert hat, und betritt die große, kühle Halle. Der Gestank von verdorbenen Lebensmitteln und Schimmel schlägt ihr entgegen. Durch die Fenster im oberen Bereich des Marktes sickert erstes Tageslicht herein und verwandelt die Regale in graue Monstren.

In der Freizeitabteilung findet sie einen robusten Rucksack, den sie mit allen möglichen Dingen füllt, die ihr im Augenblick als wichtig erscheinen. Zum Nachdenken ist sie zu müde, deshalb greift sie wahllos nach Obst in Dosen, Trockenfleisch, Bohnen, Erbsen – ebenfalls alles in Dosen – Feuerzeugen, Schmerztabletten, Aufputschmitteln, einer Flasche Whiskey, Honig, eingeschweißte Würste und mehrere kleine Flaschen mit Wasser. Eine davon trinkt sie sofort, rülpst und wirft die leere Flasche über das Regal in den nächsten Gang.

In der Drogerieabteilung reibt sie sich ihren geschwollenen und blutenden Fuß mit verschiedenen Salben ein, von denen sie annimmt, dass sie helfen können, und verbindet die Wunde. Dann steckt sie die Salben und mehrere frische Verbände in die Seitentaschen des Rucksacks.

Im Büro des Filialleiters findet sie eine Ruger in der obersten Schublade, mitten auf einen Stapel zerknitterter Pornohefte. Daneben liegt das gerahmte Foto einer glücklichen Familie. Sam betrachtet die Waffe, lässt die Trommel herausspringen und hätte vor Freude fast geschrien, als sie sechs 9-mm Kugeln vorfindet. Der Typ, der den Laden geführt hatte, war wohl ein verantwortungsbewusster Mensch gewesen. Entweder das, oder er war einfach nur ein perverser Narr, der den Kick der Waffe brauchte, während er seine eigene Waffe beim Studieren der Pornohefte bearbeitete und dabei seiner Frau auf dem Foto zuzwinkerte.

Doch Sam dankt Gott aus tiefstem Herzen, dass er einen derart pflichtbewussten Mann in dieses enge Büro gesteckt hat. Auch wenn ihr sonst nichts einfällt, wofür sie Gott danken kann, diese Sache hat er ausnahmsweise einmal gut gemacht.

Sie steckt die Ruger in den Bund ihrer Hose und zusätzlich zwei Schachteln Munition in den Rucksack, dessen Kapazität nun vollends erschöpft ist. Als sie wieder auf dem Parkplatz steht, atmet sie tief durch und lässt ihren Blick über den grauen Himmel wandern. Allmählich erwacht die Stadt aus ihrem unschuldigen Schlaf.

Unter einem Baum steht ein kleiner Toyota, dessen Scheiben mit Dreck und verrotteten Blättern überzogen sind. Sie denkt daran, wie sie David gesagt hat, dass sie eine miese Autofahrerin sei. Aus diesem Grund ist sie seit Wochen zu Fuß unterwegs. Sie hat nicht monatelang in dieser toten Welt überlebt, um zu guter Letzt mit einem Auto gegen einen Baum zu rasen.

Sam blickt an sich herab und betrachtet ihren bandagierten Fuß. An ihren Rucksack hat sie zwei neue Laufschuhe gebunden, die sie in der Kinderabteilung der Mall fand. Ihre Füße waren schon immer klein gewesen. Sobald die Schwellung abgeklungen ist, wird sie die Schuhe anprobieren. Bis es soweit ist, wird sie ihre Reise barfuß fortführen. Jeder Schmerz, den sie dabei spürt, wird sie daran erinnern, dass sie am Leben ist.

Sie blickt sich erneut auf der Straße um, für einen einzigen Augenblick unschlüssig, was sie tun soll.

Dann geht sie zur Hauptstraße zurück, auf der sie vor so vielen Tagen und Nächten die Stadt erreicht hat, nicht ahnend, dass es grässlichere Monster gibt, als Bud eines gewesen ist.

Ohne einen Blick zurück verlässt sie Davids Stadt. Keine Gedanken mehr, keine Erinnerungen an den Pier oder Neil Young, der in Davids Haus zu Gast war. Die Bilder sind nur noch verschwommene Flecken.

Scheiß auf ihre Schwester. Sie ist genauso tot wie der Rest der Welt. Sam muss damit aufhören, sich an irgendwelchen Lügen zu orientieren. Das Leben selbst ist eine einzige Lüge in dieser Welt.

Von jetzt an geht es nur noch um Sam. Und Sam will nach Hause, einfach nur nach Hause. Zurück nach Waterbury. Zurück zu ihren Erinnerungen vor David, zu den Tränen und ihrem alten Leben.

Das Leben auf der Straße war nicht gut zu ihr. Diese neue, von Gott verfluchte, graue Welt versucht lediglich, ihr das bisschen Leben, das ihr geblieben ist, auszusaugen.

In Waterbury ist sie sicher. In Waterbury wartet vielleicht sogar Neil Young auf sie.

Maria

Die Welt kommt ihr noch etwas leerer vor, die Straßen einsamer und der Himmel höher und unerreichbar. Während sie über Straßen, Felder und Highways läuft, denkt sie über David nach, auch wenn sie es nicht will.

Sie geht auf dem Mittelstreifen – wie immer – obwohl ihr ihre Sicherheit egal geworden ist. Die Kraft zum Kämpfen hat sie in Davids Stadt verloren, deren Namen sie immer noch nicht weiß. Selbst der Wille zum Überleben scheint irgendwo in den Gassen dieser Stadt zurückgeblieben zu sein. Vielleicht hat sie ihn in dem Moment verloren, als sie David tötete. Jetzt, da einige Tage vergangen sind, kann sie sich wieder an alles erinnern, als hätte sich ein Schleier in ihren Gedanken gelüftet, um ihr mit einem höhnischen Kichern die ganzen Ausmaße ihres Alptraumes zu präsentieren.

Sie weiß, auf welch bestialische Weise sie die magere Brust des Mannes bearbeitet hat, sie hört die Schreie in der Nacht in ihren Träumen und kann sein Blut auf ihren Lippen schmecken. Meistens lösen ihre eigenen Schreie die von David ab, doch manchmal schläft sie trotz der grauenvollen Bilder bis in den frühen Morgen und fühlt sich beim Erwachen, als sei sie irgendwann in der Nacht gestorben.

Seltsamerweise denkt Sam oft an Lilly. Wenn man es genau nimmt, hat ihr Davids alberne Schaufensterpuppe das Leben gerettet, indem sie ihren Arm als Waffe angeboten hat.

Darüber nachzudenken, was geschehen wäre, wenn David sie in seiner Wut nicht in die Auslage des Schaufensters (und somit auf Lilly) geschleudert hätte, wagt Sam nicht. Man sollte einem Verstand, der ohnehin im Sterben liegt, nicht mehr zumuten, als er verkraften kann.

Die Welt ist noch ein klein wenig stiller geworden. Sie weiß nicht, ob es an der Tatsache liegt, dass David nicht mehr am Leben ist, oder ob sich die Welt wirklich verändert hat und sich unaufhaltsam ihrem Ende entgegen dreht.

Sam läuft immer weiter Richtung Osten. Dorthin, wo sie hergekommen ist. Manche Straßen kommen ihr bekannt vor und auf manchen Feldern kann sie ihre alten Lager finden. Steine, die sie in einem Kreis angeordnet hat, um ein Feuer zu machen, oder niedergetrampelte, vertrocknete Ähren und Gräser, wo sie geschlafen hat. Die kalte Asche der Feuer erinnert sie an ihr eigenes Leben. Früher brannte es mit einer wärmenden Glut, die voller Hoffnung und Leben steckte; jetzt ist nur noch grauer, stinkender Staub übrig.

Sam benutzt die alten Lagerstätten nie zum Übernachten. Oftmals nicht einmal dieselben Felder. Möglichst weit weg von ihrem alten Leben, in welchem sie naiv gewesen ist und dem Ruf einer Lüge folgte.

Es ist schon merkwürdig, denkt sie, meistens am Abend, wenn sie auf dem Rücken liegt und zu Sternen empor schaut, die zu weit weg sind, um sie einzufangen. *Je mehr Schlechtes sich einem Menschen entgegenstellt, umso klarer wird der Verstand und man sieht die*

Dinge so, wie sie wirklich sind. Sam fragt sich auch, ob ihr das in ihrem früheren Leben schon bewusst gewesen ist. Sie kann sich nicht daran erinnern, wie sie früher war, was für ein Mensch sie gewesen ist. Vielleicht hat ihre Reise sie zu einem völlig anderen Menschen geformt. Wie eine Schlange hat sie in Davids Stadt ihre alte Haut abgeworfen und ist neu geboren worden. Aber wenn dem so ist, wieso fehlt ihr dann jeglicher Wille zum Leben?

Als sie die dunkle Silhouette von New York in der Ferne flimmern sieht, bleibt sie lange stehen und starrt auf den grauen Schatten. Eine Stadt ist nie völlig ruhig oder dunkel. Selbst in der Nacht erhellen Lichter den Himmel und der Wind trägt Gesang, Musik und Motorenlärm über das Land. Das ist das einzig *richtig* Unheimliche an dieser neuen Zeit: Eine Metropole wie New York liegt finster und tot wie ein alter Dinosaurier inmitten von Feldern und Wäldern, ohne zu Atmen, ohne Leben.

Der Anblick hat etwas Beängstigendes an sich. Das New York der alten Welt hat in Sam bereits eine tiefe Furcht erwachen lassen. Die Menschen waren ihr seltsam erschienen und die Luft in den Straßenschluchten des *Big Apple* war auf eine obszöne Weise dicker und saurer als die Luft in einem kleinen Städtchen wie Waterbury. Doch jetzt, da New York sein Leben ausgehaucht hat und niedergestreckt am Horizont liegt, kommt ihr die Stadt wie ein verwester Leichnam vor, der sich eines Tages wieder von den Toten erheben wird, um mit seinen schwelenden und verkohlten Ruinen erneut über das verbrannte Land der Erde zu wandeln.

New York ist ein weiterer Leichenfleck auf dem Kadaver der Welt.

Sam beschließt, einen erneuten Umweg in Kauf zu nehmen. Die Stadt erscheint ihr tot noch gefährlicher als lebendig. Sie nimmt die nächste Ausfahrt des Highways, der direkt nach New York führen würde, und sucht ihren Weg durch kleine Siedlungen und Dörfer, die wie Grabsteine aus der Erde ragen.

Die Nächte verbringt sie in Ställen von abseits gelegenen Farmhäusern, manchmal schläft sie auch im Führerhaus eines Trucks, einmal in einem der Gästezimmer eines heruntergekommenen Motels. Sie sucht sich das Zimmer mit der Nummer Eins aus, so wie es Marion Crane im ›Bates Motel‹ getan hat. Es hat etwas Verruchtes und Leichtsinniges an sich, worüber Sam so lange lachen muss, bis sie erschöpft auf dem Bett des Zimmers einschläft.

An einem Nachmittag, an dem es regnet, erreicht sie den kleinen Ort, an dessen Namen sie sich nicht mehr erinnern kann. Der Ort, in dem Maria lebt.

***

Das Haus wirkt düster und verlassen und ruft unangenehme Erinnerungen in Sam wach. Hier hat sie ihren ersten Menschen getötet.

Der Gedanke an Bud lässt sie mit dem Gedanken spielen, den Ort so schnell wie möglich hinter sich zu lassen, doch entgegen aller Vernunft klopft sie an die Haustür, tritt einen Schritt zurück und blickt zu den Fenstern im ersten Stock hinauf. Hinter einem davon hatte sie die Nacht verbracht und hinter einem davon war sie vergewaltigt worden.

Die Erinnerungen an jene Nacht legen sich wie ein Schatten auf ihren Verstand. Mit Sicherheit hat Maria den Ort schon lange verlassen. Vielleicht aber hat sie sich in ihrer Verzweiflung wieder mit Bud vereint. Der Gedanke ermüdet Sam, und sie beginnt zu frieren. Ein leises Geräusch reißt sie in die Wirklichkeit zurück. Die Tür wird ein kleines Stück aufgezogen. Der schwarze Lauf eines Gewehrs erscheint und zielt direkt auf ihren Kopf.

»Maria, ich bin es. Samantha. Wie geht es dir?«

Die Waffe bleibt starr auf sie gerichtet, doch die Tür öffnet sich und gibt ein dunkles Rechteck frei, in dem die abgezehrte Gestalt einer kleinen Frau erscheint.

»Verdammt, Maria ...«, entfährt es Sam, als sie die eingefallenen Wangen und die tief in den Höhlen liegenden Augen der Frau erblickt.

Maria lächelt, was ihr das Aussehen eines grinsenden Totenschädels verleiht. Ihr Kleid hängt wie ein farbloser Fetzen an ihrem Körper, als würde er eine Vogelscheuche schmücken. Die Haare sind wirr und verklebt.

Maria lässt das Gewehr sinken und tritt zur Seite. Sam folgt ihr ins Haus, das lediglich von einigen heruntergebrannten Kerzenstummeln erleuchtet wird. Sie hat das absurde Gefühl, nach Hause zu kommen. Gleichzeitig kommt sie sich aber vor, als würde sie das Gemälde eines ihrer Alpträume betreten.

Seit ihrem letzten Besuch hat sich nichts verändert. Die Zimmer sind noch immer zu düster und zu klein. Die Luft riecht nach Moder und alten Lebensmitteln, die in Ecken verrotten.

Maria führt sie in die Wohnstube, in der sie auch bei ihrem ersten Besuch gesessen haben, damals noch mit Bud, Marias Mann, der jetzt tot und begraben im Garten hinter dem Haus liegt.

Sam setzt sich auf denselben Sessel wie damals. Maria lächelt sie an, ohne ein Wort zu sagen, und verschwindet dann in der Küche, um gleich darauf mit einer Flasche Wasser zurückzukommen. Sie macht kleine Schritte auf zitternden, dünnen Beinen, die wie blanke Knochen unter dem alten Kleid herausragen.

Sie sitzen sich lange schweigend gegenüber. Maria hat auch damals nicht viel gesprochen. Jetzt, da sie allein zurückgeblieben ist, scheint sie das Sprechen verlernt zu haben.

Sie trinken abwechselnd aus der Flasche und betrachten sich gegenseitig. Maria zeigt dieses seltsame Lächeln, das an die Gesichter vom Wahnsinn gezeichneter Schauspieler aus den Filmen der sechziger Jahre erinnert. Sams Herz droht zu zerreißen. Sie hat die kleine Frau gemocht. Ihre braunen Augen hatten eine warme, mütterliche Güte ausgedrückt und ihr scheues Lächeln war das einer besten Freundin gewesen. Jetzt sind die Augen erloschen und das Lächeln eine grässliche Maske.

Als sich die Stille in dem Haus immer näher an sie heranschleicht, beginnt Sam zu erzählen. Sie erzählt von David und dem Anlegesteg, von dem Reh, das sie auf der anderen Flussseite gesehen hat, und von der Nacht, die sie mit David verbrachte. Sie sagt Maria, dass sie David wirklich gern hatte und sie sogar mit dem Gedanken spielte, bei ihm zu bleiben, damit sie beide nicht so alleine waren.

Sie zögert, als sie Marias leuchtende Augen und ihr scheues Lächeln bemerkt, als sie von David erzählt. Sie weiß, dass Maria in ihrer Geschichte Bud sieht. Dann schildert Sam ihre Erlebnisse nach David, ihr Martyrium in der Kirche und von Bill, der eigentlich David war, und davon, was er mit ihr auf dem harten Holztisch getan hat. Sie erzählt von ihrer Flucht und dem Plan, David für das, was er ihr angetan hat, büßen zu lassen, auch wenn dieser Plan entgegen alle Vernunft war.

Maria hört ihr schweigend zu und betrachtet Sam als sei sie ein Engel, der direkt vom Himmel gestiegen ist, um ihr Weihnachtsgeschenke zu bringen. Sam spürt, wie gut es ihr tut, mit jemandem über all die schrecklichen Dinge zu sprechen, die sie in der Stadt erlebt hat. Mit jedem Wort, das ihren Mund verlässt, wird ihr Herz ein klein wenig leichter. Und so erzählt sie bis spät in die Nacht, während Maria nur zuhört und sich ihr Gesichtsausdruck entsprechend der Geschichte verändert.

Als die Kerze auf dem Tisch mit einem feinen Zischen verlöscht und nur ein dünnes Rauchfähnchen zurücklässt, zeigt Maria ihr ein Zimmer, in dem sie die Nacht verbringen kann. Ein anderes Zimmer als bei ihrem letzten Besuch. Beide Frauen wissen auch ohne Worte, dass Sam nicht in jenem Bett schlafen kann, in dem Bud versucht hat, sie zu vergewaltigen und Sam ihn mit ihrem Messer tötete.

Als Sam am Morgen erwacht, muss sie sich zum ersten Mal übergeben.

***

»**D**u erwartest ein Kind.«

Sie stehen am Grab von Bud, das mit verwelkten Blumen geschmückt ist und dessen Erde so schwarz wie die Nacht ist.

Maria sieht sie von der Seite an. Sam starrt gedankenverloren auf den schwarzen Erdhügel.

»Nein«, flüstert sie schließlich und spürt gleichzeitig, wie sie rückfällig wird und einer erneuten Lüge hinterher laufen will.

Maria kniet vor dem Grab nieder und streicht einige Zweige zur Seite, die Wind und Regen dort abgelegt haben. Sam ist sich sicher, dass Maria schon lange nicht mehr hier draußen war.

»Ich kenne die Zeichen«, sagt Maria schließlich leise, als würde sie mit Bud sprechen. »Ich war früher Krankenschwester und weiß, wann eine Frau schwanger ist.«

Sie steht auf und sieht Sam direkt an. Zum ersten Mal ist ihr Blick fest, aber auch voller Mitgefühl.

»Du hast dich heute Morgen übergeben und wirkst erschöpft und abgekämpft. Wie war es an den Tagen, bevor du zu mir gekommen bist?«

Sam starrt an Maria vorbei und sieht den verwelkten Blumen dabei zu, wie sie ihr traurig im Wind zuwinken. Der Morgen ist kalt. Eine Kälte, die unter die Kleidung kriecht und sich in ihre Gelenke und Knochen frisst. *Das kann nicht sein*, denkt sie, doch die Worte in ihrem Verstand verhallen kraftlos.

Maria wendet sich wieder von ihr ab und blickt mit vor der Brust verschränkten Händen auf das Grab hinab; gerade so, als würde sie ein stummes Gebet sprechen. So stehen sie lange in einer morgendlichen Kälte, die nur Sam als Kälte empfindet.

»Du bekommst ein Kind«, flüstert Maria schließlich leise. »Du wirst nicht der letzte Mensch auf Erden sein.«

***

Noch in derselben Nacht lässt sie Maria und das kleine Dorf hinter sich zurück.

Es hat zu regnen begonnen. Während die Wolken tief über dem dunklen Land hängen und Sam nicht sagen kann, wo der Himmel aufhört und die Erde beginnt, glitzern die Felder und die Straße wie winzige Diamanten inmitten von Finsternis.

Die Welt erscheint zu groß für Sam, die Straße zu lang und Waterbury unerreichbar fern. Wo sie hinsieht, kann sie nur Schwärze und Einsamkeit erkennen. Ihr Kopf ist leer. Maria hatte ihr gesagt, was sie selbst wusste, seit sie Davids Stadt verlassen hat. Sie trägt die Saat einer Bestie unter ihrem Herzen. Sollte so die neue Generation der Menschen aussehen? Würde die neue Welt solchen Menschen wie David und seinen Nachkommen gehören?

Sam starrt auf den Mittelstreifen der Straße. Ihr Fuß blutet wieder, weshalb die Schuhe an ihrem Rucksack schwingen. Sie fragt sich, wohin sie geht, was sie in dieser Welt verloren hat.

Sie braucht diese Welt voller Wahnsinn, Perversion und Schmerzen nicht. Sie hat dagegen angekämpft und zu guter Letzt, als sie dachte, dem Kampf unbeschadet entflohen zu sein, einen tödlichen Hieb von David erhalten. Sein Kind …

Die Welt kommt ihr fremd vor, als würde sie sich durch den finsteren, zerfallenen Vorhof der Hölle bewegen. Einige Nächte, nachdem sie Maria verließ, hatte sie sich mitten auf die Straße gelegt, die Arme ausgebreitet und in den Himmel gestarrt. Die Sterne waren ihr wie finstere Augen erschienen, die sie beobachteten. Die Straße, auf der sie lag, war für sie das Ende der Welt. Von dort aus würde es nicht mehr weitergehen. Es regnete. Sie hatte die Augen geschlossen und sich den kühlen Tropfen hingegeben. Noch nie zuvor hatte sich Sam so sehr gewünscht, zu sterben, dort, auf der Straße, irgendwo zwischen New York und Waterbury, umgeben von einer vollkommenen

Stille, einer schwarzen Welt und dem sauren Gestank von Zerfall und regengetränkter Erde.

In jener Nacht waren ihr die Erinnerungen wie scheue Gespenster erschienen, die um sie herumtanzten und sich ihr nur so weit näherten, dass es Sam unmöglich war, sie länger als einen winzigen Augenblick festzuhalten.

Sie sah Mike, der kein Gesicht mehr besaß, und Bud, dessen Gesicht ein schwarzer Fleck war, als hätte es jemand mit einem Buntstift übermalt. Dann sah sie David, der ihr am ehesten wie ein Gespenst erschien. Sein Körper war gestaltlos und sein Gesicht eine verschwommene, helle Maske. Wenn Sam genau hinsah, konnte sie die grinsende Maske von Bill erkennen. Doch sie ließ auch diese Erinnerung los, ließ sich vom Regen liebkosen und wartete auf den Tod.

Doch Gott hatte noch etwas vor mit ihr. Das wusste sie, als sie am Morgen erwachte, völlig durchnässt und frierend. Die Geister der Nacht waren verschwunden, und so stand sie auf, wusch ihr Gesicht in einer Pfütze am Straßenrand, übergab sich, wie fast an jedem Morgen, und ging weiter. Diesmal alleine, ohne ihre gestaltlosen Erinnerungen.

Als Sam Waterbury erreicht, ist die Stadt ein Ort wie jeder andere. Dunkle Schatten, Gestank und Tod. Es regnet.

Sie blickt nicht zum Wohnwagenpark, wo in Kindertagen ihre beste Freundin lebte, und geht auch nicht zu ihrem Haus. Es gibt etwas, das sie erledigen muss.

Das Portal der kleinen Kirche knarrt und zerreißt die Stille der Stadt. Früher ist sie mit Mike hier gewesen, als ihre Freundin Mary heiratete und Sam und Mike sich während der Zeremonie lächelnd vielsagende Blicke zugeworfen haben. Sie hat das Gefühl, Mikes Geruch am Eingang der Kirche riechen zu können, doch schnell verwandelt sich ihre Vorstellung in den Gestank von nassen Büchern, verrottetem Holz und Staub. Die Abenddämmerung sickert durch die hohen Fenster der Seitenschiffe und legt durchscheinende Grabtücher über schwarze Bänke, steinerne Becken und bleiche Statuen.

Sam geht durch den Mittelgang bis zum Altarraum, wobei sie das Gefühl hat, von unsichtbaren Augen beobachtet zu werden.

»Ich habe dir gesagt, ich komme wieder.«

Ihre Stimme, trotz des Flüsterns, bricht sich kalt und kriechend an den hohen Gewölben. Vor den Stufen des Altars bleibt sie stehen und betrachtet das dunkle Kreuz, das in dieser Welt keinerlei Bedeutung mehr besitzt. Spinngewebe hängt von Decken, Torbögen und Madonnen herab. Staub tanzt träge im Abendlicht.

»Ist es das, was du für deine Welt im Sinn hast?«

Sam legt die Hände auf ihren Bauch und hätte sich im selben Augenblick Davids Saat am liebsten aus dem Leib gerissen. Ihr Blick wandert von einer Heiligenstatue zur nächsten, ehe sie sich wieder dem ans Kreuz geschlagenen Geschöpf zuwendet.

»Es gab eine Zeit, da hast du den Teufel aus deinem Reich verbannt. Und jetzt?« Sie tritt auf die erste Stufe des Altars. »Jetzt hast du dich mit ihm verbrüdert und ihm deine Welt als Geschenk überreicht.«

Sie geht weiter, bis sie vor dem grauen Stein des Tisches steht. Einige Kerzen stechen wie Dolche ins Zwielicht des Abends.

»Du hast zugelassen, dass der Teufel mich schwängert.«

Ohne das Kreuz aus den Augen zu lassen, geht Sam um den Altar herum.

»Er hat mich in deinem verfluchten Haus geschändet. Vor deinen Augen hat er mir seine Saat eingepflanzt. Und du hast nichts weiter getan, als zuzusehen. Du bist nicht besser als *ER*!«

Als das gottlose Geschöpf in all seinem Elend vor ihr aufragt, zieht Sam die Waffe aus dem Bund ihrer Hose. Ihr Blick ist stumpf, die Hand ruhig und gefühllos.

»Eure Saat ist es nicht wert, diese Welt neu entstehen zu lassen.«

Ihre Worte verhallen kraftlos in den hohen Gewölben der Kirche. Der Stahl der Mündung an ihrem Kopf ist so kalt wie der Regen, der sie durchnässt hat.

»Ich werde nicht die Mutter deines gefallenen Engels sein.«

Der Schuss ist das letzte Geräusch, das die Stille der Kirche zerfetzt und die Welt in immerwährendem Frieden zurücklässt.

ENDE

Unsere Leseempfehlung!

GRAUES LAND
Horror-Thriller
von Michael Dissieux

276 Seiten, illustriert
ISBN: 9783943408034

Harvey und Sarah führen ein glückliches, ruhiges Leben in den Bergen. Als Sarah erkrankt, kümmert sich der alte Harv liebevoll um seine Ehefrau.
Doch eines Tages hat sich etwas geändert in der Welt da draußen. Es beginnt damit, dass die Fernsehsender kein Programm mehr ausstrahlen, dann fällt die Stromversorgung aus, auch das Telefon verstummt. Ein grauer Schleier umhüllt das Land. Eine trügerische Stille liegt über den Feldern, über dem Haus.
Des Nachts glaubt Harvey, Kreaturen ums Haus schleichen zu hören. Und die kurze Begegnung mit einer jener Kreaturen im Garten bringt die schreckliche Gewissheit, keiner Einbildung erlegen zu sein.
Harvey beschließt, in Erfahrung zu bringen, was zum Teufel mit der Welt geschehen ist. Und so steigt er in seinen rostigen Van und fährt hinüber zu seinem alten Freund Murphy, der ein paar Meilen die Straße hinab ein kleines Lebensmittelgeschäft betreibt. Doch dieser scheint bereits dem Wahnsinn anheim gefallen zu sein …